百部红色经典

冰山上的来客

乌·白辛 著

北京联合出版公司
Beijing United Puhlishing Co.,Ltd.

图书在版编目（CIP）数据

冰山上的来客 / 乌·白辛著. -- 北京：北京联合
出版公司，2021.7
（百部红色经典）
ISBN 978-7-5596-5094-8

Ⅰ.①冰… Ⅱ.①乌… Ⅲ.①电影文学剧本—中国—
当代 Ⅳ.①I235.1

中国版本图书馆CIP数据核字(2021)第030936号

冰山上的来客

作　　者：乌·白辛
出 品 人：赵红仕
责任编辑：李艳芬
封面设计：王　鑫

北京联合出版公司出版
（北京市西城区德外大街83号楼9层 100088）
北京新华先锋出版科技有限公司发行
三河市宏达印刷有限公司印刷　新华书店经销
字数260千字　787毫米×1092毫米　1/16　17印张
2021年7月第1版　2021年7月第1次印刷
ISBN 978-7-5596-5094-8

定价：49.00元

出版前言

　　为庆祝中国共产党成立100周年，全面展现中国共产党成立以来中华民族辉煌的发展历程、取得的伟大成就和宝贵经验，集中体现中华民族的文化创造力和生命力，北京联合出版公司策划了"百部红色经典"系列丛书，希望以文学的形式唱响礼赞新中国、奋斗新时代的昂扬旋律。

　　本套丛书收录了近一百年来，描绘我国人民在中国共产党的领导下艰苦奋斗、开拓创新、改革开放的壮美画卷，充分展现我国社会全方位变革、反映社会现实和人民主体地位、弘扬社会主义核心价值观、讴歌中华民族伟大复兴中国梦的100部文学经典力作。

　　本套丛书汇集了知侠、梁晓声、老舍、李心田、李广田、王愿坚、马烽、赵树理、孙犁、冯志、杨朔、刘白羽、浩然、李劼人、高云览、邱勋、靳以、韩少功、周梅森、石钟山等近百位具有代表性的中国现当代著名作家。入选作品中，有国民革命时期探索革命道路的《革命的信仰》《中国向何处去》，有描写抗日战争的《铁道游击队》《敌后武工队》《风云初记》《苦菜花》，有描绘解放战争历史画卷的《红嫂》《走向胜利》《新儿女英雄续传》，有展现新中国建设历程的《三里湾》《沸腾的群山》《激情燃烧的岁月》，有寻找和重建民族文化自信的《四面八方》，也有改革开放后反映中国社会现状、探索中国道路的《中国制造》，同时还收录了展现革命英雄人物光辉事迹的《刘胡兰传》《焦裕禄》《雷锋日记》等。

本套丛书讲述了丰富多样的中国故事，塑造了一大批深入人心的中国形象，奏响了昂扬奋进的中国旋律。这些经历了时间检验的文学作品，在艺术表现形式、文学叙述方式和创作技巧等方面都具有开拓性和创造性，作品的质量、品位、风格、内涵等方面都具有很高的水准，都是有筋骨、有道德、有温度的优秀作品，很多作家的作品都曾荣获"五个一工程奖""茅盾文学奖""鲁迅文学奖""国家图书奖"等奖项。

为将该套丛书打造成为集思想性、艺术性、时代性为一体，展现新时代文学艺术发展新风貌的精品图书，北京联合出版公司成立了由出版界、文学艺术界的资深专家和学者组成的编辑委员会。他们从文学作品的历史价值、文学价值、学术价值、现实意义等维度对作品进行了深入细致的研读和筛选，吸收并借鉴了广大读者的意见与建议，对入选作品进行深入细致的分析与综合评定，努力将"百部红色经典"系列丛书打造成为政治性、思想性和艺术性和谐统一的优秀读物，向伟大的中国共产党成立100周年这一光荣的日子献礼！

目　录

冰山上的来客[1]

（电影文学）

一

故事发生在 1951 年。

在帕米尔高原，公格尔山南麓的冰山雪海之间，有片一马平川叫做"苏巴什"的戈壁。这辽阔的戈壁上铺着一层深褐色的细沙，每当太阳从高耸透明的冰山顶上爬过来，戈壁便像海水一样闪着光，所以过路的旅人都称它冰山里的海洋。

不管是骆驼队、毛驴队，还是结伙同行的旅伴，穿过漫长深邃的石峡，面对着这豁然开朗、一望无际的瀚海，谁能不亮开嗓门、胸怀爽朗地唱一唱歌？所以这里虽然没有站口，没有吉尔吉斯人的帐幕，没有塔吉克人的方形土屋，但是过路的人不断，歌声也不断。

现在是三伏天气，临近晌午，高原上的天空瓦蓝瓦蓝的，白云像一群绵羊擦着戈壁上稀疏的骆驼刺，贴着地皮飞。

远远有一簇骑马娶亲的塔吉克人，在云朵里时隐时现，一边赶路一边

---

[1] 本书收录的作品均为乌·白辛的代表作。其作品在字词使用和语言表达等方面均具有鲜明的时代特色。此次出版，根据作者早期版本进行编校，文字尽量保留原貌，编者基本不做更动。

唱着歌子：

嗬咿耶……

咿耶……

走过多少岭，

爬过多少坡，

谁见过亮堂堂的冰山，

哗啷啷的雪水河？

嗬咿耶……

冰山里盖着宝，

雪水把玉石磨，

一马平川的戈壁滩哪，

好唱咿耶……

好唱歌……

骑马的人们走近了。

为首的是弹着野羊琴的老牧人尼牙孜和一个全副武装的青年战士司马宜·阿不都力密提。

老牧人在白色镶着黑边的塔吉克毡帽上加了一顶维吾尔式小圆帽，并且精心地用报纸包裹着，因此，骑在马上他显得比别人高。

司马宜·阿不都力密提是个精悍活泼的小伙子，虽然在长途旅行中，他依然系着武装带、挂枪、佩刀，在马上腰板挺得笔直。他的马褥子、皮囊，一切都按照骑兵的规矩放置得舒齐，唯一显得不协调的地方，就是挂在后鞍桥上的那对大罐头盒子，悠悠荡荡的，倒像一个调皮孩子的随身玩具。

有四个青年，两个打着手鼓，两个吹着用鹰骨制成的横笛。接着是六七个迎亲的男女们，他们一边唱着，一边在马上挥舞着双手……

老牧人的儿子阿不力孜和新娘阿依仙木共乘一匹马走在最后，新娘脸上蒙着一块大红绸巾，两手环抱住新郎的腰。

嗬咿耶……

咿耶……

流水朝你去，

太阳由东升，

爬上了高山的山顶上，

跷脚儿望呀望北京……

嗬咿耶……

瀚海有八千里，

大山又几万层，

白云你给捎个信哎，

捎到咿耶

北京城……

嗬咿耶……

捎到北京城。

新娘子阿依仙木悄悄地掀开面巾，露出美丽的面孔，她乖巧地眨眨眼睛，偷偷地笑了。

阿依仙木："喂！"

阿不力孜："嗯？"

阿依仙木："我把面巾撩起来呀？"

阿不力孜："撩吧，可别让爹看见！"

新娘了把红面巾掀在花帽子顶上，脸贴着新郎的肩头，满怀兴趣地望着远处透明的群峰、晶亮的峭壁和高高的悬崖上垂着冰凌的巨齿。

阿依仙木："都是透明的，像玻璃！"

阿不力孜："小点声！"

阿依仙木："声音不大呀！"

阿不力孜："按老规矩新娘子哪有在路上说话的？"

阿依仙木："就偏不……"

新娘子伸手在新郎的腰上掐了一把，新郎"啊"地一惊，险些闪下马去。一个送亲的妇女忍不住"哧"地笑了，羞得新娘慌忙拉下面巾。

　　青年战士的枣红马乍到高原，走路很吃力，浑身水淋淋的，喘着粗气，战士伏身搂住马脖子听了听，然后一勒嚼口，刚要脱镫下来，老牧人随手在后边兜了一鞭子，那战马一惊，又快步向前走去……

　　司马宜："大叔，这马不行啊！"

　　尼牙孜："骑着吧，出岔算我的，就是宝马龙驹，乍到这儿头三天，也不顶这儿土生土长的一匹毛驴呀！"

　　战士耸耸肩，心疼地拍着马脖子。

　　司马宜："这地方，真有点邪门！"

　　尼牙孜："可也是宝地！"

　　战士挂在后鞍桥上的罐头盒子有一头偏坠，前后悠荡着，磕打着马腿，尼牙孜过去用鞭杆敲了敲，问道："什么玩意儿？啰里啰嗦的，磨腿了！"

　　司马宜扭身看了看，把两个铁盒摘下来，把绳子挽个扣系短了，然后挂在脖子上。他掀开盖看了看，又焦虑地手打凉棚向远处望着。

　　司马宜自言自语地："啧，要找点水……"

　　尼牙孜："戈壁上的水比老鹰的翅膀还珍贵！"

　　战士顺手摸到了军用水壶，晃了晃，里面还有半壶水，哗啦哗啦直响。战士冲老人一乐，轻快地吹起口哨，拔开水壶的塞儿，从容地把水倒进罐头盒子。

　　尼牙孜："小伙子，你搞什么鬼，在戈壁上宁丢一锭金子，不洒一滴水！"

　　战士依然笑嘻嘻地，把水倒向另一个盒子。

　　尼牙孜带着三分火气："有一天你要在戈壁上渴死！"

　　司马宜："大叔，您看！人渴了还能坚持，可它们……"说着把铁盒举到老人面前。

　　盒子里栽着几棵花秧，娇绿的花萼上托着几朵含苞未放的骨朵儿，抿着红嘴儿。

　　这嫩绿鲜红、在戈壁上稀有的色彩，给老人带来了一股莫名的幸福和愉快，他不再责怪年轻人的浪费，而是眉开眼笑地和解了。

尼牙孜："我认识，这叫花儿！"

司马宜："您这么大年纪，还能不认识花儿？"

尼牙孜："在帕米尔上还真有人不认识它呢，来，再给它浇点水……"

说着他就伸手去解马身上的羊肚子水袋，但稍一沉吟又停下来。

尼牙孜："算了，别糟蹋，不行！"

司马宜："怎么不行？"

尼牙孜："小伙子，你看见白天出星星没有？"

司马宜："没有！"

尼牙孜："在帕米尔上养花跟白天出星星一样不可能！"

司马宜："我们不妨试试！"

尼牙孜："白费！"

司马宜："那可不一定！"

尼牙孜："打个赌吧，你这花儿要能在帕米尔上开了，我活吃个山羊！"

司马宜："好，我记住了！"

尼牙孜："你要是输了呢？"

司马宜："我连山羊犄角都吃了！"

尼牙孜："依我看，吃山羊犄角也比开花容易！"

老牧人在马上前仰后合地笑着，一不小心却把顶在帽子顶上的小圆帽甩掉了。

尼牙孜："嘿！坏了！"

包裹帽子的报纸，被马蹄踏碎了。

维吾尔式的小圆帽像车轮一样在戈壁上滚着。

司马宜·阿不都力密提用靴子跟一磕马肚子，一马当先追过去，赶至切近，来个镫里藏身，灵巧地把小帽抓在手里。

送亲的男女们看到这精彩的表演，一齐报了声："好！"

当新娘悄悄揭开面巾想看看热闹的时候，这一切都结束了。

老牧人从战士手里接过帽子，这是一顶黑丝绒小帽，上面镶着花花绿绿的珠子。他珍惜地用嘴吹着粘在帽子上的尘沙。

司马宜："大叔，这是给新娘子举行婚礼戴的呀？"

尼牙孜："不是！"

尼牙孜把帽子揣在怀里。

司马宜："我大婶戴这顶帽子，也够俏皮了！"

尼牙孜："胡扯！这是朵丝侬莎阿汗的！"

战士霍然一惊。

司马宜："什么？朵丝侬莎阿汗？"

尼牙孜："我的姑娘！"

司马宜："哦……"

战士长出一口大气，摘下帽子怔怔地擦着满头的大汗珠子。

白云渐渐从戈壁滩上爬到东面的山腰。

轻快的鹰笛，像成群的百灵鸟，"笛儿拉达，笛儿拉达"活泼地叫着。

一个送亲的小伙子把手鼓举到新娘子的耳畔，响亮地敲着。

新娘隐在面巾里，掩住耳朵"咇咇"地笑。

新郎把马打了一鞭子，向前跑几步，企图躲开去。顽皮的小伙子用脚跟磕磕马肚子，嘻皮笑脸地紧紧跟着。

忽然，从西面冰山的峡谷里涌起一团乌云。冰山的脚下弥漫着浓黑的雾气。

尼牙孜用鞭子梢指着乌云："要有风暴，大家快走！"

戈壁上一股股流窜的细沙，是风暴的前哨。

风，掀开新娘的面巾，飞扬起马颈上的鬃毛！

乌云，像一只巨人的手臂，转瞬间遮挡住太阳，戈壁上昏沉沉的。

继之，风暴嘶吼、咆哮着，卷着砂石、冰雹，破空而至。

马蹄，在风沙里奔驰。

马蹄，在冰雪上奔驰。

风息了。

马蹄，缓缓地踏着稀疏的草地。

马蹄，停在清澈见底的溪流里。

疲惫的马匹，垂头畅饮清凉的溪水。

老牧人望着岗峦起伏的地方。

尼牙孜："不远了，过了岗就是总卡！"

司马宜："大叔，到总卡我们就分手了！"

尼牙孜："我们是一个链子上的骆驼，要在一个地方聚齐！"

司马宜："大叔，您这话里有话！"

尼牙孜："不能泄露，这是军事秘密！"

马儿饮足了水，老牧人吆喝一声，马匹便摇头摆尾，踏起洁白的浪花，"灰儿，灰儿"叫着渡过河去。

天空有一群金雁，翅膀带着沙沙的风声，一边向南飞着，一边"咿呀"地啼鸣……

战士翘首望着：突然有只金雁忽地拔了个高儿，翅膀一扎，便垂直地坠于地下。

司马宜·阿不都力密提跳下马把它拾起来，拨弄着它周身的羽毛，检查着。

司马宜："怪呀！"

尼牙孜："没什么可怪的，这儿就是巧鸟难飞的地方！"

司马宜："为什么？"

尼牙孜："缺氧气呀！"

战士望着南飞的金雁。

金雁分成两股，一股飞向西南，一股向东南飞去。

司马宜："飞得太猛了……大叔，看样子天黑以前这群金雁要出国了……"

尼牙孜："出不去，飞过冰山就得落在塔哈尔，那里有一片肥美的水草，五六家塔吉克牧人……"

司马宜："飞过冰山离国境还有多远呢？"

尼牙孜："一胯子，毛驴也就是半天的路……"

战士看看手里的金雁，又抬头向远远的天边望着。

远远飞去的金雁，只剩一串黑点，越过冰雪的山峦……

冰山南面塔哈尔荒莽的川谷里滚着黑压压的乌云。

雁群拍着节奏零乱的翅膀，穿下云层，低空飞翔，一只金雁猛地向上拔个高儿，发出一声微弱的哀鸣，便耷拉下翅膀，瘫软地落在一个面上蒙着黑纱的女人的足下了。

这个蒙面女人木然地俯视着足下奄奄一息的金雁，深长地叹息一声……

破空一声尖锐的口哨，青年牧人卡拉赶着一群牦牛，远远地冲她喊着："巴里古儿，你看见落下一只金雁吗？"

蒙面女人像一棵孤立的冰柱，没有回应。

卡拉自言自语地："白问，她不会答应！"说着，卡拉跳到牛背上立起来，伸着脖子四下寻找。当他一眼看见垂死的金雁伏在蒙面女人足下的时候，他便欢呼一声，从牛背上一跃而下，连蹦带跳地奔过去，把金雁捉到手里。

蒙面女人："卡拉！"

卡拉："巴里古儿，这是天赐的美味！"

蒙面女人冷厉地："放下！"

卡拉："烤熟了，我要送给你的！"

蒙面女人加重语气："放下！"

卡拉："你要哇？"

蒙面女人："我要，我要救活它！"

卡拉："好，那就给你！"

蒙面女人："放在地上！"

卡拉顺从地把金雁放下，他同情她，又想了解她；可她永远像是为了遵守宗教习惯似的，蒙着一层拒人于千里之外的面纱。

蒙面女人生硬地，但却是一片好心地："别盯着我，我身边是地狱！"

卡拉："巴里古儿……"

蒙面女人："我不是巴里古儿，这不是我的名字……"

卡拉："那你叫什么？"

蒙面女人："离开我，我没有名字！"

卡拉毫不介意地微微一笑，撒腿跑了……

蒙面女人抱起金雁，轻轻地抚摸着它的金色的羽毛，转身沿着细沙中的小径，缓缓地向山岗走去……

余晖渐沉。

山岗的地平线上，摇晃着疲惫的旅人和一串串羸弱的骆驼的剪影，响着碎裂的没有音韵的驼铃。

蒙面女人突然轻轻地"呀"了一声，犹疑地停住。她的手颤抖地揪住面纱，怔怔地望着岗上的骆驼。……

一个从骆驼上往下卸驮子的人——热力普，正贴在骆驼的脖子后面冷眼望着她。

她满怀心事地慢慢低下头，轻微地叹口气，又忽地扬起头，兀傲地向山岗上走去……

山岗的小戈壁上有一道石垒的围墙，环绕着一座土与兽骨堆砌的方形土屋。在土屋雕饰着花纹的拱门上，插着一排柽柳杆子，杆子顶端拴着褪了色的布条、牛尾、马鬃，挑着山羊的犄角。

这儿原是附近几家牧民做祷告的礼拜堂，但这神圣的门前却拴着两匹满身汗水、风尘仆仆的乘马……

蒙面女人经过围墙的豁口，顺便向院里张望一下，便急急地沿着围墙向后走去……

礼拜堂里。

赛密尔·格阿德纳——一位国籍不明的人物，在他的主子面前，他自诩为"帕米尔专家"，认识他的人背地里都叫他"高原上的狐狸"。从衣着上着眼，他完全是个塔吉克人，但在他上宽下窄、灰白色棺材形的面孔上，却长着一个特别显眼的鼻子。

衰老的牧人——卡尼力，倚着窗口眇目端详着赛密尔，他感到这位旅行家、人种学者……很像个塔吉克人，但是要除开那个带钩的鼻子……

赛密尔："我的老向导，卡尼力，怎么？不认识了吗？"

卡尼力："你的面目是和三十年前一样的，赛密尔·格阿德纳博士。"

赛密尔："不，现在我的名字叫雷法加徒拉汗！"

卡尼力："这就奇怪了……"

赛密尔："没什么可奇怪的，因为我皈依了伊斯玛利亚，与你们共同信仰在世的真神！"

卡尼力："你们是有另外一个上帝的！"

赛密尔乜斜着眼睛，盯着卡尼力，狡猾地笑了……他随手从怀里掏出一块羊骨板，骨板上模糊地烫着几行歪歪曲曲、莫名其妙的文字："认识吗？"

卡尼力惊疑地望着羊骨板，俯首躬身地倒退一步。

赛密尔："这是真神亲赐的护符！"

卡尼力："哦……"

赛密尔："我们不是一个上帝吗？"

卡尼力："嗯……"

赛密尔："你奉行真神的意旨吗？"

卡尼力含糊其辞地："是……"

赛密尔："我要请求入境，明天你给中国骑兵送这个信儿去……"

卡尼力倒信以为真："先生，这不行，你知道，我们背靠冰山，面隔石峡里的激流，除了神保佑我插翅飞回去！"

赛密尔："那么你们这儿没有中国边防军的代表吗？"

卡尼力："没有。"

赛密尔："中国骑兵就永远不来吗？"

卡尼力："这……我不清楚……"

赛密尔："卡尼力，伊斯玛利亚教徒是不该说谎的！"

卡尼力："我……"

赛密尔："我们一样清楚，在大雪封山之前、冰河冻结之后，只通十天的路。中国骑兵像候鸟一样，你们是鱼水相逢，一年一度……"

卡尼力垂首不语。

赛密尔："卡尼力，那就请你向南从你们的国境出去，绕过卧龙湾，然后再从正面进去！"

卡尼力："请求入境，您是不该奔我们这条牛犄角路的！"

赛密尔："只有这里水草肥美，我们的旅行队要歇歇牲口，恢复体力！"

卡尼力："可是没有我们政府的出境证明，没有得到邻国的允许，我是不能迈进邻国的国界的！"

赛密尔："为什么？"

卡尼力："因为我是中国人！"

赛密尔："别忘了，你也是伊斯玛利亚教徒……向真神去祷告吧，他会惊醒你……"

卡尼力沉默不语。

窗外，卡拉正倚着墙角瞌睡着。

热力普端着一杯白兰地，拎着一双靴子，走近赛密尔。

赛密尔接过杯子，他谦恭而有礼地对着卡尼力举了一举："老朋友，这是我为你特制的靴子，它结实得像我们深厚的友谊一样，它能踩碎挡路的石头，也永远不会折帮漏底……"

靴子，放在卡尼力的脚下。

卡尼力满面笑容地望着靴子。

热力普："先生，这里果真名不虚传，真有奇迹！"

赛密尔："大地的巅顶，有人类罕见的奥秘！"

热力普："我说的不是自然……"

赛密尔："什么？"

热力普："人！"

赛密尔："什么人？"

热力普："徘徊在蓝色海岸上的蒙面女人，却比我们先登上了世界屋脊！"

赛密尔："谁？"

卡尼力："你说的是巴里古儿？"

热力普："我刚才看见的！"

赛密尔："巴里古儿在这儿……"

卡尼力："随两个男人给你们打前站的！"

赛密尔机警的目光从卡尼力脸上一扫而过。

赛密尔："那两个男人呢？"

卡尼力："说是进山打猎去了……"

赛密尔咬牙切齿地："江得拉，江得拉，你个色鬼！丢不开她，你会……"

话到舌边，他又咽回去，突然，他气急败坏地把酒杯向墙上摔去。

粉碎的酒杯，向四下飞溅着……

夜，风沙怒吼。

在一座方形土屋的窗纸上，映着一只高大粗壮的黑影。

一个老女人的声音："江得拉，你要干什么？"

一个男人沙哑的声音："向神发誓，说你同意了！"

老女人的声音："我不能发誓！"

男人的声音："只要你发誓，我们给你牛羊财宝，这一生你吃穿不尽……嗯？"

老女人的声音："我做不了主，等我丈夫迎亲回来再答复你们……"

男人的声音："共产党把你们教乖了，还不如说让卡子上的骑兵来答复我们！"

风沙中，一队骑兵在奔驰。

突然，在黑暗的草地上有一个女人尖声尖气地"嗬欧，嗬欧"喊了两声。高原上的妇女，夜里总要这样喊几次，以防狼来袭击羊群。

窗子上的黑影闻声倏地闪开："坏了，有骑兵！"

男人的声音："稳住，别慌！"

一个老女人的影子扑上窗子，叫喊着："江得拉，你逃不掉啦！同志……"

一只大手捂住她的嘴。

"噗"的一声把灯吹熄了。

一串急剧的马蹄声，从墙外过去。

风息了，四野寂静无声。

漆黑的夜，满天星星……

二

在边卡营房下面的草地上。

战士们正在练习叼羊赛马，二十几匹矫健的战马挤作一团，像旋风般在草地上追逐。

一班长阿都拉和二班长沙比尔·乌受争夺一只羊子，坚持不下。战士它什迈提斜刺里插过去，把羊子夺在手里，拍马向优胜区拼命地跑去。

沙比尔·乌受哪里肯舍，他人高马快，四蹄蹬开，蹿几蹿就赶上了。它什迈提知道二班长的膂力，急忙把羊夹在腿下，伏着身子。沙比尔·乌受几次探过手去抓羊，都被它什迈提用脊背隔挡开去。人靠人，马挤马，看看跑到终点了，沙比尔一时性起，来了个马上捉俘虏，连人带羊一齐擒过马去。

它什迈提顺手把羊丢在地下，被阿都拉赶上，从马上探身拾起来投进优胜区。

排长杨光海拦住了沙比尔·乌受的马头，举手示意停止，战士们便跳下马向排长围拢。

杨光海："同志们，明天尼牙孜家举行婚礼，二班长沙比尔·乌受不能参加叼羊赛马，因为他犯规，侵犯了战士它什迈提！"

沙比尔："报告排长，我去牵羊送礼，给客人们做抓饭吃！"

杨光海不加可否，他用征询的目光望着战士们。

战士们："同意！"

杨光海："好，遛马！"

战士们牵马在草地上绕着圈子。三班长杜大兴拍拍二班长的肩膀。沙比尔·乌受耸耸肩，遗憾地一笑。

杜大兴："叼羊赛马，叼羊的大王不能参加，这个婚礼可是美中不足啊！"

沙比尔："唉，什么事都坏在这儿（拍拍头），我的脑袋好热！"

远远的靠东南的谷口上——黑熏沟，有成群的丁字鹰飞上飞下地盘旋，引起排长杨光海的注意。

杨光海："一班长！"

阿都拉："有！"

杨光海："你看黑熏沟口是什么？"

阿都拉："丁字鹰！"

杨光海："是啊，是丁字鹰……"

阿都拉："地下一定有食物！"

杨光海："没有食物它们不会集合，现在我们需要知道是什么食物。"

阿都拉："可能是大头羊？"

杨光海："不对，大头羊夏季是不下山的！"

阿都拉："排长，请允许我去看看！"

杨光海："去一个小组，带武器！"

阿都拉："是！"

微风飘来一阵歌声、手鼓声和响亮的鹰笛声，一簇迎亲的人们很快转过山弯在草地上出现了。

新娘的红面巾在迎风招展。

新郎随着歌声的旋律轻轻地摇晃着鞭子。

人们马上的欢舞，以及放着快步小走的马蹄，这一切给草地上带来了愉快的情绪。

遛马的战士们望见迎亲的队伍都鼓掌欢呼起来。

尼牙孜老远便亲亲热热地唤着每个战士的名字问好，当他望见杨排长赶过来欢迎他的时候，老牧人急忙滚鞍下马，赶过去和杨排长握手、拥抱、摸胡须（这是塔吉克的礼节）。战士们围住新夫妇向他们祝福。

尼牙孜："一来一往就是半个月，排长，你想我了吧？"

杨光海："大叔不在家，卡子上像缺棵拴马桩子一样，这心都拢不住了！"

尼牙孜拍拍他的马褡子："你摸摸这里是什么？"

杨光海："不用摸，准是六十度！"

尼牙孜："行，算你猜对了，咱们塔吉克人可受不了这个，在贸易公司我说先灌一口尝尝……嘿！呛得我鼻涕眼泪都下来了，只觉得心里发烧、脑袋发涨，哎，真没口福享受这个。好吧，明天瞧你们的，我倒要看看这股辣水儿你们怎么喝！"

杨光海："尼牙孜大叔，那可不敢多喝，喝多了天旋地转，临走摸不着帽子，就可能顶走你一口锅呀！"

尼牙孜："锅里再有半锅酸牛奶子，那就打扮得更漂亮了！"

人们哄然大笑。

随着笑声，鹰笛响了，手鼓响了，边卡有名的歌手它什迈提拿下尼牙孜的野羊琴，亮开嗓门豪放地唱着歌。

沙比尔·乌受尖锐地吹了声口哨，人们便开始跳起塔吉克舞。

它什迈提唱着：

下马吧，新郎，
当心，抱着你的新娘！

人们哄笑地和着：

下马吧，新郎，
当心，抱着你的新娘！

阿不力孜果真跳下马，回身把新娘抱下来。

它什迈提继续唱着：

大方的，新郎，
当心，拉住她的衣裳！
大家轮着班儿，
看看她是什么模样！

人们哄笑地和着：

嘿！
大家轮着班儿，
看看她是什么模样！

新娘紧紧地拉住面巾，把脸靠在马鞍子上。

人们哄笑着，打趣着，盘旋着，邀请着……

突然，远处有人力竭声嘶地喊着："排长在不在？排长在不在？"

这呼声像一道惊人的闪电，驱散了草地上沸腾、欢快的歌声，于是一切都戛然而止。

排长霍地从人丛里冲出去。

杨光海："发生了什么情况？"

一匹战马，四蹄蹬开，肚皮几乎擦着草地，卷着滚滚的烟尘，向人丛飞奔。

跑至切近，马上的战士急忙把马一带，兜了个大圈子，人们才看清他的身上用带子缚住一个女人，那女人垂着头，口里吐着沫子。他来不及下马，便喊了声："报告，有紧急情况！"

尼牙孜、阿不力孜父子不约而同地惊呼了一声："朵丝侬莎阿汗？"便仓皇地赶过去把战士托下马来，慌乱地解着缚在两人身上的带子。

带子勒得死死的，战士愈是拼命地挣，人们愈是解不开……

杨光海："二班长！"

沙比尔："有！"

杨光海："集合部队！"

沙比尔："是！"

杨光海："三班长！"

杜大兴："有！"

杨光海："动员迎亲的亲友们回去！"

杜大兴："是！"

于是战士们纷纷地拉住马，系弹带，挎战刀，背武器……

迎亲的人们混乱地拖着鼓、拎着鹰笛，议论着、耳语着，向卡子后边的土屋跑去。

只有新娘一个人，蒙着面巾，立在草地上侧耳听着身边发生的一切……

新郎抽出刀子，"哧""叉"割断了带子，老人手忙脚乱地拥着朵丝侬莎阿汗："你明白明白，看看爹回来了，爹回来了！"

战士挣脱开身子，紧跑几步，在排长面前立正站住。

战士："报告排长，按你的指示我们去黑熏沟口，路过尼牙孜的独立家屋，发现牛羊四散、门户大开，不见了尼牙孜大婶和傻姑娘朵丝侬莎阿汗。班长按你的指示继续向黑熏沟搜索前进，命令我向西南和正南方向搜索。后来我在距离独立家屋正前方六十米的河滩里，发现傻姑娘昏在那儿，当时我把她唤醒背在马上，在马上她又昏了过去……"

老牧人张口结舌地怔住。

阿不力孜："那我的妈妈呢？"

战士："尼牙孜大婶去向不明！"

黑熏沟。

一班长阿都拉用战刀在地上划着圈子，每个圈里圈着一只大熊的足印。

在足印的附近扔着一支步枪、一堆血迹斑斑破碎的衣服、一双塔吉克女人穿的靴子，还有一只被丁字鹰啄乱了的死羊。

大熊的足印迤逦向黑熏沟走去。

阿都拉："回去报告排长。"

战士："是！"

卡子前的草地上。

杨光海："三班长带着一个班检查绝迹地带，然后用下半班撤换零号的埋伏；一班、二班回卡子上待命；二班长留下！"

杜大兴："是！"

沙比尔："是！"

朵丝侬莎阿汗清醒过来，她视而不见地时哭时笑，恐惧地四下张望着。

尼牙孜："孩子，看看，爹回来了！"

朵丝侬莎阿汗搂住老人的脖子放声大哭。

傻姑娘："爹……"

尼牙孜："说吧，出了什么事？孩子！"

她挣扎着站起来，目瞪口呆地巡视查看每个人的脸，最后她对着披着面巾的新娘凝视了许久，龇牙一乐，又大声号啕着，撒腿跑了……

阿不力孜几步追上她，一把揪住她的领子。

阿不力孜："你要干什么？"

傻姑娘："找妈，找妈妈去！"

阿不力孜："妈妈到底哪儿去了？"

傻姑娘抽抽噎噎地哭了。

阿不力孜焦急地："说呀！"

傻姑娘："人熊……抢羊子……妈妈去追人熊……吓死我了……吓死我了……"

阿不力孜："哎呀！是不是你又犯疯病了？"

傻姑娘嘻嘻地笑了一阵，笑过又哭了。

忽然，她跳着脚，挣脱阿不力孜的手，咬牙切齿地走近新娘。

傻姑娘："我疯，我傻，我哪有她长得好！"

她"哧"的一声，一把扯开新娘的面巾。

新娘瞪着一对明亮的眼睛，惊讶地望着她。

从黑熏沟回来的战士赶到了，跑到排长的面前翻身下马。

战士："报告排长，在黑熏沟口，发现尼牙孜大婶带着血迹的衣服、靴子和一支七九步枪扔在地上，旁边有大熊的脚印，一班长留在那里听候你的指示！"

沙比尔："排长，我去搜索黑熏沟！"

杨光海保持着习惯性的镇静，沉默地思索着。

老牧人木然呆住，他嘴角抽搐着想说什么，但他觉得似乎有什么东西噎住了嗓子。他双手捂住脸，像一垛大墙要坍倒下去……

新娘与傻姑娘赶过去扶住他，傻姑娘哀痛地唤了一声："爹！"于是老牧人的眼泪夺眶而出，泪珠沾满了他的胡须。

阿不力孜一声不吭，忽地跳上马背，狠狠几鞭子，匆匆而去。

尼牙孜摘下头上的毡帽，拭了一把泪，他声音响亮而凄厉地问着："在哪儿？"

战士："黑熏沟！"

变天了。

黑雾又遮天盖地来了。

尼牙孜跟跟跄跄地向前奔去。

新娘拉马追着他。

傻姑娘："爹！你别去！"

风暴卷着砂石滚滚而至。

尼牙孜被风暴刮得摇摇晃晃地打转。

阿依仙木大声喊："爹，你骑马呀，你回来骑马去！"

杨光海、沙比尔·乌受和战士伏在马背上飞快地顶风跑着。

当他们赶上尼牙孜，杨排长空出左镫，揪住尼牙孜的膀子用力一提，尼牙孜左脚搭上镫，就劲跨上排长的马背。

新娘拉马转回来走近傻姑娘，她遵照塔吉克人的礼节，先去吻吻傻姑娘的嘴，但是傻姑娘却冷冷地避开了。

阿依仙木："朵丝侬莎阿汗姐姐，上马吧！"

傻姑娘："把我从马背上扔下来，就是请你骑上去，走你的吧，新娘子，我不配！"

风沙迷住新娘的眼睛，当她揉出眼角的灰沙，傻姑娘的踪迹已经在风沙里消失了。

风暴过去了。

蓝天里的白云悠悠东去。

杨光海、阿都拉、沙比尔·乌受三个人并着马在草滩上往回走，后面战士的马上挂着破碎的衣服、靴子和七九步枪。

阿都拉："一般地说熊是不吃人的……"

沙比尔："一定是尼牙孜大婶开枪打它，把熊惹火了，它要报复！"

阿都拉："我怀疑会不会有敌人？"

沙比尔："开玩笑，国境线上有埋伏，无名沟和黑熏沟里都是七千米的冰山，鸟飞不过的天险，你把敌人说得也太玄了！"

排长一直保持沉默，一边思索着，一边听着两个班长的争辩。

阿都拉："可熊又拖羊干什么？"

沙比尔："跟野兽还讲什么道理！"

阿都拉："野兽也有它的性格和习惯。"

沙比尔："你知道山羊几点钟起床？人熊几点钟开饭？"

阿都拉："这不是研究问题，你这叫抬杠！"

沙比尔："问题研究得已经够了，事实俱在，难道你不相信活人的眼目？"

排长默默地听着他们的争论，突然传来"扑通"一声巨响，他勒马向远处看去，冰河上游一个人影在激流中浮沉。

阿都拉："谁？"

沙比尔："好像是傻姑娘！"

他们催马急向河谷奔去。

傻姑娘随波逐浪地在激流里挣扎着，翻滚着……

沙比尔·乌受紧跑几步，跳进水里，把她抓住，所幸河水不深，只往起一托，傻姑娘便就势脚踏实地站住了。

沙比尔："你怎么掉下河了？"

傻姑娘："我愿意！"

沙比尔："你又犯糊涂病了？"

傻姑娘："我明白……"伤心地哭泣着，"我去找我的妈妈和亲生父母！"

沙比尔："你呀，真是个不幸的野鸽子，落山山崩，落地地裂！"

杨光海："二班长，你送她回去！"

沙比尔："是。"

傻姑娘："撒开，我不回，有了新娘子我是多余的刺！"

沙比尔扯住她走上河坎："那也用不着跳河寻死啊！"说着他自己先跨上马，傻姑娘被阿都拉托着半推半就地骑上马背。阿都拉怕出意外，又用绳子把她拢在沙比尔腰上。沙比尔回头说了声："你可好好骑住！"便催马跑了。

杨光海与阿都拉默默地走了几步，当排长攀鞍上马的时候，他一脚踏住镫又凝神停住……

杨光海："一班长，你说她为什么投河？"

阿都拉："不幸的人，又遭遇了不幸。"

杨光海："此外呢？"

阿都拉："得不到阿不力孜的爱情！"

杨光海未加可否，迟慢地跨上马背，信马由缰地走着。战马向前走了几步，便停下来啃地面的小草。排长坐在马上听之任之，动也不动地凝神沉思着……

阿都拉虽有一肚子疑问，但是他不想再打扰排长。他把马轻轻勒住，他知道排长正绞尽脑汁寻找一把开启迷宫的钥匙……

三

夜。

在边防军办公室里。

杨光海出神地对着面前飘摇不定的烛火思索着，手里拿着铅笔轻轻地敲着桌子。

杨光海自言自语地："绝迹地带没有人通过……零号埋伏也没发现情况，那么真是……"

他在纸上画了一只熊，围着熊画了一堆大问号。接着他又刷刷地画了一座山："是不是有人偷越了天险？"

他在山下又画了几个问号，停顿一下，他又迅速地画了支箭头："对，向黑熏沟、无名沟同时搜索！问题就……"

他画了许多叉把问号勾销了。

从办公室里间走出个报务员，轻轻地说了声："总卡的回电！"便把译好的电文放在他的面前走了。

电文：

可搜索黑熏沟，捕熊！无名沟任何人绝对禁入。

夜间派部队隐蔽保护尼牙孜家。

总卡

杨光海："可搜索黑熏沟，捕熊！无名沟任何人绝对禁入。绝、对、禁入……"

卡子门前。

战士们正围着新来的战士司马宜·阿不都力密提，扛行李，解鞍具。人们热情地问寒问暖，抢着拿他提的东西，可是年轻人坚持自己拎着那对罐头盒子。

它什迈提引着新战士去见排长。在办公室门前他喊了声："报告！"屋里说了声："进来！"于是他带着司马宜走进去。

它什迈提："报告排长，总卡补充来一名新战士，现在前来见你！"

杨光海："好，欢迎！"

司马宜·阿不都力密提掏出介绍信，把衣服拉拉整齐，端正地敬了个礼。

司马宜："报告，骑兵战士司马宜·阿不都力密提前来报到，听候您的指示！"

杨光海："好哇，我们这里有个战士因为血压高，送下去了。边防团通知给我们补充一个健康的战士，没疑问一定是你了！是党员，还是团员？"

司马宜把介绍信递给排长："团员，这是两封介绍信……"

杨光海："怎么是两封介绍信呢？"

司马宜："一封是我的，一封是由总卡转来的阿依仙木的！"

杨光海："阿依仙木？"

司马宜："就是住在卡子附近的新娘子！"

杨光海："哦，新娘子是个团员。"

沙比尔·乌受听说补充来的新战士来了，急忙从班里跑来。

沙比尔："排长同志，给我们二班补充的战士来了？"

杨光海："来介绍介绍吧，你要在二班里生活，这是你们的班长！"

沙比尔："沙比尔·乌受！"

司马宜："你好，班长同志！战士司马宜·阿不都力密提！"

杨光海："二班长，先带司马宜·阿不都力密提到伙房搞几张烙饼吃！"

它什迈提："同志，这儿地势高，米饭、面条只有七分熟，吃烙饼也就等于在'巴扎'吃羊肉、烤包子了！"

杨光海："回头把一、三班长找来交代一下总卡布置的任务！"

沙比尔："排长，我们二班是什么任务？"

杨光海："进入黑熏沟，打熊！怎么样？"

沙比尔："嘿！总卡就是英明！"

沙比尔·乌受洋洋得意地正准备领战士去吃饭，突然他发现新战士手里的一对罐头盒子。

沙比尔："你这带的是咸菜？"

司马宜："种的花！"

杨光海："种的花？我看看！"

战士把铁筒递给排长，排长惊奇又喜悦地欣赏着美丽的花秧，嗅着它散发出来的新鲜气息。

沙比尔·乌受皱着眉头随便看了一眼："哼，玩这套？小心你自己别让帕米尔的风暴刮倒了！"

夜雾里飘着野羊琴低泣的三弦。

尼牙孜门前的草地上，闪闪地跳着红红的火舌。阿不力孜坐在篝火旁抚着野羊琴，新娘望着他忧戚的目光，轻轻地叹息着……

阿都拉带着战士它什迈提隐蔽在洼地的黑影里，望着摇曳的篝火。

老牧人挟着步枪，缓缓地在火光中出现了，又在夜雾里消失。

牛羊伏在墙根下反刍。

新娘往火里添几棵骆驼刺，火光映着阿不力孜面颊上的泪滴。

颤抖的手摸索着琴弦，这本来是幸福的调子，但经过缓慢的延长，成为痛苦的声音。

阿都拉和它什迈提伏在洼地里关切地望着他们。

新娘子几次欲言又止，揪着衣服把话咽了回去。

傻姑娘睡得满头大汗，披头散发地从屋里出来，怔怔地向黑暗里走着……

老牧人拦住她："孩子，你要干什么？"

傻姑娘梦呓地："我妈回来了！我看见我妈回来了……"

老牧人理着傻姑娘的头发，眼泪像泉涌一样流下。

大冰山南面塔哈尔的礼拜堂里。

牧人卡拉，又在殿堂的窗口下，倚着墙角打瞌睡……

殿堂里，赛密尔披着大衣，像一只幽灵在奄奄欲熄的灯台下，手扶着灯柱，微眯着眼睛沉闷地望着殿堂上阴暗的窟窿……

拱门外一阵阵传来牧人们吹山羊角的声音。

一个牧人清脆的喊声："小……心……着……"

一个牧人低抑地回答："狼……来……了……"

赛密尔听到牧人的呼号，他恐怖地在身上画着十字……

他的助手热力普从鸭绒袋里，睡眼蒙眬地探出头来。

热力普："先生，你没睡？"

赛密尔："你听！"

热力普："什么？"

拱门外牧人的声音：

"小……心……着……"

"狼……来……了……"

热力普："这是牧人们守护羊群的声音！"

赛密尔："不，是上帝给我们的警号！"

热力普："先生，我们可不能拿上帝开玩笑！"

赛密尔："不，我们确实需要小心着，小心着……"

热力普："先生，您今晚似乎……"

赛密尔："热力普，我今夜对未来的探索，似乎是前进了一步……

热力普："先生，江得拉这步棋是否走错了？"

赛密尔："不，这倒是锻炼我们涵养的功夫，既不舍老本，埋住地下的明珠；又留有余地，钓鱼上钩……可是也不能太天真，错误地估计我们的对手，所以需要小心谨慎地再下上另一道保险钩……"

冰山上飘过来一阵寒风，窗外瞌睡着的卡拉，似乎是冻醒了，他缩缩脖子，闪了一下眼睛，又昏昏睡去……

牧人的声音：

"小……心……着……"

"狼……来……了……"

赛密尔轻轻地画着十字。

拱门口有一只黑影向外移去，衣角窸窣地擦着墙壁。

赛密尔惊悸地喊了声："谁？"

蒙面女人无声无息地回身冲着昏黄的灯影走回来……

赛密尔："你……"

蒙面女人："是我。"

赛密尔："我知道你在这儿……"

蒙面女人："是江得拉带我来的！"

赛密尔："这么晚你还不睡……"

蒙面女人："我来问问你，江得拉到哪儿去了？"

赛密尔："他出去打猎……"

蒙面女人："打猎？哼，鬼知道……"

他们相对沉默着。赛密尔眯缝着眼睛，隐蔽起他凶残的目光，慈祥地微笑着。于是，她一声不响，兀傲地扬着头走了。

在墙外空旷的戈壁上，对着北方明亮的北斗星，她站立了许久，许久……

牧人的声音：

"小……心……着……"

回答"狼来了"的更夫一边回答着，一边走近她，原来是卡拉。

卡拉："你干什么？"

蒙面女人："看北斗！"

卡拉："你的心事太重了！"

蒙面女人："我要告诉它，我的仇恨和痛苦，足够驮一千峰骆驼！"她手里袖着一把锐利的刀子。

野羊琴幽幽低泣着。

架在骆驼刺上的野牛粪，摇着蓝蓝的火舌……

新郎垂首抚着琴，傻姑娘情意绵绵地脱下自己的棉衣，轻轻地给他披上，然后她隔着篝火对着新郎坐下，火光映着她的脸，她的目光里流着痴情，也流着哀怨……

新娘疑云重重地看在眼里，更加重一番她的怀疑、忧虑。傻姑娘回头发现新娘正在看她，脸色倏地变了。

傻姑娘："看我干啥？我没你好看！"

阿不力孜："去，睡觉去！"

傻姑娘："哼，有了媳妇，就没有姐姐了！"

阿不力孜白了她一眼。

傻姑娘一边向院里走着，一边抽抽噎噎地说："我是多余的！"

伏在洼地里的阿都拉与战士它什迈提的目光很自然会到一起，彼此心照不宣地摇摇头，心想："这个家呀，可就是个问题……"

冰河静静地流着。

河里映着满天灿烂的星斗。

新娘满怀心事地翘首望着星空，默默无语。

四

在边卡营房的院子里。

沙比尔·乌受带着二班战士坐在用大头羊犄角制成的凳子上，修理鞍具，检查武器。

阿都拉和它什迈提似乎是才起床，睡眼惺忪地端着牙具、脸盆走过去。

司马宜·阿不都力密提把罐头盒子从伙房里拿出来，放在窗台上晒阳光，然后向沙比尔·乌受走去。

司马宜："班长，请允许我也去！"

沙比尔："你刚来，去搜索人熊，还要带两个老乡，用不着那么多人，你休息！"

司马宜："班长，我不需要休息！"

沙比尔："也好，你就在家里顶一班哨！"

司马宜："我顶哪班儿？"

正好排长走过来。

沙比尔："你问排长吧！"

杨光海："走吧，我带你去转转！"

在冰山哨位的下面。

杨光海给新战士介绍环境，司马宜·阿不都力密提惊讶地翘首望着。

上哨的战士迅速地爬上冰山。

下哨的战士像闪电一样自高山顶上滑下。

杨光海："明白了吗？上哨要踩有雪的地方。"

司马宜："上去费点劲，下来就机械化了！排长，我几点钟上哨？"

杨光海："再隔一班，十一点半。这是祖国的大门，站在这儿就是给全国人民站岗，要百倍地警惕！"

司马宜："是，要百倍地警惕！"

杨光海："你才到卡子上，可以下去熟悉熟悉环境！"

司马宜："是，排长，我可以去了吗？"

杨光海："去吧。"

司马宜·阿不都力密提信步走近河谷，河边冻结着圆珠、麦穗，各式各样的冰凌，他蹲在河边洗头发，倒吸一口凉气："啊，真凉！"他一边用手拍着头顶心，一边自言自语地说："别太兴奋了，要百倍地警惕呀！"

他正用手绢擦着头发，突然上游有人喊着："哎呀，帽子！帽子！"

他抬头一看，原来是一个牧羊姑娘的花帽子顺水漂来了，他急忙伸手捞上来，看看这顶帽子很熟——黑丝绒小帽镶着花花绿绿的珠子。

傻姑娘走过来，接过帽子，把水甩了甩，戴在头上。

傻姑娘："谢谢你！"

司马宜："你大概是尼牙孜的女儿，我认识这顶帽子！"

傻姑娘："我是朵丝侬莎阿汗！"

战士惶惑地望着她。

傻姑娘:"新来的吗?"

司马宜:"嗯……"

傻姑娘:"怪不得不认识,维吾尔吗?"

司马宜:"嗯。"

战士仔细地端详着她。

傻姑娘:"看我干啥?我脸上也没花!"

司马宜:"你也不像塔吉克,连名字都不是!"

傻姑娘:"跟你一样,维吾尔!"

司马宜:"你的家呢?"

傻姑娘:"远了……"

司马宜:"在哪儿?"

傻姑娘:"在呀……"她稍稍犹豫一下,"叶城!"

司马宜惊讶得像个孩子:"你叫朵丝侬莎阿汗?你是叶城的?"

傻姑娘:"你呢?"

司马宜:"跟你是一块的,朵丝侬莎阿汗,你……"

傻姑娘突然眼珠一翻,像微风里的落叶,摇摇晃晃地、瘫软地扶住战士。

傻姑娘:"别说了,别说了,怎么天旋地转哪?……"

她嘻嘻地笑了,笑了又哭。

战士惊异地看着她。

傻姑娘:"……都说我是傻子,我委屈……"

突然她狠狠地打了战士一拳。

傻姑娘:"去你的吧,骗子!"

她呼啸着把羊群赶上了草滩,响亮地抽着鞭子。

战士站在草滩边上,望着她的背影,望着云朵般的羊群,他的眼前出现了:

……一片野花盛开的山坡,有个梳着满头辫子的小姑娘,牵着一只老山羊;一个大眼睛的男孩,两手捧着一株红色的花朵,跑到小姑娘身旁,兴高采烈地叫着:"朵丝侬莎阿汗,你瞧,多好看!"

小姑娘停下来说:"哎呀,真好,红得像火!"

微风轻轻地拂摆着花朵……

小姑娘伸着手:"司马宜·阿不都力密提,你给我,给我!"

小男孩跑几步:"你一拿就枯了,回家栽上它!"

小男孩捧着红花走进村子。

小姑娘噘着小嘴牵着羊走进村子。

村子的街道上烟尘滚滚,人声鼎沸。

江得拉耀武扬威地马后拖着一个血肉模糊的人在街道上,来往奔驰……

一个脸上蒙着黑纱的中年妇人勒住江得拉的马嚼子说:"他是好人,看在胡达的面上,饶恕了他吧……"

江得拉说:"胡达让我惩罚俄国回来的奸细,撒开!"

小男孩捧着红花从人丛里钻出来,惊呼一声:"嘿呀!朵丝侬莎阿汗,你妈妈……"

小女孩扔了山羊,从人丛里挤出去,向母亲狂奔。

妇人跪在地上,紧紧地拉住马嚼口死也不放。江得拉随手一枪。小女孩惊呼一声,扑在母亲身上。

江得拉向他的爪牙一挥手:"把这个小贼种带上!"

一个彪形大汉把小姑娘挟上马去。

一群疯狂的马匹拖着一具尸体,横冲直撞,奔出村去……

小男孩手里捧着红花,牵着山羊,张皇失措地哭喊着向村外追去……

傻姑娘的背影。

司马宜:"十几年不见,都长大了……"

草滩上跑着一串马蹄。沙比尔·乌受心急似箭,紧紧地抡着鞭子。

司马宜·阿不都力密提热情兴奋地拉住傻姑娘的手。傻姑娘羞答答地垂着头,撩着眼皮偷偷地打量他……

司马宜:"朵丝侬莎阿汗，你看看我，好好看看我，我是谁？你不认识了？"

傻姑娘盯着他微笑不语。

突然，背后有人一声怒斥:"司马宜·阿不都力密提！"

随着声音，沙比尔的战马倏地从战士的身边擦过去:"该你的哨了！"

战士急忙撒开傻姑娘的手，迅速走去。

沙比尔回身看了看，又猛地抽一鞭子:"什么作风！"

傻姑娘默默地赶着羊群，轻轻地说了声:

"司马宜·阿不都力密提！"

司马宜·阿不都力密提全副武装向冰山顶上爬着，他每次艰难地迈进一步都要停下来喘息两分钟，而偏偏是脚还没站稳又滑回十几步去。

山顶上的哨兵看看表，已经是十二点十分了，超过了四十分钟，不知为什么还没人来换他的哨。

司马宜·阿不都力密提像吃醉酒一样在山腰上打晃。

山顶上的哨兵又看看表，已经超过五十分钟了。

下一班哨的哨兵，它什迈提已经从山下迅速向上爬着，很快就追上了司马宜·阿不都力密提。

它什迈提:"司马宜·阿不都力密提同志，你还没上去？"

司马宜:"头昏眼花，喘不出气来！"

它什迈提:"这里空气稀薄，过几天就好了，你回去吧，你的哨上一班已经替你站了！"

司马宜:"你回去，这是我头一回上哨，我一定要站一班！"

它什迈提:"好，我领你上去看看！"

它什迈提拉住他，只消几分钟便把他拖上山顶。

司马宜·阿不都力密提艰难地向哨兵敬个礼，刚想说点什么抱歉的话，还没容张口，哨兵冲他一乐，忽的一声已经滑到山下去。

它什迈提:"你看，正南草滩上那个黑点是尼牙孜的独立家屋，东面从南往北数，头一道是无名沟，第二道是黑熏沟……"

它什迈提从防风洞里拿出望远镜："给你，用望远镜看看！"

司马宜："那儿有人……"

它什迈提："是二班！"

黑熏沟口。

战士们把马连在一起，分成两路，沿着两侧的山岗进入黑熏沟搜索。尼牙孜父子和沙比尔一组插进中间的河谷。

司马宜·阿不都力密提放下望远镜。

它什迈提："正南那一道地平线的后面是国境线，离这儿还有七十多里。西南那条大沟叫乌金沟……"

司马宜："噢……"他说不出话来，觉着心里直闹，一阵阵想呕吐。

它什迈提："下去吧，下去休息休息会好的！"

司马宜："嗯……"

司马宜坐在冰坡上，才一翘脚，便觉着耳旁"忽"的一声，身不由己地、翻翻滚滚打着螺旋，从冰山上跌进山脚很深的积雪里。

当他恢复了知觉，从积雪里钻出来时，发现帽子丢得远远的。他拾起帽子，随便卡在头上，便捂着头，按着胸口，拖着沉重的步子往回走……才摇晃地挪动三五步，忽然背后有人严厉地喊住他："司马宜·阿不都力密提！"

司马宜回身看看，发现是排长叫他，便歪歪扭扭地立正站住。

杨光海："你是一个边防战士吗？"

司马宜："是的！"

杨光海："我看还差一点！"

司马宜："我需要锻炼，适应这个环境！"

杨光海："不仅如此，你还需要学习一个边防战士在任何艰险情况下都要爱护自己的武器。"

司马宜："这个没问题。"

杨光海："问题很大，看看你的冲锋枪吧！"

战士低头检查一下自己的武器，才发现冲锋枪的梭子不见了。

司马宜:"排长同志,请允许我去找回来!"

杨光海:"不必,你要记住这次经验教训就行了。"

杨排长从背后的皮带上拔下冲锋枪的梭子,亲自把梭子给司马宜在枪上插好,拍拍他的肩膀,亲切地微笑着。

司马宜:"排长同志,我想提一个问题。"

杨光海:"说吧。"

司马宜:"排长同志,如果在冰山上拴一条绳子,上哨拉着,不是可以借把劲吗?"

杨光海:"有道理!"

司马宜:"那为什么不拴呢?"

杨光海:"很简单,因为在冰山上追索敌人也没有绳子!明白吗?"

司马宜:"明白了,我可以走了吗?"

杨光海:"可以。"

战士端正一下帽子,敬个礼,挺起腰板走进卡子。

黑熏沟里。

一阵激烈的枪声。

一只巨大的棕熊,从河坎上滚下去。

沙比尔·乌受抹一把汗,回头冲尼牙孜父子说:"这回问题算彻底解决了!"

边卡的院子里。

司马宜·阿不都力密提把罐头盒子里的花秧移植在长方形的木箱里。

杨排长从办公室拿着一包菜籽走来:"你看,这是北京一个工人给咱们寄来的菜籽,他希望咱们在世界屋脊上也能吃到北京的萝卜。看见你的花,给我很大启发,咱们得琢磨琢磨改变一下帕米尔的生活……"

司马宜:"排长,这个任务交给我吧,我负责!"

杨光海把菜籽交给他:"不要一回全种上,先少种点试试!"

司马宜:"是。"把菜籽揣在兜里。

司马宜："我想向排长汇报一个情况。"

杨光海："好吧！"

司马宜："上哨以前在草地上遇见个牧羊姑娘，她是维吾尔，又是我的同乡，她的名字又跟我的未婚妻一样……"

杨光海："你说的是朵丝侬莎阿汗，是不？"

司马宜："就是她，排长，她的家庭情况你了解吗？"

杨光海："当然了解了，我说你听对不对？他的父亲叫阿洪诺夫！"

司马宜："对！"

杨光海："参加过反对盛世才反动统治的革命斗争，让特务江得拉用马拖死了……"

司马宜："对，全对，不用讲了，正是她！"

杨光海："那很好哇，她认识你吗？"

司马宜："那时都很小，今天见面还没有深谈，二班长就催我回来上哨！"

杨光海："嗯，是这样。"他看见二班战士正在卡子门前下马，随即走去。司马宜·阿不都力密提又紧走几步追上他。

司马宜："排长，我还想提个问题。"

杨光海站住："你说吧！"

司马宜腼腆地："她……"

杨光海："没结婚，也没对象，这就放心了吧？"

司马宜："排长，我是关心她……"

杨光海："不用解释！"

司马宜·阿不都力密提打着口哨向卡子门外走去，迎面正遇沙比尔·乌受进来。

司马宜："班长，回来了？"

沙比尔·乌受用鼻子哼了一声，一见他就没有好气。

杨光海："二班长，搜索的结果怎么样？"

沙比尔："报告排长，问题解决了，三枪把大熊撂倒了！"

杨光海："你先休息休息。"

沙比尔："排长，新来的这个战士作风有问题！"

杨光海："好，我已经知道了。"

沙比尔·乌受气呼呼地走去。

在边卡下面的草地上。

尼牙孜骑着马风快地向卡子上跑去。

司马宜·阿不都力密提用坎土曼翻着地，它什迈提坐在旁边弹着东不拉。

它什迈提："来，你歇歇，我翻几下。"

司马宜："音乐家，你就来一支最快乐的曲子吧，我的劲头会越来越大！"

它什迈提唱起一首幸福的情歌，他的东不拉轻轻地拨、快快地拨，一会儿像潺潺的溪水，一会儿又像溪水穿过丛林，微风翻弄着千万只白杨叶子，窸窸窣窣地应和……

在幸福的歌声中，司马宜的坎土曼轻快地挥舞着。

在排长的办公室里。

尼牙孜在和排长谈话。

尼牙孜："唉，事情摊到身上了，什么也甭说了，死的顾不上，总还得顾活的……排长，有件事想请你出出头……"

杨光海："你说吧，大叔！"

尼牙孜："排长，不怕你笑话……朵丝侬莎阿汗一心一意想嫁给阿不力孜……我也满心想成全他们，可我老伴不干，儿子翅膀也硬了，自己出去对个象……唉，我这姑娘别的毛病没有，就是心眼窄，当新媳妇面，真真假假不假地啥话都说，这说不定哪天又挤出点事……今天往这儿来，我一边走一边想，昨天二班长救了她一命，朵丝侬莎阿汗这是两世为人了，姑娘虽说偶尔犯个傻病，但只要找着对象，心里一亮堂，病准会好。排长同志，就请你做个媒，给二班长提提怎么样？"

杨光海："不用我做媒，这儿倒有一门现成的亲事……"

尼牙孜："排长，你这是啥意思？"

杨光海："朵丝侬莎阿汗早有对象了！"

尼牙孜："排长，这可不能开玩笑啊！"

杨光海："她没告诉过你？"

尼牙孜："排长，你快照直说吧！"

杨光海："我们卡子上新来了个战士，叫司马宜·阿不都力密提！"

尼牙孜："我认识。"

杨光海："他也是叶城的。他小时和朵丝侬莎阿汗订过婚！"

尼牙孜："谁说的？"

杨光海："今天他们俩遇见之后，战士向我汇报的。"

尼牙孜春风满面："这死丫头，干吗瞒着我不说呢？好，太好了，排长，咱们就一块给他们办喜事吧！"

杨光海："他正在服役期间，虽然有这么个特殊情况，也得请示上级。"

尼牙孜："哦——好，就等你的信儿了！小伙子呢？我要好好看看，相相女婿！"

杨光海："大叔，先等等。"

尼牙孜："天不早了！"

杨光海："别急，大叔，女婿都给你送上门了，还怕成不了亲戚？大叔，你是咱们边卡的耳目，不要让悲伤和快乐搅昏了头脑，要时时提高政治警惕，尤其是夜里，要多留点神，不要麻痹！"

尼牙孜："这我知道……"

杨光海："大叔，看样子我再多留你一分钟，你也受不了啦？"

尼牙孜："请原谅吧，就这一回……"说着拾起马鞭和帽子就向外走。

杨光海："你再等等，大叔！"

尼牙孜："唉，有话改天说吧……"

杨光海："就一句！"

尼牙孜："这就两句了！"

杨光海："明天早晨请新娘来送一桶牛奶！"

尼牙孜："好。"

杨光海："这是任务！"

尼牙孜已经像鸟一样飞出门外，远远地应了一句："执行！"

在边卡下面的草地上。

一群塔吉克孩子围着它什迈提看他弹东不拉。

司马宜·阿不都力密提开出很大一块地了。

尼牙孜骑着马，像一阵风似的刮来，他勒住马停在司马宜的背后，在马上斜歪着身子上下打量着女婿。

司马宜·阿不都力密提一边干着活，一边随着琴声哼着，他根本不知道背后有人在打量他。

尼牙孜："哎，闪闪，拦马头了！"

司马宜·阿不都力密提回头一看，原来是尼牙孜。他惊喜地放下坎土曼，搂住尼牙孜的膀子。

司马宜："嘿，尼牙孜大叔，你好！我正想抽空去看你呢。"

尼牙孜："我早说我们是一个链子上的骆驼，要在一个地方聚齐嘛！小伙子，你这又是干什么？"

司马宜："翻点地，种萝卜。"

尼牙孜："看样子，你是嫌一个不够，想活吃两个山羊犄角了！哎，有工夫干点正经的。你这是白费力气，孩子，大叔这是关心你！"

司马宜："我知道。"

尼牙孜："我告诉你……"从马上探身把嘴贴到司马宜的耳边，小声小气地说，"咱们是亲戚……"说完他得意地笑了。

司马宜："大叔，谁告诉你的？"

尼牙孜："那你还不知道？"

司马宜："是朵丝侬莎阿汗？"

老牧人未加可否，狠狠地用胡子蹭蹭战士的脸蛋，又像一阵风似的跑了。

战士望着老人的背影，摸着火刺刺的腮帮子，似乎明白了什么，满意地笑了。自言自语地："看来她没有忘记，她想起来了……"

它什迈提的琴声，像马群窜进了草地，欢腾跳跃，抖弄着鬃毛……

尼牙孜家的门前。

阿不力孜托着尼牙孜下了马。

尼牙孜："朵丝侬莎阿汗呢？"

阿不力孜："睡觉呢。"

尼牙孜："有心事了吧？"说着几步跨进屋子。

新娘见老人回来了，急忙盛了一碗酸奶，拿来两个馕，垫块布放在地毯上。

傻姑娘正躺在墙角，蒙头大睡。

尼牙孜："朵丝侬莎阿汗！快起来，快起来！"

傻姑娘忽地掀开被子坐起来，怔怔地望着尼牙孜。

尼牙孜："我看你就是装睡嘛……"

傻姑娘冷静地垂着头理着辫子。阿不力孜抱着鞍具进来，放在一边，见老牧人今天兴奋得有些异样，随手掰块馕放在嘴里，把奶碗向父亲面前推了推。

尼牙孜："朵丝侬莎阿汗，说说你想什么呢？"

傻姑娘目光往老牧人的脸上一扫，看见老人喜形于色，心里暗暗地松了口气……

尼牙孜："哼，这事你还瞒着我？"

傻姑娘一怔，又痴呆地察看着尼牙孜。

尼牙孜："你以为我还不知道呢！别瞒着了，卡子上新来的那个战士司马宜·阿不都力密提，你们俩从小家里给订的亲，这些年人家可一直没忘你。这小伙子哪样我都可心！我很满意！"

这个意外的消息，去了阿不力孜一块心病，他端起碗痛快地喝了一口奶子。

傻姑娘心里的石头一下落了地，她冷眼望着阿不力孜。

尼牙孜："怎么不说话呀？"

老牧人从儿子手里接过奶碗，急切地等待傻姑娘的回答。

傻姑娘："问阿不力孜吧……"

阿不力孜："问我干啥？"

傻姑娘："只要你一句话，下地狱我也去！"

阿不力孜："你这话是安的什么心思？"

傻姑娘："你心里明白！我不能当着新娘子的面……哼！"

阿依仙木霍地站起来。

阿依仙木："爹，我明天回去！"

阿不力孜："你不明白，阿依仙木！"

阿依仙木："我什么都明白了！"

傻姑娘："明白也晚了……"

阿不力孜忽地拔出短刀："朵丝侬莎阿汗，我跟你拼了！干吗这两天你昧着良心，这么败坏我？你打算干什么？"

傻姑娘敞开怀，倒心安理得地松了口气。

傻姑娘："杀吧，阿不力孜，死到你手，我甘心乐意！"

尼牙孜叭的一声把奶碗摔在毯子上："塔吉克的刀子不是对自己人的！"

阿不力孜瘫软地松了刀子，伏地痛哭："眼镜蛇咬了我的心了……我跳到冰河里也洗不出这股毒去！"

新娘茫然地看看傻姑娘，又看看阿不力孜，她该同情谁、憎恨谁呢？不理解，真是个谜……

夜。

在冰山南面塔哈尔的小戈壁上。

蒙面女人向北立着，身上照着月光。衰老的卡尼力站在她的身旁。

卡尼力："你有很多心事……"

蒙面女人："谁说的？"

卡尼力："一个关心你的人……"

蒙面女人："卡拉？"

卡尼力："你放心，他是个善良的人……"

蒙面女人："告诉他，多看我一眼，魔鬼会吃掉他，谢谢他的好心！"

卡尼力："江得拉是你的什么人？"

蒙面女人："我们是对头，不要问了，你什么都不要问了……"

卡尼力木然地望着她，轻轻叹了口气。

牧人的声音：

"小……心……着……"

"狼……来……了……"

卡拉又在老地方瞌睡着。

赛密尔在礼拜堂里宁静地画着十字："上帝保佑，屈死的棕熊也该升入天国……中国的骑兵也不过如此……"

牧人的声音：

"小……心……着……"

"狼……来……了……"

赛密尔得意忘形地："应该喝一杯白兰地呀！"

热力普："早光了，先生！"

赛密尔："真需要痛快地喝一杯酒！"

热力普："这儿酿酒只有用石头！"

赛密尔："帕米尔上的石头比白兰地还要珍贵得多……"

热力普："白天酷热，夜里严寒，我们是背靠赤道，脸贴北极，这是发疟子，不是人类的生活！"

赛密尔："热力普，我听出来了，今天你的心弦上定的是悲怆的调子！"

热力普："先生，你被这死亡的边角的魔鬼迷住了，否则你会显赫一时的！"

赛密尔："错了，热力普，错了。要是我们能横穿中国边境，进入乌金沟这条密径，绕过中国的卡子，用真神的名义扎根站脚，在帕米尔的伊斯玛利亚教徒中煽起强烈的风暴，然后席卷天山南北，建立我们的东土耳其斯坦，我将要在'克什葛尔'登上大汗的宝座。一旦我们的老头子用原子武器独霸住世界，我的宝座还要越过迪化、兰州、西安，一下挪到北平去。到那时，我要在白兰地加葡萄酒的海洋里行驶我的快艇，可站在我身边的陆军部长不是热力普，而是别人。那时你会后悔的！"

热力普："我认为，我们应该站在海岛上去颠覆中国大陆！"

赛密尔："可中国的东海岸上，连礁石都是锋利的牙齿！只有这里……只有这里……只有今天，才显示出我这个帕米尔专家，在几十年前就有超凡出众的眼力！"

阴沉的殿堂里，响起一阵疯狂的暴笑。

笑声惊醒了窗外的卡拉，他睁开一对明亮的眼睛。他的眼睛闪闪发光，像挂在天边一对闪烁着的星星。

在尼牙孜门前，篝火飘摇。

阿都拉与它什迈提隐蔽在洼地的黑影里静静地望着。

篝火旁，阿不力孜垂首坐着，傻姑娘蹲在他的对面擦眼泪。

傻姑娘："阿不力孜，你平心想想，这些年姐姐就是为你活着，我爱你呀！"

阿不力孜："那我管不着，可我没爱过你！"

傻姑娘："事已如此，我不能让你为难，苦水就让我一个人喝吧。有眼泪往心里流，姐姐一定离开你们就是了……"

尼牙孜与阿依仙木从屋子里走出来。

尼牙孜："她有病，爱说什么就说什么，你别往心里去，听爹的话，她出嫁了也就好了！"

阿依仙木："嗯。"

尼牙孜："你妈不在了，这个家就得你当，明天起早给部队送一桶牛奶去！"

阿依仙木："好吧！"

傻姑娘听见有人出来，起身离开阿不力孜，走到羊群里喊了一声："嗬欧……"

河谷里有块石头轰隆一声滚下坡去。

阿都拉仔细地听着。

夜静悄悄的，再没有声息。

五

在卡子前的草地上。

司马宜·阿不都力密提气喘吁吁地跑着，每跑二三十步便不得不停下来，仰面朝天地在草地上躺着。

沙比尔·乌受拎着一双湿漉漉的胶鞋，从河岸上往回走，看见司马宜躺在地上，便在他身边停住。

沙比尔："锻炼不在一时，我说不让你硬跑嘛！"

司马宜忽地立起："没问题！"他摔掉上衣，又向前跑去。

沙比尔·乌受自以为是地摇摇头，自言自语地走了："装腔作势，小毛孩子，我一眼就看透你……"

司马宜·阿不都力密提一鼓劲绕了个大圈，只觉着天灵盖"砰砰"直跳，心脏忽忽悠悠地像是要脱口出来，两腿一软，便身不由己地摔倒了。

他闭目阖眼不知躺了多久，忽然听到耳边有人亲昵地唤着他。他慢慢睁开眼睛，眼前有一个女人的模糊的影子，蹲在他的身边……

司马宜："谁？"

傻姑娘："我。"

司马宜："哦！"

傻姑娘妩媚地一笑："起来，帮我拦拦羊子！"

司马宜挣扎着站起来，依然是头昏目眩、恍恍惚惚的，脚底下没根……傻姑娘用膀子架住他，咪咪地笑着："你看你，怎么搞的？"

杨光海和沙比尔·乌受正站在卡子门前谈话，沙比尔·乌受乜斜着眼睛向草滩上望着。

沙比尔："排长，你看，怎么样？我没说错吧？公开这么拉拉扯扯的，这影响有多坏！"

杨光海一笑："我看问题不大，走吧，进院子去，别影响人家！"

沙比尔愤懑地："排长！"

傻姑娘挽着司马宜·阿不都力密提赶着羊群走向河岸去。

傻姑娘："仔细端详，还能看出点你小时候的模样，我呢？女大十八变，越长越丑了……"

司马宜："不知道这些年你是怎么过的？你受了些什么折磨？"

傻姑娘："先不谈这个，让人心里难过……我爹说让你跟卡子上提提，让咱们快一点办喜事呢！"

司马宜："办喜事？"

傻姑娘眉开眼笑地："啊！"

司马宜："别！"

傻姑娘："你不愿意？"

司马宜："不是。"

傻姑娘："那还等什么？"

司马宜："我们还年轻，忙什么？"

傻姑娘扳住战士的脖子，照腮帮子上狠狠地亲了一口："傻瓜！"

司马宜·阿不都力密提面红耳赤地躲开去："别这样，让同志们看见，多不好意思！"

傻姑娘："怕啥，哪个当兵的下晚睡觉不想搂个小媳妇！"

司马宜："朵丝侬莎阿汗，这叫什么话！"

傻姑娘："别跟我装相，边防军见了女人都会'妈搭'着眼皮儿，可心眼里比谁都痒痒！"

司马宜·阿不都力密提气愤地站住，睁大一对锋利的眼睛望着她："住口，这是污蔑！"

傻姑娘："傻小子，就你好！我说的都是实话，你们那个大个子班长，对我早没安好心……"

司马宜烦躁地："朵丝侬莎阿汗，要不是我了解你……"

司马宜·阿不都力密提压抑着把话咽回去，沉默地望着她。他百感交集，目光里有痛苦，有怀疑，有失望，也有惋惜……

傻姑娘："长得像没毛的骆驼似的，我黑眼白眼看不上他，你可别往心里去！"

他感到他们之间似乎是隔着一座冰山，或者说有一段无法缩短的距离，他什么也不想再说了，便毅然转身向回走……

傻姑娘急忙追上他："那我们的事你倒提不提呀？"

没有回应，他拾起他的上衣，用力地抖了几下，爬上了斜坡，向卡子走去。

傻姑娘望着走去的司马宜，娇嗔地唾了一口："呸！死骷髅，尽是这样的！"

司马宜走进卡子。

沙比尔·乌受迎着他，劈头盖脑地喊了一声："司马宜·阿不都力密提！"

司马宜："有！"

沙比尔："你立正！"

司马宜："是！"

沙比尔："你得在班务会上作深刻的检讨，检讨！"

司马宜："我检讨什么？"

沙比尔："你明白！"

司马宜："我不明白。"

排长笑着走过来："沙比尔·乌受，你不了解情况！"

沙比尔："我堵住两回了，还不了解？排长，你对战士不能无原则地偏爱！"

杨光海："这几天，我考虑着一个问题，所以没有把司马宜·阿不都力密提的情况及时告诉你……"

司马宜："排长，我想和你谈谈……"

杨光海："就在这儿一块说吧。"

司马宜："我很苦恼……"

沙比尔："我看你就是得苦恼！"

杨光海："为什么呢？"

司马宜："心里别扭，她……不对头！"

杨光海："她是死里逃生的人，精神上受了很多折磨。再说姑娘大了，也有爱情上的苦闷。恐怕是在作风上你不大习惯吧？"

司马宜："报告排长，我永远习惯不了……"

杨光海："要多了解她，也更多地帮助她……"

新娘子抱着奶桶怯生生地从门外走进来，排长看见她，便收住话，热情地招呼着她走进屋子。

沙比尔·乌受困惑地望着司马宜："你和朵丝侬莎阿汗……"

司马宜："从小订的！"

沙比尔·乌受伸出两只大手拍着战士的膀子说："糟糕！我这脑袋又发热了……"

办公室里。

因为新娘子是初次来卡子上做客，所以部队按照塔吉克的习惯，在新娘面前摆着瓜干、杏仁、糖果和茶水……

阿依仙木："那么我就先向支部汇报一下我的思想情况……"

杨光海："谈吧！"

阿依仙木："我很苦恼……"

杨光海："怎么，你也苦恼？"

阿依仙木："嗯，我发现朵丝侬莎阿汗对阿不力孜很有感情，我一来，闹得家庭不和……因此，我很苦恼……"

杨光海："你对阿不力孜的看法呢？"

阿依仙木："很难说……"

杨光海："他对你呢？"

阿依仙木："好！"

杨光海："他对朵丝侬莎阿汗呢？"

阿依仙木："现在很淡薄，谁晓得以前……"

杨光海："据我了解，朵丝侬莎阿汗以前对阿不力孜倒是抱很大希望，可你的爱人从来没同意过，就是你母亲也反对。不过你爹疼姑娘，说是疼莫如说可怜她，倒是想成全她。可你爹做不了你妈的主，儿子又不干，也就作罢了。再说人家一小的对象又遇上了，我看你倒不必自找苦吃了！"

阿依仙木："可是朵丝侬莎阿汗总是风言风语的……"

杨光海："她有精神病嘛，又何必跟她计较！她闹，你也闹……"

阿依仙木低头笑了："我没闹！"

杨光海："你是个青年团员，住在国境线上，应该和武装的战士一样，承担起光荣地保卫祖国的任务，不要让家庭问题把你的脑子搅糊涂了！"

阿依仙木："那我太高兴了，我可以骑马跟你们一块去巡逻！"

杨光海："不，那不是你的任务！"

阿依仙木："请组织上分配吧，我干什么都行！"

杨光海："记住，白天你要监视无名沟，任何人不许进去！"

阿依仙木："我爹呢？"

杨光海："不行！"

阿依仙木："阿不力孜呢？"

杨光海："不行！"

阿依仙木："我呢？"

杨光海："也不行！"

阿依仙木："为甚么呢？"

杨光海："上级的决定，无条件执行！夜里要提高警惕，无论听见什么，看见什么，第二天要及时汇报！"

阿依仙木："好吧！"

杨光海："昨夜你听见什么声音了吗？"

阿依仙木："没有……"

杨光海："不是河谷里有块石头滚落了吗？"

阿依仙木："对，这我听见了。"

杨光海："好了，就连这么个声音也不能错过！懂了吗？"

阿依仙木："懂了！"她围上头巾，站起来准备走了。

杨光海："等等，尤其是下午四点钟，不许任何人向东南方向放羊！"

阿依仙木："为什么下午四点钟不行？"

杨光海看看表已经三点一刻了："回去吧，在路上你会明白的！"

阿依仙木在马上抱着奶桶，顺着草滩往回走，她自言自语地叨念着："下午四点钟……在路上会明白的……这个排长，还喜欢让人猜谜……"

瓦蓝的天空浮起一块乌云。顿时布满天空，雪山上卷起一撮撮的白毛。山岩是自然的口哨，"嘶嘶"地尖叫着，于是，狂风像千万匹奔腾的劣马，披散着鬣毛，呼号，暴跳，迎面袭来（下午四点是帕米尔的定时风暴）。碎石、沙粒，扑打得新娘睁不开眼睛，她抱着奶桶从马上滑下来，伏在草地上："哦，这大概就是四点钟啦……"

　　风暴中，冰山在坍塌、爆裂，霹雳轰鸣，群山响应。
　　阿不力孜伏驰在马背上，在风沙里呼唤着新娘子……

　　卡子的办公室里。
　　在干部会上，沙比尔·乌受与阿都拉争得面红耳赤。
　　沙比尔："没有必要再草木皆兵、疑神疑鬼的！消灭了熊，问题就已经结束了！"
　　阿都拉："问题并没结束，我们不应该把尼牙孜家的事件，简单地归结到动物身上去……"
　　沙比尔："不是我把问题简单化，而是你硬要把简单的问题搞得复杂！不要忘记，这一切是傻姑娘亲眼见的！"
　　阿都拉："在夜里，她去拦羊回来，跟她母亲还有一段距离，她怎么可能看清更远的地方是什么拖走了羊子呢？再说在惊慌失措当中，我们又怎能相信一个精神病患者？"
　　沙比尔："那只好由你怀疑吧，你认为是人，可就是没有一点根据！"
　　阿都拉："根据有，当然有！"
　　沙比尔："拿出来看看。"
　　阿都拉："夜里我听见有人在尼牙孜家前面的河谷里蹬翻了石头！"
　　沙比尔："你看见了吗？"
　　阿都拉："不必看见。"
　　沙比尔："那是野兽！"
　　阿都拉："尼牙孜家门前笼着火，野兽是不敢靠近火光的！"
　　杜大兴："那么说真有敌人越过了天险？"

沙比尔："黑熏沟我们二班已经搜索过了！"

杜大兴："那还有无名沟呢？"

沙比尔："无名沟？不可能！"

杨光海："可能！同志，作为一个边防军人，不仅需要勇敢，也需要机智。沙比尔·乌受，公开的敌人是畏惧你的马枪战刀的！可隐蔽的敌人却希望他们的对手当中多有几个像你这样的战士，因为你的放松警惕，客观上就等于暗中帮助了他们，可对人民来说，这就是犯罪了！"

沙比尔："排长，这种批评是不能让人心服的……假设就算是敌人偷越了天险，可他们插翅也飞不过我们的卡子。那他们的目的到底是什么呢？"

杨光海："对，我们就是要研究研究敌人的目的！"说着"刷"地拉开地图的帷幕。

部队自制的草图上，标志着国境、河流、冰山、无名沟、黑熏沟、独立家屋、乌金沟……

排长的手指着无名沟："这是哪里？"

沙比尔："无名沟。"

指着乌金沟："这里呢？"

沙比尔："乌金沟。"

杨光海："它通哪里？"

沙比尔一惊："这……"

杨光海："敌人要是进了这条沟，就可以躲过卡子，绕到我们的背后！"

沙比尔："可那是一条无人知道的秘径！"

杨光海："敌人是个老帕米尔，没有一块沟沟洼洼他不熟悉！"

沙比尔："那他们怎么敢害死尼牙孜的老伴，来惊动我们？"

排长的手在无名沟到独立家屋与乌金沟之间画了一条直线，然后返回来又在独立家屋上停住……

杨光海："尼牙孜的独立家屋是通向乌金沟的必经之路，敌人也知道那是我们的耳目……"

沙比尔："敌人不会那么糊涂，竟敢拔去我们的耳目……"

杨光海："如果他们企图收买呢？把我们的耳目变成他们的据点，既掌握住我们的巡逻规律，又了解我们有无埋伏，以后在这条路上不就可以畅行无阻了吗？"

沙比尔："买通我们的耳目？做梦，那根本不可能！"

杨光海："对呀，敌人在一个普普通通的中国老妇人面前碰了钉子之后，他们还能留下尼牙孜大婶向我们报告吗？"

沙比尔若有所悟："哦……"

杨光海："敌人认为非常巧妙的，是用人熊联系上黑熏沟，掩盖住他们的蛛丝马迹……他们仍在无名沟里观察我们的动静，测验我们的心理。敌人希望我们像山羊一样无智，钻进他们的套子。缓一步棋，再重新布局。总卡指示我们捕熊，又不许进无名沟，并且要求我们暗中保护尼牙孜，这就是肯定了敌人的存在。这是将计就计，稳住敌人，让他们钻进我们的套子！二班长捕熊是有功的，但是捕杀棕熊之后就认为天下太平无事，这是可怕的！"

沙比尔·乌受狠狠地搔着头皮，沉吟不语。

杨光海："刚才总卡来了一份重要指示：一、要求我们继续掩护尼牙孜，观察敌人的动静，这个任务由一班长继续执行！"

阿都拉："是！"

杨光海："二、一旦活捉住人熊这个活口，要迅雷不及掩耳地立即搜索无名沟！三、要在乌金沟里布上一道拦江网，长期隐蔽埋伏，埋伏的人要强渡雪水，人不知鬼不觉地进入阵地。长期隐蔽在冰山雪海里，是非常艰苦的任务，那就要求我们边防军人发挥高度的爱国主义精神去战胜困难！"

沙比尔："报告排长，把最艰巨的任务给我们二班！"

杜大兴："报告排长，隐蔽埋伏，我们三班的经验丰富，这个任务应该三班去执行！"

沙比尔："排长！"

杨光海："决定了，就由三班去！二班分成三个小组反复巡逻！"

杜大兴："是！"

沙比尔："是！"

排长从抽屉里拿出一张照片："大家先认识认识，这就是我们狡猾的对手，高原上的狐狸！他披上了一件宗教的外衣，像黄老鼠推冰山一样，梦想颠覆我们的祖国！"

照片：赛密尔狡狯地微笑着。

夜。

司马宜·阿不都力密提顺利地从冰山上滑下。他回头望望陡峭的冰山，随手拍拍大衣上的雪粒，便打着轻快的口哨向卡子上走去。

卡子前笼起一堆大火，战士们影影绰绰地围着火光跳舞。

草地上飘着东不拉、手鼓声和它什迈提的歌声……

歌声顺风飘进尼牙孜的院子。

傻姑娘站在黑暗里望着远远的篝火。

阿依仙木立在门旁望着她。

阿依仙木："朵丝侬莎阿汗，你听，人家这嗓门有多响亮，能听出几十里地去……"

傻姑娘："嗯……"

司马宜·阿不都力密提走进歌舞的人群里，它什迈提挤了挤眼，把东不拉递给他，走进了院子……

司马宜·阿不都力密提愉快地弹着。

营房后门。

杜大兴带着三班悄悄地出去。

阿都拉带着一班悄悄地出去。

歌声在夜空里飘荡……

雪水夹着巨石，发出巨大的轰鸣，自冰山上流下。

在冰河岸上。

杜大兴在身上绑条绳子，挺身跃进激流。

战士们在黑暗中紧紧地握着绳子，焦虑地等待着……

绳子绷直了。战士们狂喜地互相示意，一个个扯住绳子跳下水去。

浪头，咆哮着，漫过战士的头顶。

战士们水淋淋地爬上了对岸，在黑暗的山谷里隐没……

卡子门前依然烧着熊熊的篝火。

无名沟的山谷上，有一个高大的黑影站立起来。它，眺望着那隐约的火光……

傻姑娘望着火花，歪着身子出神地想着什么……

新娘悄悄地走到她背后，轻轻地拍拍傻姑娘的肩膀，把傻姑娘吓得一抖。

阿依仙木："睡吧。"

傻姑娘没吭气，瞪了新娘一眼，走了。她走到尼牙孜面前停下来，尼牙孜正靠着墙根，抱着枪杆子打瞌睡。

傻姑娘："爹，你累了，回去睡，让我看牲口！"

尼牙孜没加可否，新娘抢先一步把枪抢在手里。

阿依仙木："爹，你休息，我跟朵丝侬莎阿汗两个看牲口！"

傻姑娘眨眨眼睛，嘻嘻地笑。

傻姑娘："刚过门的新媳妇还不睡觉！"

雪水流过了。

群山入睡，一切都显得那么寂静。

新娘和傻姑娘坐在屋顶上。

傻姑娘又尖声拉气地喊了一声："嗬欧……"

阿都拉和它什迈提伏在洼地里望着她们。

河坎下有一个黑影，探出头来望着她们。

傻姑娘："你睡去吧，嘻嘻，阿不力孜等你哪！"

阿依仙木："好，我去睡！"

傻姑娘："枪给我。"

阿依仙木："有什么动静你喊我一声就成了，你拿着，别弄走火吓人一跳！"说完走进屋子。

天边爬上一弯冷月。地上的一切景物都显得朦胧恍惚。

傻姑娘哼着小曲燃起一支烟。

新娘睡不着，她披衣起来，伏在窗孔向外瞭望……

朦胧的月色里有一个高大的黑影缓缓地向前移动，在它背后十几步外，还跟着一个瘦长的影子……

阿都拉和它什迈提沉着地盯着他们。

阿依仙木在窗孔内吓得惊慌失措，悄悄地喊着："阿不力孜！"

傻姑娘急忙火星溅地，擦灭莫合烟，吓得昏厥过去。

两个影子迅速地转身遁去，在河谷里消失了踪迹……

六

在冰山南面塔哈尔的小戈壁上。

蒙面女人抱着金雁从围墙里走出来。卡拉莫名其妙地在背后跟着她。她顺风放开了金雁。金雁展开雄健的翅膀向北飞去。

蒙面女人："向北，向北，自由地飞吧，我多羡慕你……"她双手捂住脸在垂头低泣。

卡拉："你是个心地善良的姑娘……"

没有回应。

卡拉："你的面纱不知什么时候可以除去？我们这里没有这种风习！"

蒙面女人："我是按照我们的风习生活的！"

卡拉："蒙着它太闷气了……"

蒙面女人："莫如说你是想看看我长的什么样子！"

卡拉："也许我永远没有为你揭开面纱的福气……"

蒙面女人愤愤地扭身向围墙里走去。

礼拜堂。

赛密尔斜倚着毡子上的靠垫，迷惘地望着咖啡壶里蒸腾的雾气……

热力普："先生，江得拉又不如意……"

赛密尔："我们地下的明珠会佑护着他们！"

热力普："可江得拉万一要……"

赛密尔："我现在并不把全部的希望寄托在他的身上。我说过，要再下上另一道保险钩，把中国骑兵钩住！"

蒙面女人在拱门口出现了。

赛密尔："高贵的女士，我们并没有请你！"

蒙面女人四下打量着。

热力普："巴里古儿，你有什么事？"

蒙面女人："江得拉还没回来？"

热力普："不知道。"

赛密尔："对不起，劳你请卡尼力来！"

蒙面女人扭身走了，赛密尔阴沉地望着她的背影。

在一座圆顶暗黑的小土屋里，蒙面女人狠狠地把袖筒里的刀子插在壁上，倚住墙壁嘤嘤地哭泣……

礼拜堂里。

赛密尔："听着，卡尼力，用你的手把巴里古儿送到另一个世界去！"

卡尼力："杀人？"

赛密尔："除害！"

卡尼力："她是个善良的姑娘……"

赛密尔："她是个诡计多端的女间谍。你太忠厚了，卡尼力！"

卡尼力："我受骗了？……"

赛密尔："她企图随我的旅行队，取得合法的权利，混过中国边境去……"

卡尼力："真是一条狐狸……"

在尼牙孜门前的草地上。

傻姑娘愁眉不展地向东南赶着羊群。

新娘刚从卡子回来，在门前拴马，见傻姑娘把羊群远远地向东南赶去，便急忙向她追去。

傻姑娘回头望了一眼，她看见新娘子追来，便停下，卷上一支莫合烟。

傻姑娘："抽吧，新娘子！"

阿依仙木："我不会！"

傻姑娘把莫合烟燃着，迅速地赶着羊群走了。

阿依仙木："往哪儿赶，朵丝侬莎阿汗！"

傻姑娘眉开眼笑地："走，一块去捡玉石去！"

阿依仙木："到哪儿？"

傻姑娘："不远，走吧！"

两个人一边唱着，一边笑着，过去的一切彼此似乎都互相谅解了，轻松愉快地远远地走去……

在尼牙孜的土屋里。

尼牙孜正坐在毡子上喝着酸奶，阿不力孜提着鞭子从外边进来，他蹲下盛了一碗酸奶，刚端到嘴边又停下了。

阿不力孜："爹，阿依仙木呢？"

尼牙孜："可能放羊去了。"

阿不力孜："朵丝侬莎阿汗呢？"

尼牙孜："一块去了吧？"

阿不力孜撂下碗，抬身就向外走。

尼牙孜："干啥去？"

阿不力孜："我去看看！"

尼牙孜："俩人在那儿……"

阿不力孜："爹，你糊涂了？"

尼牙孜："我糊涂啥？"

阿不力孜："她们俩在一块会闹事的！"

尼牙孜："不会！"

阿不力孜："好不了！"说着急忙走出去。

尼牙孜颇不以为然："黄老鼠搬石头，哼，没事找事……"

阿依仙木随着傻姑娘赶着羊走到了无名沟口。

冰山的脚下又渐渐浮起一层黑雾。

阿依仙木看看天色，警惕地停住脚步："朵丝侬莎阿汗！"

傻姑娘笑嘻嘻地望着她。

阿依仙木："要变天了，走，回吧！"

傻姑娘："沟里有避风的地方。"

阿依仙木："不，不去了。"

傻姑娘："走吧，里面玉石多着哪！"

阿依仙木："你不怕沟里有野兽？"

傻姑娘："哪有那么容易就遇上！"

阿依仙木："可要遇上呢？"

傻姑娘："好，你回吧，你不愿去，我一个人去！"

阿依仙木揪住她："不，你不能一个人进去！"

傻姑娘冷眼望着她："新娘子，你管得太多了！"

阿依仙木严肃地："这我要负责任的！"

风暴起来了。天昏地暗，飞沙走石。

傻姑娘反手揪住新娘子："你负什么责任？"

阿依仙木："不许任何人进去！"

傻姑娘："好，那咱们就一块进去。"硬拖着，"走，进去，进去避避风！"

阿依仙木镇定地审视着她："朵丝侬莎阿汗，你要做什么？"

傻姑娘："嘻嘻，给新娘子找几块玉石！"

阿不力孜冒着风暴赶来。

阿依仙木："撒开！"

阿不力孜："傻子！你要干什么？"

傻姑娘："好哇，全来了，明说吧，我要报仇！我守了几年的羊羔，你给我从嘴里夺走了！"

阿不力孜："撒开！"

傻姑娘揪住新娘厮打着。"不行，有她没我！"

阿不力孜一把摔倒傻姑娘。"走，快走，阿依仙木！"

阿依仙木："不，要走一块走，谁也不许留在这儿！"

傻姑娘放声哭号，一边向回走，一边数数搭搭地骂着……

阿不力孜在风里拦着羊子。

阿依仙木凝视着傻姑娘的背影，她自怨自艾地："真麻痹，捡什么玉石呢？"

沙比尔·乌受带着一个巡逻小组，冒着风沙向国境线上奔驰，突然发现正前方在尘沙弥漫中，隐约有一个人影从河谷里爬上来……

沙比尔："下马隐蔽！"

战士们下了马隐蔽在巨石的背后。

蒙面女人垂着头，全身水淋淋的，走过了巨石，却不防沙比尔·乌受从背后冲出来，用枪口逼住她。

沙比尔："站住！举手，往哪儿去？"

蒙面女人："回家！"

沙比尔："从哪儿来？"

蒙面女人："南边！"

沙比尔："家在哪儿？"

蒙面女人："叶城。"

沙比尔："你叫什么名字？"

蒙面女人："朵丝侬莎阿汗！"

沙比尔："叫什么？"

蒙面女人："朵丝侬莎阿汗！"

沙比尔："幸亏你遇见我了，别人还真不了解你！捆起来！女间谍，你想冒名越境，你个瞎眼的乌鸦，妄想！"

战士们把蒙面女人捆起来。

沙比尔："紧点！"

蒙面女人被战士们缚在马上向回疾驰……

风沙停息了。

司马宜·阿不都力密提昂然站在冰山哨位上。

办公室里。

杨光海焦急地踱来踱去。

沙比尔·乌受也煞费心机地搔着脑皮。突然他照桌子狠狠地擂了一拳，忽地站起来："排长，就是冒名顶替企图越境的间谍，这回没问题！"

杨光海："敌人不是不了解尼牙孜有个女儿，可为什么偏顶朵丝侬莎阿汗的名字呢？"

沙比尔："嗯，可也是……"

杨光海："眼看'将军'了，怎么又出这么步棋？二班长，这要一步走错就前功尽弃呀！"他的手指急剧零乱地敲着桌子："要和敌人争主动，抢时间……时间哪，时间，不能再拖延了……这要是假的，她公开越境的目的是什么？可她要是真的？哦！对，带司马宜·阿不都力密提去认认！"

沙比尔："是！"

蒙面女人已经松了绑，倚着禁闭室的墙壁无声地暗泣。

沙比尔·乌受推开门，带着司马宜·阿不都力密提进来。

沙比尔："你看看他是谁？认识不？"

蒙面女人抬头看看，又垂下头去。

沙比尔："把脸掀开，让他看看你！"

沙比尔："你哭什么？眼泪也救不了你！"

蒙面女人突然像火山爆发似的："我的眼泪是为我自己流的，给我个痛快吧，我愿意死！"

沙比尔·乌受气愤地解下皮带，司马宜·阿不都力密提急忙把他拖出去。

司马宜："班长！"

沙比尔："对敌人讲甚么客气！"

哨兵它什迈提"当啷"一声把禁闭室的门上了锁。

司马宜推着班长进了办公室。

杨光海："司马宜·阿不都力密提，据你看呢？"

司马宜："朵丝侬莎阿汗就在这儿，怎么还会有第二个呢？"

杨光海："那她会是假的？"

沙比尔："这有什么怀疑的……"

杨光海焦躁地在地上绕着圈子，自言自语地思索着："那么是我错了？……"突然他果断地停住："好，备马，上送！"

紧接着报务员从里屋出来，拿着一份电报，电文是："立即对质！"

杨光海毅然地反复念着电文："嗯？立即对质……"渐渐地面现喜色，歉意地摇摇头："做一个边防军人，要时刻保持高度的清醒，才能正确地判断情况……"他抬眼望着二班长："这是谁说的？"

沙比尔："这是总卡首长经常对我们的指示！"

杨光海："你对这个精神是怎么理解的呢？"

沙比尔："就是警惕我们要保持冷静、沉着，也就是说脑袋不要发热！"

杨光海："是啊，我的脑袋刚才也有点温度太高哇！好啦，司马宜·阿不都力密提，你马上去请尼牙孜和朵丝侬莎阿汗来卡子上做客！"

司马宜："是！"

杨光海："要快，要一定完成任务！"

司马宜："是，没问题！"

尼牙孜的家里。

司马宜："尼牙孜大叔，排长请你们父女俩去做客。"

傻姑娘："甚么事啊？"

司马宜："我不大清楚……"

尼牙孜："是批准了你的亲事吧？"

司马宜·阿不都力密提红着脸垂着头，半天说不出话来。

傻姑娘："我不去，怪害臊的！"

尼牙孜："去吧，戴上花帽子，穿上新皮靴。"

司马宜："快走吧。"

阿依仙木："羊宰了吗？"

司马宜："宰了。"

阿依仙木："爹，回来给我们带一只羊腿啊！"

尼牙孜："好，你等着吧，孩子！"

尼牙孜一手推战士，一手拉姑娘，兴高采烈地挤出去。

边卡办公室。

杨光海招呼着尼牙孜父女刚坐下，一挥手，沙比尔·乌受便把蒙面女人推进来。

傻姑娘嘴里叼块瓜干，望见蒙面女人，惊恐地怔住……

杨光海："朵丝依莎阿汗，你看奇怪不！今天我们又遇见个朵丝依莎阿汗，我想你们俩认识认识，倒是很有趣的事……"

突然傻姑娘面色苍白地喊着："魔鬼，你蒙着脸我也认得出你是谁！巴里古儿，你个千刀万剐的，这回可落到我们手里了！排长，快枪毙她，给我们全家报仇……"

蒙面女人惊叫一声："怎么？你还活着？"便扑过去，死死地卡住傻姑娘的脖子，傻姑娘拼命地挣扎着、喊叫着……

尼牙孜和沙比尔急忙把蒙面女人拉开。

杨光海："带下去，注意看管，别让她逃了！"

战士们把蒙面女人拖出去。

排长递给傻姑娘一碗水，傻姑娘抱着水碗颤抖地洒了满身……

傻姑娘："她从哪儿钻出来的？巴里古儿，这个魔鬼！"

杨光海："巴里古儿？"

傻姑娘："枪毙她，排长，她是江得拉的姨太太！"

杨光海："放心，朵丝依莎阿汗！"向二班长："咱们得张罗着吃抓饭了！"

尼牙孜不满地："谢谢吧，排长，我们回去了！"

杨光海："大叔，那我就不留你了！"

尼牙孜悻悻地搀着傻姑娘走了。

沙比尔："排长，这回我没说错吧？是真假不了，是假不能真！"

杨光海："二班长，你带一个组到尼牙孜家东南两千五百米的洼地里埋伏，只要有人从西北奔东南去，不问是谁，你就抓来！"

沙比尔："是！"他莫名其妙地拍着脑门走出去："这脑袋，今天也没发热啊？"

木箱子里的花骨朵儿，已经咧嘴了。

司马宜正往木箱里浇着水，排长从背后走来，一手拎着东不拉，一手拉住他。

杨光海："把缸子撂下，走！"

司马宜："排长，干什么？"

杨光海："唱个歌吧！"

司马宜："唱个什么歌？"

杨光海："你小时放羊时最爱唱的！"

司马宜："那有啥意思！"

杨光海："唱唱听听嘛！"说着走到禁闭室附近。排长把东不拉递给哨兵它什迈提，它什迈提向禁闭室里努努嘴，排长摇摇头，表示"没关系"。

司马宜："排长！"

杨光海悄声地："大点声，这是命令！"

司马宜·阿不都力密提无可奈何，勉勉强强地坐在大头羊犄角上唱起来，它什迈提弹着琴轻轻地应和。

禁闭室里的女人渐渐停止了啜泣，静静地倾听着外面的歌子……

尼牙孜的家。

傻姑娘走进屋子，便扯了床被倒在墙角蒙头睡下。尼牙孜随后跟进来："喝碗酸奶呀，进来就倒下！"

阿不力孜和新娘从外边拦羊回来。

阿依仙木："爹，羊腿呢？"

尼牙孜："唉……"

傻姑娘忽地掀开被子起来："爹呀，这个家我一天也呆不了啦！"

尼牙孜："又怎么了？"

傻姑娘："今天他们两口子打我一个！"

阿不力孜："你别胡说，是你打人，还是人家打你了？"

傻姑娘："阿不力孜，一碗水要往平端，别冷一个、热一个的……我对得住你。"伤心已极，"姐姐说话就算，不能让你为难……苦水让我一个人喝，有眼泪往心里咽……姐姐一定离开你们就是了……"说着她便擦把眼泪向外走去。

尼牙孜对儿子："你看，我就知道你……"

阿依仙木："爹，这不怨他！"

尼牙孜："行，算你们有理！"老人气昂昂地出去追傻姑娘。

门外，傻姑娘已经翻身跳上马去，尼牙孜紧赶几步，扯住马缰绳。

尼牙孜："孩子，你干什么？"

傻姑娘："爹，我闷得慌，让我散散心去。"

尼牙孜："孩子，你可别胡思乱想……"

傻姑娘："爹，你撒开，我绕个圈子就回来。"

尼牙孜："听爹说，别让爹再操心了……"

傻姑娘："爹，你撒开！"

尼牙孜："傻孩子，这可不能依你了！"

傻姑娘悄悄地从怀里抽出一把尖刀："爹，你撒开！"

尼牙孜："孩子，爹跟你一……"

突然傻姑娘一翻腕子，忽地一刀向老人刺去，尼牙孜惊呼一声，踉跄地倚着土墙站住。

阿不力孜和新娘闻声赶出来，傻姑娘已飞骑向东南逃去。

阿不力孜："你把爹搀进去，我去追她！"

阿依仙木："不，我去！"

她抓住一匹马飞身追去。

尼牙孜老泪纵横地望着逃去的傻姑娘："怎么能恩养成仇啊……"

沙比尔·乌受隐蔽在洼地里，看见有人飞马奔来，急忙把马一带，拦住去路。

沙比尔："往哪儿去？站住！"

傻姑娘疯狂地奔着，夺路而逃。

沙比尔·乌受纵马追过去，一把揪住头发，把她扔在地上。新娘随后赶上来，跳下马，扑在她的身上，牢牢地按住，搜出她的刀子。

沙比尔·乌受带转了马头，望着原形毕露的傻姑娘。

沙比尔："哦……原来你是假的！捆上她，紧点！"

满天云霞。

禁闭室前歌声继续……

蒙面女人："是他？……不……不会的……"

这歌声是多么亲切、多么熟悉，这歌声使她又呼吸到故乡草地的芬芳，这歌声又引起她一串漫长的回忆，面纱的角上挂着一颗泪滴，她不由自主地轻轻地和着……

排长侧耳听着，然后示意司马宜·阿不都力密提渐渐弱下去，渐渐停下去……

它什迈提张着嘴，一边听着，一边弹着。

司马宜小声地："排长，怪！"

杨光海："没什么可怪的，她才真是你的未婚妻！"

蒙面女人继续唱着。

司马宜·阿不都力密提又听了听。

司马宜："是她，是她，这不会错的！"

杨光海："你喊喊她试试！"

司马宜："朵丝侬莎阿汗，你看看我是谁？"

蒙面女人忽地扑到了窗口，一把撕落了面纱，一对明亮、惊讶的大眼睛，眨动了几下，目光便直射在司马宜·阿不都力密提的脸上："司马宜·阿不都力密提！"

司马宜："真是你！"

真姑娘："给我红花，我的红花呢？"

年轻战士的眼泪夺眶而出……

排长"咔嚓"一声开了锁。

司马宜·阿不都力密提冲进去，真姑娘伏在他肩上痛哭。

它什迈提疯狂地弹起一支快乐的曲子，排长轻轻地拍拍他的肩膀，他随着排长一边弹着，一边走了，走远了……

司马宜·阿不都力密提拉着真姑娘出来，坐在大头羊犄角上。

司马宜："告诉我，朵丝侬莎阿汗，这么些年，你……"

真姑娘："我一直在仇恨、不幸、苦痛、思念的日子里活着……"她凝视着司马宜的脸，在她面前出现了：

小男孩手里捧着红花，牵着羊，张皇失措地挤在人丛里。

一个巨形大汉把小姑娘挟上马去。

一阵零乱的马蹄拖着一具尸体。

小姑娘挣扎着，风快地擦着小男孩的面前过去了。

小男孩哭喊着向村外追去……

她的声音："那天，跑出很远，我还听见你的哭声……后来江得拉杀人有功，当上了塔什库尔的伪县长，他的姨太太巴里古儿，就强迫我做她的使女！……"

……冬季，小姑娘被巴里古儿赤身裸体地从房子里推到雪地里。

江得拉提一桶水，劈面向她泼去！

夏季，一堆熊熊的牛粪火，江得拉与巴里古儿抢着皮鞭，赶着小姑娘赤足在火里走来走去……

她的声音："一年又一年，我在苦难中长大了……"

冰凌化成一滴滴的水珠。

水珠汇成千百条奔流的水渠!

纤细的冰柱上,高举着如屋的巨石。

冰柱被流水冲断了!

巨石轰然坍塌,向山下滚去……

她的声音:"有一天说是共产党、解放军来了……"

……巴里古儿逼着她和巴里古儿换了衣服,给她披上面纱,强迫她骑上骆驼……

几十峰骆驼,驮子歪歪扭扭,狼狈地上路了!江得拉和十几个匪徒骑着马,押解着七名囚犯。

巴里古儿穿着她的破烂衣服,也夹在囚犯的队伍里……

她的声音:"记得离这儿不远,在一家门前休息。"

……骆驼、马匹散乱地停在尼牙孜门前。

尼牙孜和他的妻子慌张地端出了饭和奶子。江得拉闭目养神,躺在毡子上假寐。

突然,巴里古儿破口骂着:"江得拉,你个千刀万剐的,你还想把我们带到哪儿去?"

彪形大汉:"闹什么?"

巴里古儿:"我们不走了。"

囚犯们:"对!死,死在中国;活,活在中国!不走了!"

江得拉翻身立起,掏出手枪:"也好,去份累赘!"

匪徒们把囚犯赶到草滩边上,江得拉手枪一抢,囚犯们一个个倒下去……

真姑娘隔着面纱望着巴里古儿倒下去。

真姑娘迷惘地望着司马宜:"她为什么和我换衣服?她为什么又混在囚犯一块?我亲眼看见她中弹倒了……怎么她还活着?"

司马宜："全明白了，那是订好的圈套，让尼牙孜中他们的苦肉计……"

真姑娘："这群恶魔大概快把我带到天边了……一个外国人让江得拉卖掉我，可江得拉又想霸占我……我想家，想你，也想报仇，所以我说：'江得拉，你啥时候带我回国，我就啥时候嫁你！'可我心里明镜似的：'你啥时候带我回国，我啥时候杀你！'……头些日子，他把我带回冰山南面。这回我知道时机到了，可当我准备动手的时候，他又失踪了……昨天，那个外国人调唆人们突然把我捆绑起来，我知道我的噩运到了，我将永远什么都看不见了！"

战士激动地握住她的手，焦急地望着她："那后来呢？"

真姑娘："后来是这样的……"

在激流汹涌的河岸上，真姑娘被倒剪两臂地捆着，卡拉握着刀子在后面押着她向北走。

卡拉："你不要记恨我，这是有人让我送你到另一个世界上去！"

真姑娘："我知道……"

奔腾的河谷，翻腾着黑色的浪头。他们沿着崖岸默默地走着。

真姑娘："卡拉，还要走多远？"

卡拉："往前走吧，杀你这样个姑娘，我怵手啊！"

真姑娘昂然地走着。

卡拉："我多么希望在你生前看看你的面目！"

真姑娘："当我的灵魂离开我的肉体的时候，尽有你的自由……"

卡拉一边走，一边回头眺望着。

卡拉："站住！"

她向北昂然地立着。

卡拉："你说你不恨我吗？"

真姑娘："不，无非是别人借用你的手！"

卡拉举起刀子，"嚓"一刀割断了绳子。

真姑娘："怎么？卡拉！"

卡拉："你应该活着！"

真姑娘："背后是冰山，面前是激流峡谷，你留下我，也逃不出绝路！"

卡拉跑到乱石中，抱出一个羊皮口袋扎的筏子："看，像金雁一样，勇敢地沿着峡谷飞吧，你自由了！"

真姑娘惊慌地接过羊皮筏子，跟跟跄跄地向河谷奔去……

卡拉："慢着，这激流里带着冰块，滚着巨石，敢走这条路的你是第一次，不可慌张，不要大意，只要你冲出四十里路的石峡，你就会永远称心如意！"

真姑娘扭身俯视着河谷。

激流顺山势滚滚而下，澎湃、咆哮、声如雷鸣……

她转回身来，忽地掀起面纱，一对明亮的大眼睛，流动着凄厉、感激的微笑，望着卡拉："卡拉，记住我吧！"

说罢，她抱着筏子飞身跃进汹涌的浪涛里……

卡拉向前紧赶几步，赞佩地手按前胸，向她躬身致意："勇敢的姑娘，毛主席佑护你，平安地回到祖国的怀抱里去！"

羊皮筏子如飞似箭，忽隐忽没，向北直去……

司马宜惊喜交集地望着真姑娘。

司马宜："毛主席佑护你平安地回来了……卡拉，卡拉，他是个……"

真姑娘："和你一样，他是个放羊的孩子！"

沙比尔·乌受押着傻姑娘，新娘揽着尼牙孜走进院子。排长跟卫生员迎过去，招呼着老人到医务室去治疗。沙比尔·乌受便把傻姑娘关进禁闭室。

沙比尔："骚狐狸，尽玩邪的！你他妈装疯卖傻，投河寻死，这回你再不老实，我活剥你的皮！"

办公室里。

真姑娘脱下湿漉漉的衣裳，换上巴里古儿的服装，新娘子亲切地帮助她戴帽子、梳理辫子，然后捧着脸端详着她……

真姑娘两手甩着衣袖，像鸟儿展翅似的，腼腆地望着新娘。

真姑娘："阿依仙木姐姐，像吗？"

阿依仙木："你是只孔雀，她是条狐狸，那怎么能像呢？"

真姑娘："那……"

阿依仙木："晚上看不清，可以！"

真姑娘愉快地笑着。

新娘子挚爱地亲亲她的嘴。

阿依仙木："好姑娘，我真为你高兴，你有了为祖国立功、为父母复仇的机会……"

两个姑娘亲密地拥抱在一起。

乌金沟里。

一片白茫茫的雪海，这里积压了千万年的积雪，经过风吹日晒，坚强得如一块磐石。

三班长杜大兴带着三班的战士，就隐蔽在雪海边缘的冰沟里。夜间封冻，白天流水，所以他们是白天蹲在水里，夜晚睡在冰上，渴饮雪水，饥餐冰冻的干粮……

太阳一靠山，冰沟就已经黑暗了。

一个战士轻轻地拍拍身边的战友。

战士："哎，你看今天还有没有来的希望？"

另一个战士："这怎么答复？我又不是诸葛亮！"

杜大兴正和几个战士悄声地在膝盖上摸大王，听见战士的话，忍不住乐了。

杜大兴："放长线，钓大鱼，慌什么……"

七

夜。

尼牙孜门前，篝火摇着微微欲烬的蓝光。

尼牙孜在门口抱着枪和阿不力孜互相依偎着垂头打瞌睡。

真姑娘满怀信心地在黑影里徘徊……

阿依仙木从屋里披着衣服走出来，走到真姑娘身边，大声喊着："傻姐姐，你不睡呀？"

真姑娘气呼呼地一甩辫子，没有吭气。新娘子擦过她的身边，从齿缝里含糊地说了句："留神！"便慢悠悠地向火堆走去……

阿依仙木："爹，回去睡吧，我跟朵丝依莎阿汗看牲口！"

老人哼了一声，揉揉伤风的鼻子，含含糊糊地推着阿不力孜："屋里睡去！屋里睡去！"

阿不力孜疲惫懒散地随着老人走进屋子。

雪水流过了，一切又静悄悄的。

新娘和真姑娘坐在屋顶上，新娘悄悄地说声："喊吧。"于是真姑娘和傻姑娘一样尖声尖气地喊了一声：

"嗬欧——"

河坎下有人探出头来望着她们。

阿依仙木打了一个哈欠："困得不行，我先睡一会儿去！"又悄悄地："别忘了，点着烟再唱小曲……"

真姑娘不动声色地："嗯。"

新娘走进屋子。

半弯冷月又挂在天边。高原上的夜空乌蓝乌蓝的。

阿都拉伏在窗孔上向外瞭望。屋子里除了阿不力孜和新娘子之外，还隐蔽着几个战士。

阿都拉向新娘子"嘘"地打了声招呼，新娘子便伏在门边轻轻地咳嗽一声。

真姑娘听见新娘的信号，便和傻姑娘一样燃起一支臭呛烟，嘴里哼着小曲……

朦胧的月色里高大的黑影和瘦长的影子又出现了，它们悄悄地向前走着……

真姑娘依然哼着小曲，镇定地盯着它们。

阿都拉回头向墙角的战士努努嘴："嘘！"

于是有两个战士便一唱一和地打着呼噜。

两个影子走近了，前边是一个大汉，毛烘烘地穿一身熊皮制的连身衣裤，只露出眼睛和鼻子。后面的人只是简单地穿双熊掌制成的靴子。他们伏在墙外的黑影里望着真姑娘……

真姑娘嘴上的火光一闪一闪的，连续地做着手势，让他们快进屋子……

于是，两个影子贴着墙根溜进院子，蹑足潜踪地伏在门旁听着……

屋内，呼声如雷。阿都拉、新娘子屏息地盯着屋门……

瘦长人打手势命令大汉进去。

大汉以为万无一失，便拔出手枪放心大胆地走进屋子。他弯着腰，循着呼声，轻轻地叫着："尼牙孜，你的老朋友来了！"却不防阿不力孜在黑暗中大喝一声，猛地一棒子把他的手枪打落于地。大汉正想夺门出去，背后一边伸出一只手揪住他的脖子。他拼命地挣扎着，嘶喊着："江得拉，你快走！"

瘦长人倚着门迎面向大汉开了一枪，大汉应声跌在屋里。瘦长人正欲回身逃窜，三面的墙上早对着他伸出一排枪口。

阿都拉沉着地从背后走近江得拉："别动，举起手！"江得拉迫不得已地举起手。阿都拉缴下他的武器。

阿不力孜与新娘子在院子里燃烧起骆驼刺，熊熊的火舌舔破了夜空。

杨光海带着沙比尔、司马宜和另外几个战士，隐蔽在无名沟口，望见尼牙孜家的火光，便喜悦地急急向无名沟里走去……

阿都拉："江得拉，走吧！"

江得拉犹疑地挪了几步又停住，恨恨地回头向屋顶上诅咒着："听着，神要惩罚你！"

真姑娘："江得拉，我看见了你的末日！"

新娘子心花怒放地举起火炬，跳跃的火焰照亮了真姑娘的面目。

真姑娘凛不可犯地在屋顶上兀立着，她愤怒地俯视着这个杀人凶手……

江得拉吓得像狼嗥一样惊叫一声，倒吸口凉气："啊！是你……"

真姑娘："强盗，我们就要惩罚你！"

在边卡办公室里。

江得拉对着杨排长坐着。他面孔青灰，嘴上微微长着几根稀疏的淡黄的胡须。一场意外的风雨过去了，他倒显得非常老练沉着，一会儿微微冷笑，一会儿闭目养神。傻姑娘蹲在一边呜呜地哭诉着。

傻姑娘："排长，这都是江得拉的主意，不关我的事……"

杨光海："江得拉，说，是谁指使你拿出老婆献苦肉计，长期隐蔽在这里的？"

江得拉："我自己。"

杨光海："谁又让你越境活动的？"

江得拉："我自己。"

杨光海："赛密尔·格阿德纳你认识吗？"

江得拉："莫名其妙的名字……"

杨光海："大概你想不到还真有使你莫名其妙的事，进来！"

沙比尔·乌受与司马宜推着高大粗壮的汉子从门外进来。这个汉子赤裸着上身，战士们给他披上一件军大衣，膀子上扎着绷带，绷带上印着湿漉漉的血迹。

江得拉望见他，吓得颤抖了一下，马上颓唐地垂下头去……

杨光海："这有多莫名其妙啊，他还活着！说，你叫什么名字？"

汉子："牙尔拜克。"

江得拉："不要忘记你的誓言，背叛了神，你要下地狱！"

汉子恨恨地白了他一眼。

杨光海示意战士带走江得拉和巴里古儿，然后指指椅子让大汉坐下。

杨光海："你要说实话，我们宽大处理。"

汉子："是，长官，我说实话。"

杨光海："说吧，尼牙孜的老伴呢？"

汉子："她，她死了！"

杨光海："胡说！你们还留着活口，收买尼牙孜，你们是不会让她死的！"

汉子畏缩地："我，我不敢说谎……"

杨光海："江得拉已经送你进一次地狱了，跟着他还能上天堂吗？"

汉子俯首沉默着。

杨光海："江得拉是死路一条，可我们还在考虑你，给你立功赎罪的机会。"

汉子犹豫地抚摸着伤痛的臂膀。

杨光海："再说说，你们每天什么时间跟赛密尔联系？"

大汉："早晨四点！"

排长看看表已经三点一刻了："对吗？"

大汉："我不想说谎了！"

杨光海："事实上你已经说过谎话了，这回对证一下你说的是否是实话。"向战士："请吧。"

战士拉开屋门，尼牙孜笑嘻嘻地搀着老伴从屋里走出来……

汉子懊丧地叹口气。

排长欠身请老夫妇坐下。

杨光海："大婶，他说得对吗？"

尼牙孜大婶："对，这一点他说的是实话。"

杨光海："好，牙尔拜克，说说你们的主要任务！"

汉子惶惑不安地："我，我……"

尼牙孜大婶："牙尔拜克，江得拉把你推进地狱，部队又把你救活了，你这是两世为人。你的誓言不会再跟着你，你还怕甚么呢？"

尼牙孜不耐烦地："两条道在你面前摆着，你自己选吧！"

杨光海："对，说吧！"

汉子破釜沉舟地："我说！探听贵军的巡逻埋伏规律，利用尼牙孜的土屋作为我们的据点，等待一切时机成熟，我们便去冰山顶上接他们……"

杨光海:"怎么接法?"

汉子:"我们发三发绿信号弹,他们回答三发红的!"

杨光海:"是这样?……"

汉子:"为了报答长官的恩德,我决不说谎了。"

杨光海:"说不说谎要用你的实际行动来证明。"

汉子:"长官,您吩咐吧,只要您放句话,让我干什么都行!"

杨光海看看表:"快四点了,你继续和赛密尔联系,(从桌子底下拿出敌人的电台)告诉他们,你们的工作一切顺利进行,让他们明天下午四点越境。不要忘了,这是你立功赎罪的机会!"

汉子:"长官,请放心,包您一切如意!"他手按前胸,躬身向排长表示他的敬意。

八

骑兵飞奔的马蹄在劈离的山岩下驰过。

山岩崩溃了,霹雳之声,响震山谷。

人马在乱石横飞的烟雾中逝去。

礼拜堂里。

热力普在卡尼力面前打开一箱金子。

卡尼力:"先生,这是什么意思?"

赛密尔:"这些金子的所有权是属于你的!"

卡尼力:"金子?我不需要金子!"

赛密尔:"金子永远是金子,收下吧,这是我代表真神给你的赏赐!"

卡尼力:"我不明白……"

赛密尔:"很简单,在世的真神要你效力。你今天带上我的几个脚夫,从你们的国境出去,绕过卧龙滩,然后再从平川进入你们的国境。在明天夜里九点钟,你要准时把他们带到中国的卡子!"

卡尼力:"干什么?"

赛密尔："去请求过境！"

卡尼力："我说过，先生，我们是不能迈进邻国的国境一步的！"

赛密尔："为了共产党中国的尊严吗？"

卡尼力："对，偷偷摸摸，不是中国人干的事！"

赛密尔："伊斯玛利亚教徒是没有国际的！"

卡尼力："热爱他的祖国是每个真诚教徒的天职！"

赛密尔从怀里掏出羊骨板："伊斯玛利亚教徒只能服从神的意旨。看，你是选择天堂，还是愿入地狱？"

卡尼力屈膝跪于就地，忽然他兀傲地抬起头，射出一道怀疑的目光，望着赛密尔手里的骨板。老狐狸唯恐这张王牌漏出蛛丝马迹，急忙揣在怀里……

赛密尔："你接受真神的赏赐吗？"

卡尼力："接受了……"

赛密尔："你忠心效劳吗？"

卡尼力："忠心效劳……"

赛密尔："你发誓！"

卡尼力："我如不执行真神的意旨，将永坠地狱！"

热力普把金箱递给卡尼力，这老人抱着沉重的箱子向外走去……

热力普："先生，这就是你所说的另外一道保险钩吗？"

赛密尔："让他们向共产党的边卡，从正面发起突然的袭击，我们才能万无一失地横穿而过……"

热力普："如果万一卡尼力……"

赛密尔："他宣誓了！"

热力普："可他在怀疑……"

赛密尔："那就让他们把他捆在马上，逼着他带路！"

热力普："我们什么时候出发？"

赛密尔："和他们同时……"

卡尼力抱着箱子走出围墙。

卡拉正倚着墙根打瞌睡，他听见脚步声，睁开眼睛，以询问的目光望着卡尼力，卡尼力轻轻说了声："是假的……"

卡拉像梦呓似的说了声："一个样……"又昏沉沉睡去……

卡尼力望着他，莫名其妙地摇摇头，又会心地笑了。

阿不力孜引导着边防战士走进了原始冰山。这条冰河自雪海蜿蜒而下，十几里路长的河谷林立着高大透明的冰柱。

战马围着冰柱左右盘旋，这十几匹健壮的战马累得通身大汗，三步一停，五步一站……

杨光海看看马匹已经筋疲力竭，便命令："下马！"

战士们跳下马来，便把缰绳系在鞍桥上，由一个战士带着十几匹马顺原路返回。

沙比尔原地集合战士们整理行装，检查武器，杨排长站在一边以询问的目光望着司马宜·阿不都力密提。这个年轻战士满有信心地笑了，他没有说什么，挺挺胸脯，拍拍冲锋枪的梭子。

杨光海点头同意："好，前进！"

一串快步的马蹄，向南疾驰。

忽然卡尼力勒住缰绳，回头看着："哎？什么？"

地下有一堆金子。

一个汉子狂呼一声："嘿呀，是金子！"

于是，人们纷纷地跳下马，嘶喊着，咒骂着，疯狂地向金子扑去……

卡尼力悄悄擎出刀子，忽地刺进乘马的脖子，他的乘马倏地一惊，一声吼叫，蹿蹦跳跃，摇着头，炮着蹶子拼命地向南狂奔……卡尼力故作张皇失措地大喊着："哎呀，马惊了！马惊了！"

人们谁也顾不得他，正挤作一团争夺着，厮打着……

突然，陡峭的悬崖上，巨石如雨般地滚下，在一阵烟尘弥漫、巨大的轰鸣声中，这些亡命徒销声匿迹了……

卡尼力勒回马，手搭凉棚向悬崖上瞭望。

卡拉领着一群牧民在山崖上兀立着。

卡尼力兴奋地一声接一声地喊着："卡拉……"

群山应和。

峡谷中流串着一片幽美的回响……

天地一片白茫茫的。风暴，在雪海里掀起白色的浪涛。

战士们脚下绑着钉齿，一路纵队，顽强地向冰山上爬着。

冰山对面，几个影影绰绰的影子，气喘吁吁地爬着。

三发绿色信号弹划开蒙蒙的雪雾升起了。

对面三发红色的信号弹，也破空而起。

风声怒吼。一座冰崖坍塌了，叠成巨大的雪崩，冰山上涌来一阵阵的雪潮……

五个塔吉克装束的特务，筋疲力尽地爬上山脊，一个个头昏脑涨地坐在冰山上喘气。

杨光海隐蔽在冰柱后面，用望远镜观察着他们。战士们静静地望着排长，等待命令出击。

排长似乎发现了什么新的问题，迟疑地把望远镜递给沙比尔·乌受。

杨光海："不对，这里有问题！"

沙比尔·乌受看了一会儿。

沙比尔："排长，这里缺那只老狐狸！"

杨光海："是的，我们险些又中了他们的诡计！"

沙比尔："那怎么办？"

杨光海："这是那条老狐狸的替身，先放他们过去！"

沙比尔："那行吗？"

杨光海："没问题，让他们撞撞三班长的拦江网去。"

时间过了很久，但是山上依然没有赛密尔的影子。

杨光海冷静地注视着。

沙比尔·乌受焦躁地用冰块搓着头皮。

在尼牙孜门前。

一班长阿都拉牵着几匹马和尼牙孜一家人在一起谈话。

阿都拉:"尼牙孜大叔,你们家的马匹我全拉走了!新娘子要把联络信号记住,这是排长在冰山上来的指示……"

阿依仙木:"记住了!"

阿都拉:"大叔,敌人过去,你就给卡子送个信儿去!"

尼牙孜:"好……"

冰山上起云了。一条条的云带,从冰山顶上向下压去。

在云雾里隐约地出现了两个人影。

杨排长兴奋地长出一口气:"老狐狸,你到底来了!"

战士们目不转睛地盯着这两个特务。

司马宜摆着赛跑起脚的姿势,等待着排长的命令。

赛密尔毫不迟疑地向云雾里滑下去。

杨光海:"抓住他,要活的!"

战士们像流星一样跟踪滑下。

司马宜抢先一步,从背后揪住老狐狸的领子,两人扭在一起,一边旋转着,一边厮打着。

阿不力孜和它什迈提两个人揪住了热力普,这个特务已经四肢无力、俯首贴耳地听任摆布,他们控制着速度,选择安全的路线平稳地滑着。

司马宜和老间谍纠结成一团,速度愈滑愈快,看看前面便是一道冰沟……

沙比尔一声惊叫:"司马宜·阿不都力密提!"

沙比尔·乌受吓得闭上眼睛。

只听"轰隆"一声,司马宜与老狐狸消失了踪迹。

冰沟里,水声如雷,深不见底。

月光下。

尼牙孜门前,有一个特务蹲在墙外"咩咩"地学两声羊叫。阿依仙木机警地从土屋出来。

阿依仙木："叫也白叫，没有青草！"

那特务又轻轻地击了两下掌。

阿依仙木从墙头上探出头："冰山上的来客吗？"

特务："对了，江得拉在吗？"

阿依仙木："刚走，在乌金沟山口等你们。"

特务："有马吗？"

阿依仙木："江得拉赶走了！"

特务："有酸奶和馕吗？"

阿依仙木："江得拉都带去了，让你们快走，趁这阵没埋伏！"

特务："好吧，走！"

特务学了两声羊叫，领着其余几个特务狼狈地上路了。

阿依仙木："祝你们一路平安！"她扭回身在月光里偷偷地笑了。

尼牙孜从屋里探出头来："走了吗？"

阿依仙木："走了，爹，你到卡子上去吧！"

尼牙孜："是，把枪给你留下，跟你妈俩看家。"

阿依仙木："嗯。"

激流泄出冰沟。在月光下银光闪闪，犹如美女披开她的辫发……

突然，在远远的山弯下传来沙比尔·乌受惊喜的叫声。

于是十几双脚踏碎河里的月光，向前飞奔。

沙尔比："排长，你看！"

就着月色，发现河岸上有两条水淋淋的足迹……

杨光海："继续搜索前进！"

一块夜光表，时针指着九点。

赛密尔头破血流，浑身水淋淋地看着表，咬牙切齿地骂着："卡尼力，你个人面兽心的牲畜！"

远远地传来一阵马蹄声。

老狐狸急忙向黑影里靠了靠。

骑马的人走近了，原来是尼牙孜从卡子上回来。

赛密尔拿出了手枪，出其不意地拦住尼牙孜的去路。

赛密尔："站住！"

尼牙孜："什么人？"

赛密尔："你不认识我，我可认识你。尼牙孜，今天我交你个朋友。我身上还有个值万把块银元的东西，只要你把我送过乌金沟山口，我的一切全是你的。"

尼牙孜："放屁！"

赛密尔："悄声，你喊叫我要你的命！"

尼牙孜："你敢？在我们土地上撞倒你尼牙孜大爷一根汗毛，四面八方的枪子儿，锥你满身窟窿，把枪撂下！"

在尼牙孜气势汹汹的威吓之下，赛密尔确是感到毛骨悚然。尼牙孜就势从马上一跳，企图把敌人的枪夺过来。但是脚还没有沾地，却不防老狐狸抢上一步，照他太阳穴上狠命一拳，把他打翻在地下。

赛密尔才跳上尼牙孜的马，却不料从草地里立起一个战士，一步赶过去，抢起冲锋枪的把子，劈头盖脑把赛密尔打下马去。

尼牙孜翻身扭住敌人，拔出腰里的刀子。

司马宜："大叔，要活的！"

尼牙孜："你是谁？"

司马宜："司马宜·阿不都力密提！"

在乌金沟山口外，五个特务进入了天网地罗。

三班长的枪口对着特务们说："我们神圣的国土上没有你们这些野心家的站脚之地。"

九

波密亦罗·帕米尔，斑斓多彩，变化万端，是高原的高原。一旦它云消雾散，湛蓝的天宇，没有一丝云影，衬托出晶洁的冰山；没有一粒微尘，明净、高远、辽阔、浩瀚……

无怪我国一个旅行家说："欣赏帕米尔要花一年的时间！"

卡子前司马宜开出的土地上，生出了一片绿油油的叶子……

今天，尼牙孜家又热闹起来了。

门前的草地上搭起几顶接待宾客的新帐幕，人们轻松地打着手鼓，挥着野羊琴，吹着活泼又带点调皮的鹰笛。男男女女，翻弄着手背，肩膀一耸一耸地跳着塔吉克舞……

新娘又蒙上大红绸巾，和新郎站在门前，向客人们频频地致敬。

尼牙孜精神奕奕地动员亲友："跳舞吧！叼羊吧！胜利者到我这里来领奖！"

一个小伙子在马上问着："领什么奖啊？"

尼牙孜："一块围腰的红布，一盒洋火！"

草地上战士们正和老乡挤在一起兴高采烈地叼羊赛马……

真姑娘拎着块大红绸巾，追逐着尼牙孜的老伴。老妇人上气不接下气，围着尼牙孜转着圈子。

真姑娘："妈妈，妈妈，你一定得蒙上！"

尼牙孜："干什么？"

真姑娘："你们老两口子，今天也得重新举行婚礼！"

尼牙孜大婶笑着："我这么大岁数还能当新娘子？别是姑娘你着急了，不好意思，拿我遮羞！"

真姑娘羞得躲到老人的背后："妈妈，我生气了！"

尼牙孜："孩子，别着急。"

真姑娘："谁着急了？"

尼牙孜："爹是准备娶完媳妇，再娶女婿；抱完孙子，再抱外孙子。往后这喜事哪，就像吃烤羊肉似的，要一串一串地来啊！

真姑娘："爹，不理你了……"

老人抿不住嘴地笑着。

杨光海、阿都拉、沙比尔·乌受、司马宜、它什迈提也赶到了。

沙比尔·乌受在马上牵着四只大肥羊。司马宜头上绷着绷带，手里拿着一束鲜花。它什迈提弹着东不拉。

尼牙孜看见客人们来到，便向家人大喊一声："快，拿酒瓶子！"

青年战士跳下马便直奔尼牙孜，在老人面前把花一举，拂拂老人的鼻子。老人嗅了嗅："嘿，真香！"

司马宜："大叔，一只不行，你得活吃两只山羊了！"

尼牙孜："既然输了，就是两头活牛，我也得吃啊！"

老妇人、新郎、真姑娘已经给客人把酒斟好，老牧人自己抄起一个瓶子。

尼牙孜："来，今天我豁上了，一定陪你们灌几口辣水！"

杨光海举起酒瓶："我代表边防军，祝贺你们全家协助边卡，铲除了一条破坏人类和平幸福的毒蛇！"

沙比尔："我祝贺你们双喜临门！"

阿都拉："不对！"

沙比尔："怎么不对？阿不力孜新婚，老两口子重新团聚……"

阿都拉把真姑娘和司马宜推过去。

阿都拉："添人进口，得个心爱的姑娘，还带来个女婿，这就够四喜了！"

人们一齐："对呀，祝贺你四喜临门！"

尼牙孜："嘿，有理，管他天旋地转呢？干！"

排长从老妇人手里换了碗酸奶。

杨光海："我陪你干酸奶，大叔！"

尼牙孜："不行！"

杨光海："原谅我，在边卡服务期间，我是戒酒的！沙比尔·乌受和阿都拉都是海量，可以替我敬敬大叔！"

老人拿瓶子和大家碰碰杯子，一拍胸脯，忽地一口，呛得鼻涕眼泪一齐流出来，众人哄堂大笑……

司马宜拿一朵花儿，请老人给他的老伴戴上。

尼牙孜："别，这么大岁数了，还……"

杨光海："越老越年轻嘛，戴吧！"

老妇人想逃走，被尼牙孜揪住："戴吧！这花是咱们女婿种的！"老人把花儿插在妻子鬓上。

　　司马宜拿朵花儿递给新郎，请他给新娘戴上。新郎正要给新娘戴花，新娘却伸手把花儿接过去了。

　　阿依仙木："不，我要看看！"

　　尼牙孜还没等儿子回话，便走过去把新娘的面巾揭开了。

　　尼牙孜："看看吧，今天是百无禁忌……"

　　新娘嗅着花儿的芬芳，笑得像一弯月亮："啊，真香！"

　　它什迈提弹着东不拉，又引吭高歌：

　　动手吧，新郎，

　　快快打扮你的新娘……

　　人们哄笑着应和：

　　嘿呀，

　　要打扮得漂漂亮亮！

　　新郎给新娘把花插在鬓上。

　　新娘子发现司马宜手里还有一朵。

　　阿依仙木："咦，那朵给谁呀？"

　　司马宜面红耳赤，偷偷地瞟了真姑娘一眼。

　　人们哄笑着、打趣着，像放鞭炮一样鼓着掌。

　　沙比尔："看看这朵花往哪儿戴？"

　　人们："对，看看到底给谁！"

　　它什迈提唱着：

　　嘿，蒙上眼睛，

　　谁也不许张望，

看看幸福的花儿，
落在谁的头上……

人们和着：

看看幸福的花儿，
落在谁的头上……

真的有人把脸蒙上了，但司马宜却腼腆地把花儿递给排长。
杨光海笑了一阵："这不是我的！"
司马宜又递给二班长。
沙比尔："你别出我的洋相了！"
阿都拉："勇敢点，该给谁就给谁！"
它什迈提向真姑娘努努嘴，又唱起来：

勇敢的战士，
你要站在她的身旁，
幸福的花儿，
要献给你心爱的姑娘！

人们和着：

幸福的花儿，
要献给你心爱的姑娘！

司马宜走过去，把花儿递给真姑娘，他没有给她戴上，而是早在手心里拿着一枚金色的毛主席像，给她戴在襟上。真姑娘眼里噙着幸福的眼泪微笑着，望着胸前的金像。
人们围着三对幸福的人儿，纵情地歌着、狂欢地舞着：

……

嗬咿耶……

咿耶……

流水朝你去，

太阳由东升，

爬上了高山的山顶上，

跷脚儿望呀望北京……

嗬咿耶……

瀚海有八千丈，

大山又几万层，

白云你给捎个信哎，

捎到咿耶，

北京城……

嗬咿耶……

捎到北京城。

沙比尔·乌受望着叼羊的马群，羡慕地叹口气。排长望着他微笑。

尼牙孜："叼羊大王，你怎么还站着？"

沙比尔："尼牙孜大叔，今天我不想参加……"

杨光海："二班长，你可以去参加了！"

沙比尔·乌受欢天喜地地冲排长敬个礼，呼啸一声，跳上马背，向马群奔去。

欢腾的草地。

杜大兴带一队巡逻兵远远地向国境驰去……

冰山南面，卡拉赶着羊群，他正默默地向国境线外瞭望着。当他扭回头来，我们又看见他明亮得像星子一样的眼睛，憨厚地微笑着……

1961 年 4 月 13 日于哈尔滨初稿

黄 继 光

（话剧）

序 幕

当观众走近收票口，进入剧场的前厅。

戏剧便在这里开始了：

剧场的前厅迷漫着恬静、淡淡的蓝色光雾。

斜刺里有一道刺眼的强光投在巨幅的油画上：

　　硝烟

　　火焰

　　黄继光张开臂膀，像飞鸟一样横向敌人的喷火口……

　　[声音：远远的山谷里战斗的声音，远远的群山的回响……

观众走进了剧场。

剧场里像潮音一样继续着这种回响……

随便你坐在哪个角落里，它都在你的耳旁。

六点三十分，没有按照剧场里的惯例打铃开幕。

首先是观众席里的灯光渐渐熄灭了。

继之战斗的声音、群山的回响都戛然而止。

　　[停顿。

有一只杜鹃轻轻地在剧场里啼鸣。

[停顿。

帷幕悄悄地启开了。
从舞台里飘出一个女孩子（朴春淑）的歌声。
[灯光骤明。

眼前展开一幅朝鲜春天的景象：

青空

白云

小松

烈士黄继光的塑像

一群孩子（以下简称孩）围住朝鲜老人（车昌吉，以下简称车）坐在塑像下面的石基上。

车　英雄啊……真是英雄……
　　　[从松林中传出朴春淑的歌声。
　　　[她唱着朝鲜民歌。
车　……他已经满身是伤了，他依然向前爬呀，爬啊……眼看离着敌人的喷火口不远了，他用负了伤的腿，硬撑着站立起来，他用打穿了的胳膊把手雷抛出去……
孩　那……
车　可惜，他的手雷没有一下把敌人的碉堡炸毁，他手无寸铁，身上什么武器都没有了……
孩　那怎么办？
车　为了咱们朝鲜，为了他的祖国，为了全线的胜利，他挺身而出，勇敢地贡献出自己，他用自己的胸膛把敌人的机枪压回去……
　　　[停顿。

　　　[歌声继续。

[孩子们默默不语。

车　英雄啊，真是英雄！

　　　[朴春淑拉着小豆、英子，采了一束金黛桑花，唱着歌从林中出来，
　　　把鲜花放在塑像的足下。

孩　老爷爷，他为什么那么勇敢呢？

车　那讲起来可就话长了，朴春淑知道；连小豆、英子怎么得救的，她全
　　知道。就让她给你们讲吧……

　　　[朴春淑依然唱着歌子（她的歌声里充满了赞颂、怀念和中朝人民
　　　之间的深情厚谊）。

孩　讲吧，朴春淑姐姐。

　　　[朴春淑轻轻地点点头，依然唱着歌子。

　　　[转暗。
　　　[转暗。
　　　[最后在塑像的脸上消逝了光环。

　　　[歌声渐弱。
　　　[幕外音：远村的锣鼓，人群的喧嚣。

　　　[复明。
　　　[复明。

第一场

　　　[幕启。

春天。

　　在中江城一个宽广的院子里，挤满了各地参军来的青年人。院心，那
幅在红布上写着"抗美援朝，保家卫国"的大标语，把他们流露着喜悦的
黑黝黝的脸映得绯红。

院子角上小屋的门口，挂着"身体检查室"的木牌。屋里坐着一个部队干部，他低头写着什么；一个女医生正在给一个又胖又壮的小伙子——谢三华，进行身体检查。

院子里的青年们，扒着门缝、窗子，向里窥探，不断地用手势、耳语，报告着消息：

"嘿！医生敲他呢！"

"胸脯。"

"胸脯……"

捞不着靠近门缝、窗子位置的人们，都紧张地、沉默地、出神地等候着那一星半点可贵的消息。

只有一个小伙子——吴三羊（以下简称吴），歪着头向高处，似乎找寻着什么，在人丛里挤来挤去，不久，他从裤腰上拿出弹弓子，在人丛里瞄着，瞄着，"叭"的一声，一颗石子打了出去。

吴　嘿！"哉楞"膀儿哎！

　　　［石子是贴着邵登良（以下简称邵）的脑后过去的。

邵　哎，像啥话？你打着人怎么办？

吴　不是没打着吗？

邵　打着就晚了！（看看吴三羊手里的弹弓）还有在人堆里打弹弓子的！

吴　我愿意。

邵　愿意你回家愿意去，黄咀丫子没退净，别跟着乱掺苲米！

吴　你骂人！（揪住邵，不依）

邵　（一把翻过吴三羊的腕子）骂你怎么的？

　　　［从人丛里钻出和吴三羊一般高的小个子——黄继光（以下简称黄）上前拉住。

黄　邵登良，撒开，他小……

邵　他比谁小？要当兵了还小！黄继光你歇着你的。

　　　［屋里有个穿白衣服的护士（以下简称士）出来喊："吴三羊——吴三羊——"

吴　算了，该我了，有账咱们回头算，好不好？

士　来参军，还打架！

黄　没有，没有，闹着玩呢！

　　　[邵登良松开手，吴三羊跑进屋去。

　　　[谢三华（以下简称谢）从室里出来，大家里三层外三层地围上去。

　　　[黄继光拼命地从人缝里往里挤。

　　　[参军的青年们（以下简称青）七言八语地提着问题。

青　哎，怎么样？

　　都检查哈？

　　严不严？

　　　　[大个子直冒汗，不知答复谁。

　　　　[黄继光钻进重围，攀住谢三华的膀子。

黄　谢三华，怎么样？严不严？都考啥？

谢　够呛，从头顶到脚跟，连祖宗三代都考了。

黄　你呢？考上没有？

谢　（一举手里的纸条，笑了）看，拿这个上西院学校报到，领军衣。

黄　（忧虑地）你行啊！三华，冲你这个头也得要你！

谢　（一拍膀子，劲头来了，把小黄双手一举）嘿！就凭这把力气，美国鬼
　　子他十个八个到不了手底下！

　　　　[护士推开屋门。

士　大家安静一点，黄继光！

黄　哎！（情不自禁地颤抖一下，用讯问的眼光看一下谢三华和邵登良……）

谢　小黄，去吧！我在学校等着你！（下）

邵　把胆子放大点！没关系。

士　黄继光！

　　　　[邵登良向小屋，努努嘴，用手推了他一下。

黄　哎！来了。

　　　　[黄继光不知所措地进了小屋。

　　　　[吴三羊垂头丧气地出来。

邵　怎么了，小家伙？

吴　……

邵　我说……（想了想，又把话收住）

　　　　[黄继光站在屋门旁，垂着头，偷偷瞭了医生（以下简称医）一眼，
　　　　医生旁坐着副营长艾贵生（以下简称艾）。

医　多大年纪……

黄　二十啦！就是长得矮点。

　　　　[黄冲医生行了一个鞠躬礼，悄悄地提起脚跟，腰往起一直，显高
　　　　了一块。

艾　多报了几岁吧？

　　　　[黄支吾半天，没说出所以。

医　有什么病没有？

黄　啥病没有，也没虚报岁数。

医　父亲有啥病吗？

黄　我父亲给老财帮工累得腰腿疼，是给老财一担油逼死的，就是有点腰
　　腿疼。

医　爷爷呢？

黄　爷爷！我不认识……不，我们爷俩没见过面，我没出世他就死了，我
　　知道他没啥病！我也没病！没病！

医　把衣服全脱下来。

黄　（这是什么医生啊？他愣了）就这样行！

艾　脱了吧！检查身体，没啥不好意思的！

　　　　[黄脱掉上衣，随手扔在地下。

　　　　[艾捡起，放在椅背上，随手拍拍黄的肩膀。

艾　看这身汗，别紧张！

黄　（想笑，笑不出来）不，不是……

医　（指指床）到这儿躺下。

　　　　[黄躺在床上。

　　　　[医生在他身上用指头敲了一遍。

[邵在外，急躁地想扒窗子看望。

　　　[扒窗子的人，又不愿意放弃原来的地方。

邵　　怎么样？

扒窗子的人　别，别……敲呢！敲呢！

　　　[医生戴上听诊器。

邵　　怎么样？

扒窗子的人　拿胶皮管子听，听呢！

医　　（用手按黄肚子）疼不疼？

黄　　不疼。

医　　这儿呢？

黄　　更不疼！

医　　好，坐起来，穿上衣服！

　　　[黄坐起来穿衣服，刚要下地，医生又制止住他，拿起一个三角
　　　橡皮锤把黄的腿拉到床边垂下，对着膝盖下面"吧吧"敲了几下；
　　　每敲一下，黄的腿都向前一跳。

邵　　怎么样？

扒窗子的人　敲呢！

邵　　又敲？

扒窗子的人　拿小榔头敲呢！

　　　[医生用小锤子在黄的脚心上，狠狠划了两下，黄咬住嘴唇，扭着
　　　头，差点笑出来。

　　　[看的人"咪"的一声笑了。

邵　　笑啥？

扒窗子的人　还搔脚心呢！

邵　　唉！真是从头顶到脚心都要考啦！

　　　[医生又把黄领到试目力的图旁。

医　　捂住左眼！

　　　[黄捂住左眼。

医　　（指着图）这个是朝哪边？

黄　下！

医　这个？

黄　（指左边）这边。

医　捂住右眼！这个？

黄　上边！

医　这个？

黄　（指右）这边

医　好

邵　干啥呢？

扒窗子的人　考眼睛！

　　[医生在表格上画了一笔，又拿起皮尺在黄身上量腰围。

扒窗子的人　这腰粗腰细还有很大关系！

邵　也不知道是要腰粗的，还是要腰细的。

扒窗子的人　不知道……

　　[医生又在表格上画了一笔，黄意识到要量身长了，又悄悄地跷起
　　了脚跟，医生回身把皮尺一头交给黄。

医　拿着按头顶上。

黄　嗯嗯。

　　[医生扯下一头弯下腰去，发现黄的脚跷着。

医　嗯？脚有毛病？

黄　（放下脚跟）没啥毛病，没啥毛病。

医　没啥毛病？把鞋脱下来！

　　[黄忙脱掉鞋子，医生拿着黄的脚，翻来覆去地看，这儿捏捏，那
　　儿挖挖，最后用小锤又狠狠划了两下。

医　没有毛病啊！

艾　（坐一旁早看出毛病在哪儿了，示意医生再量身长）在量高矮，不许
　　跷脚。

黄　（知道完了）嗯。

扒窗子的人　完了！

邵　怎么了？

扒窗子的人　个小！

　　　　[要不是医生把小黄的头扶起，他真不好意思抬起来，全完了，医
　　　　生在表格上又画两笔，便把表格递给艾副营长。

　　　　[艾看了看表格，又看看黄继光。

　　　　[黄像等待最后裁判一样，木然地对艾贵生望着。

艾　好，你回去休息吧。

　　　　[黄继光仍是木然地立着没动。

艾　去，回去休息吧！

　　　　[黄木然地退到门，迟疑的回头望望艾副营长，他的眼睛流露出恳
　　　　求的目光……

黄　首长，你能不能给我个条？

艾　要什么条？

黄　上学校，领军衣……

艾　你不合格，怎么能领军衣！

　　　　[小黄慢慢腾腾地走出来。

邵　小黄，怎么啦？

黄　（委屈地哭泣着）没给我条！

邵　哭什么，尿包，没条就没条呗！

黄　说得风凉……

吴　没啥，诚心抗美援朝，谁也拦不住！要是我检不上，队伍走哪儿，我
　　跟哪儿……

　　　　[护士又喊着："邵登良！"

邵　（没有好气地）行了，别喊了，来了！

士　（一伸舌头）哎呀，咋这么冲啊？

　　　　[邵登良大步流星地走进去。

一个青年　别哭了，哭能顶啥用！

黄　抗美援朝是我娘亲自送我去报名的，来时村里又敲锣又打鼓送出来的，
　　这还怎么有脸回去见人哪？

吴　（垂头丧气地坐在一旁，听黄继光说到这儿，也鼻涕眼泪地）就是，怎么见人哪？

黄　是不是因为我跷脚了呢？

吴　是不是因为我打鸟了呢？

黄　跷脚就是不老实，这不对呀！

吴　打鸟，就是太淘气，可这有什么大不了的？（忽然站起来）不行，抗美援朝是大伙的事，他们凭啥不要我？！

　　〔新兵排的三排长王强国（以下简称王）从院外进来。

王　嘿！小伙子们干啥哭鼻子呵？

吴　你是部队上的不是？

王　是啊！

吴　你是管什么的？

王　我是来接新兵的。

吴　好，这事你正管，你就管管吧！

王　什么事？我管不了，也可以给你们向领导反映反映。

吴　很简单，我们要抗美援朝，（指屋）他们不要，你把我们领着好不好？

王　这可不行，这要上级决定。你们这种决心是好的，可是也要符合当志愿军的条件！

吴　什么条件？我就要去打老美！我不跟你们要什么条件，你也别跟我们要条件！

　　〔王真爱上了这两个小伙子，哧的一声笑了。

黄　（拉住王的手）同志，你就去跟你的上级给我们反映反映……

王　这个事反映也不解决啥问题，我看你们再等二年吧。

吴　等二年鬼子打完了，我们去干啥？算了，你官小跟你说也没用。

黄　同志，你看我们再跟你们首长说说，行不行？

王　（完全同意，只是不好给他们出主意）要想争取，也得有个说服人的道理啊！（含蓄地向屋门口走去，在门上喊了一声）报告！

艾　进来！

　　〔黄望着王的背影。

     [王轻轻地推开门走进去。

黄　有，有道理，走，咱们找他们去！

吴　能保靠吗？

黄　只要让讲道理……

吴　对！找他们去！

黄　（走到门前也学王强国的样子，喊了声）报告！

艾　进来！

     [两个小伙子气呼呼地闯进检查室，险些与举着纸条的邵登良撞个
     满怀。

邵　小黄

黄　你先走……

艾　咪！又来了，什么事？

     [两个人在门旁一站，你看我，我看你，彼此越看越委屈，可是谁
     也冒不出头一句话来，都希望对方先开个头……黄继光先是抽抽
     噎噎，吴三羊一挑头，两个人索性放声大哭起来。

艾　男子汉还哭！不要哭，有事告诉我嘛！

     [黄继光用力抑制住抽搐，气呼呼地质问医生。

黄　你说，我哪一点不够格儿？你凭哪一条不让我参加志愿军？志愿军不
    要地主、老财成分，可我是贫农啊！我从出世就受苦，受罪，受压迫
    呀！说志愿军要有觉悟的，可我是一解放就参加农民会，当民兵啊，
    我抓过坏蛋，揭穿过地主的鬼把戏，我是一心一意向着穷苦人哪！说
    参加志愿军要自觉自愿，我和我娘都俩相情愿，我娘亲自送我报名的
    呀！虽说我长得矮点，可我还会长啊！二十三蹿一蹿……

吴　二十五还鼓一鼓呢！

黄　说身体啥病也没有，倒底是凭哪一条不要我呢？就是刚才跷脚不对，
    可我也知道错了，承认错误还不行吗？！

吴　就是我刚才打鸟不对，我也能改呀！

艾　到朝鲜可不同在家里，那要天天行军打仗啊！

吴　怕行军打仗，就不报名了！

艾　那可不同赶集，一天要走一二百里呀！

黄　别人走一百，我保险不走九十九！

医　（开玩笑地）有时还吃不上饭啊！

黄　要是饿着肚子长大的都不去打美国鬼子，等美国鬼子来了你也别想
　　吃饭。

王　副营长，这两个孩子倒怪有志气！

艾　不行！还有一条！你们不够格！

黄　还啥不够格？

吴　……

艾　你们爱哭，志愿军不要爱哭的！（说完他自己也忍不住笑起来）

黄　（擦擦眼睛）你不要我嘛！你要我的话，我还哭啥？

　　　　　[艾贵生用征询的眼光看看医生，医生点点头，接着艾贵生亲切地
　　　　拉着两个人的手。

艾　好吧！接受你们的要求，去六班吧，祝你们当一个好战士。

黄
吴　真的？（眼里闪着惊喜的泪光）

艾　来，我介绍你们认识认识吧！（指王）这是你们的排长，王强国。

黄　黄继光。（握手）

吴　吴三羊。（握手）

王　欢迎你们，也祝贺你们！

艾　看样子，三排长早把你们俩相上了！

王　走，我带你们报到，领军衣。（向艾敬礼）敬礼！

黄　（也学着）敬礼！（轻身随王走出去，黄突然又跑回来）报告首长——

吴　没给条子！

艾　好，拿去。（递给他两张条子）

　　　　　[护士又喊另一个人进去。

　　　　　[邵登良在门外已等得不耐烦，看见小黄出来，急忙赶上去。

邵　怎么样？

黄　（举起手里的条子）看！

邵 （眉开眼笑地）行，小黄，有小子骨头！（回头跑去）

吴 王排长，屋里那个干部是谁呀？

王 那是咱们新兵营艾副营长。

黄 上朝鲜他也去吗？

王 去，当然去。

吴 嘿！那妙极了！好人！真是好人！

王 要是不批准你参军呢？

吴 那，那他也是好人！

黄 排长，咱们怎么走啊？

王 坐火车！

吴
黄　　火车是啥样啊？

　　　　［谢三华挟着一套军装从门外跑上。

谢 排长！排长！我到处找你。

王 有事吗？

谢 你看！（抖开军装，穿上袖子露肘，裤子到腿肚）

王 你得穿特号的，回头给你找，把这套给他们俩穿上试试！

黄 （向吴）吴三羊，你穿吧！

吴 别，你先穿！（从黄手里拿过一张条子，向院子里跑去）我去领！

王 黄继光穿上试试吧！

　　　　［黄穿起军衣，裤子长有半尺，上身像短大衣，人们大笑。

王 走，我给你缝缝改改就好了！

　　　　［邵登良穿着军衣跑上。

邵 小黄，你看，怎么样？

黄 挺带劲。

邵 哎哟，你这套衣服可太长了！同志，你看我像个军人吗？

王 像，满精神！

　　　　［吴三羊穿着一套大军衣跑上。

吴 排长，排长，你看！（和黄并肩站在一起）我们俩一个样！嘻！

王　来，把领勾、扣子都扣好，皮带扎上，军人就要养成整整齐齐的作风！

　　　[吴三羊的皮带像玉带一样地挂着。

吴　（两手托着皮带，迈着方步）康来一来，康来一来……

王　吴三羊，你看那像什么样子！来，来，把皮带扎好！

　　　[王过去给他紧皮带。

吴　哎哟！哎哟！松点，松点……

王　怎么了？你腰上有毛病？

吴　我……我……

　　　[邵一把从吴三羊的裤腰上抽出弹弓！

邵　瞧，别着这个家伙！他咋不腰疼？

　　　[说着就要撅。

吴　（急了）你给我，你管得着吗？！

黄　（一把拉住邵登良）别，邵登良，都一块参军，别闹不和气！

王　好了，好了，先给他！

邵　（把弹弓"巴"的一下摔在地下）拿去！

吴　你给我捡起来！

邵　美得你。

吴　你捡不捡？

邵　不捡！

黄　（捡起来）给，揣着！

吴　（又扔在地下）他怎么扔的，给我怎么捡！

黄　邵登良！你就……

邵　（一扭脸）惯得他……

　　　[王强国过去捡起来。

王　好了！这个弹弓先搁我这儿保存一会儿，都先消消气，这穿着军衣还
　　耍孩子脾气，那有多……

　　　[院外跑进两个少先队员（以下简称少），抬一筐橘子，远远地喊
　　着"志愿军叔叔""志愿军叔叔"！

王　看，都当叔叔了，还像小孩似的还行？

少 （举手）向志愿军叔叔敬礼！

　　　［邵登良和吴三羊噘着嘴，低着头。

　　　［黄继光躲在排长身后。

王 （赶忙接过话来）小朋友好！

少 志愿军叔叔好，今天叔叔们志愿参军，穿上军衣，打老美去。我们少
　 先队员来慰问叔叔们每人一个橘子……

　　　［小孩把橘子递给吴三羊，三羊伸手接过去就啃上了皮。

　　　［小孩子把橘子送给邵登良。

邵 我不要，在家天天吃！

王 拿着，这个橘子跟你在家吃的不一样！这是少先队员表示对志愿军的
　 尊敬。

　　　［邵接过去。

　　　［少先队员把橘子递给王强国。

王 谢谢你们，叔叔们去打美国鬼子，你们要努力学习。

少 谢谢叔叔！我们一定要努力学习，等我们长大，我们去找叔叔们去，
　 我们也当志愿军！哎，还有一个叔叔呢？

王 黄继光！

黄 （从王的身后出来，低着头）在这儿呢！

　　　［少先队员把橘子送给黄继光。

王 拿着吧！

黄 ……我还没给老百姓出过力呢！

王 拿着吧！你不就要出力了！是嘛？

黄 嗯！（接过去）谢谢，谢谢两个小兄弟！

少 再见吧！叔叔！祝你们胜利！

谢 哎，等会哎，都是志愿军，怎么还有偏有向呢？给我一个呀！

少 你？

谢 我也是，没合适的军衣！

少 对不起叔叔，我们不知道。（拿一个橘子给谢）好，再见吧叔叔们！

王 再见吧！

[少先队员跑去。

吴　这一穿上军衣，红领巾就跟着叫叔叔，真不好意思！

邵　有啥不好意思的？

吴　还没成人啊，就当叔叔！

邵　不是没成人，是没定性。

王　能当一个人民战士，能够为祖国、为人民做更多的事情！这是一个最大的光荣，这光荣是买不到的、挣不来的！

邵　所以，就凭咱们这溜光的嘴巴，红领巾也赶着叫叔叔！

吴　嗯，叔叔，叔叔。

邵　叔叔，当然是叔叔，可你寻思叔叔那么好当呢？

第一场渐隐

第二场

[幕外音：

火车吼叫着开出站去，

车轮飞快地在大地上奔驰，

车轮在桥梁上奔驰。

战士们唱着："雄赳赳，气昂昂，跨过鸭绿江……"

车轮声渐渐化成千军万马的脚步。

"巴"的一声尖锐的枪声，有人喊着："旁空，旁空！"（朝语"防空"）

[复明。

朝鲜某城。

这曾经是一座美丽的城市，但是已经化为一片废墟。残存的房屋只剩一幢幢烟熏火燎的骨架，倾斜的电杆，扯一头乱发。

在密密麻麻的炸弹坑的土上，已经种植起五谷了。这说明在这片瓦砾的底下，还有朝鲜居民在这里活着，顽强地活着。

土埂上的青苗沐浴着阳光，在微风里摇摆着。

一个光腚子娃娃，胖胖的，在瓦砾里爬着、笑着，捡起一堆机关枪子弹壳子，坐在地上一个、两个地数着……

突然，美国鬼子的F-80，狼哭鬼嚎地吼叫着出现了，它似乎发现了地上什么目标，盘旋着……

远远地有个妇女在呼唤着孩子的名字："金英子！金英子！"

小孩数着子弹壳子，

飞机嘶叫着在上空盘旋，

数着……

盘旋着……

盘旋着……

数着……

"啸，啸，啸！"一梭子机关炮，打得孩子的面前尘土四溅。孩子扔下手里的子弹壳子，拍着一双小手，咿咿呀呀地笑着，笑着，笑着……

飞机走了。

突然一个朝鲜妇女，仓皇地奔跑着，寻找着，惊恐地呼叫着。孩子望见了母亲，又咿咿呀呀地拍着小手。

母亲发现了自己的孩子，一把抱在怀里焦急地数落着，抱怨着往回走去。

孩子留恋地面上这一片阳光，哭着，闹着，挣扎着。母亲照屁股上狠狠地打了两巴掌，钻进了地下的防空洞去。

微风吹着绿苗，

似乎什么也没发生过，

一切又寂静如死，

太阳落山了。

一个司号员从洞里钻出来，站在废墟顶上吹响起床号，于是战士们，一个个拿着手巾、肥皂、刷牙缸子钻出地面，伸胳膊搭腿地呼吸着新鲜空气。

黄继光一瘸一拐的，默默地坐在土埂上缝着自己的鞋子。

甲　嘿，又一天穷飞，瞎炸，胡球叫唤！

乙　这阵子杜鲁门和艾森豪威尔正"扒拉"算盘子呢！

丙　算啥呀？

乙　算算搭了多少驾驶员，赔了多少汽油本！

吴　杜鲁门应该叫"堵漏门"——越堵越漏！

丙　那艾森豪威尔呢？

吴　他呀？就叫"挨针一伸腿儿"吧！

丙　干嘛叫"挨针一伸腿儿"呢？

吴　咱们把老美打垮了，艾森豪威不是又生气、又赔本，得了个气恼伤寒，
　　找了个医生打针，一针药水刚打进一半，就伸腿儿瞪眼了，所以叫"挨
　　针一伸腿儿"！

　　　　[众大笑。

　　　　[笑声中王强国走进。

王　我一听见笑声，准知道吴三羊在这儿！八班长，（向谢三华）黄继
　　光呢？

谢　（指坐在一边的黄）在那儿！我看小家伙这几天有点思想，总绷着脸，
　　闷头不吭气。

邵　也不知怎么搞的！弄得我对他都不了解了！

丙　有家庭观念吧！

邵　别乱扣。

王　（笑了）八班长，你没和黄继光谈谈？

谢　报告！排长，大伙举我当班长真是硬拿鸭子上架，要讲体力互助，全
　　班的背包，我谢三华一个人背着也没问题，可排长，咱这点本事跟黄
　　继光用不上呵！……明明打两脚血泡，可抢背包不给，要米袋不行，
　　昨晚我给他削了一个小棍，小家伙又来捣劲，一下给我抛了！排长，
　　你看，我能干的都干了，大伙都是"班对班"的一样大，好像我还能
　　解决什么思想问题似的！

王 话不说不透，沙锅不打不漏。当班长的就要经常地关心班里的每一个同志，多谈谈，多了解了解同志们的思想情况。

谢 排长，这里有困难，我"吗"不下脸，绷不住神啊！

王 用不着绷什么神，革命同志比兄弟手足还亲，一个锅吃饭，一个铺睡觉，一块去消灭敌人；行军也好，宿营也好，端着饭碗，或者爬在战壕里也行，随时随地可以谈谈心哪！主要是关心同志们，真正地关心！（停顿）我说得对吗？

谢 对。

王 去吧！到河沟洗脸去吧！

[众跑下。

[王排长走到黄继光跟前。

王 黄继光！

黄 有！（霍地立刻站起来）

王 坐下干你的。

[他先坐下，黄也随之坐下。

王 就穿那双新鞋呗！忙什么补旧的。

黄 这双鞋是参军时我妈妈做的。

王 脚上的泡挑了吗？

黄 挑了！

王 敷药了吗？

黄 卫生员给上的。

王 今晚出发，你坐团部的大胶皮车走吧！

黄 我？（立起）排长，我不坐。

王 别激动，来，来，坐下，坐下。坐大车也不是什么不光荣的事，勉强坚持把脚走垮了，以后会增加更多的困难。

黄 放心，排长，别人走一百里，我保证不走九十九，决不掉队。

王 小黄，我看把车轴磨细了，也走不过你。从参军到现在，你的决心我是知道的，可这几天你不大吭气，总耷拉头，同志们都很关心你，可又不摸底。是不是咱排里的工作有缺点，还是对哪个同志有意见？

　　　　[邵拎着牙缸子走进防空洞，他把排长和黄继光的话听在耳里。

黄　全不是……

王　那……（拿过黄继光手里的鞋子）来，我缝两针。

黄　（又夺回去）不，排长，我自己缝。

　　　　[邵拎着军用水壶和黄继光洗脸的口袋出来。

邵　（给黄）给，喝口凉开水！

黄　我不喝。

邵　（憋不住劲儿）你这鼓的哪份气？整得大伙都跟着不高兴！你这是冲谁
　　呀！我看没说屈你，就是闹家庭观念！

黄　（跳起来）谁说的？

邵　我！

黄　你真这么想吗？

邵　我……黄继光，你要是真丢这份人，我不认识你！

王　邵登良，你回去休息。

邵　不行，我非跟黄继光弄个水落石出不行！

黄　（委屈地）邵登良，你昧着良心说话，我有没有家庭观念，你知道，排
　　长，这几天，我总想问问你……我着急，可我又不知道该问不该问！

王　什么事，说吧！

　　　　[战士们都从河边回来。

黄　（勉强地）我想问问，离前线还有多远？还要走几天？

邵　走累了，你早说话呀！干甚么还装腔作势的，只要你说一句痛快话，
　　就是十万八千里，大不了，我邵登良背着你。

黄　别说了，邵登良，你今天成了不理解我的人了！

邵　你要人怎么理解你呀！你看这高高的劲儿，圣人也让你整糊涂了。

王　邵登良，别着急，让黄继光慢慢说嘛！

黄　排长，班长，同志们，我不对了，因为我让大家分心，可我没有一点
　　泄劲的思想，我是天天寻思着，快到吧！快到吧！赶紧跟美国鬼子朝
　　朝面，刺刀、手榴弹地撞他一阵子！这几天我越想越着急，我总想跟
　　排长打听打听，可是我又总怀疑该问不该问，所以越想越烦闷……

邵 （举起大巴掌）嘿！我真想一巴掌打扁了你！（突然又抱住他）你呀！你呀！真是让人哭不得笑不得……

谢 小黄！这回可听见你一句痛快话，你差点把我憋死！好了！干脆接着说说吧，对你选举的我这个班长有啥意见。

吴 有，就是嫌乎你胖！

[谢一只手把小吴举起来。

谢 你说怎么办吧？

吴 哎呀，再也不敢了，班长，看大伙的面子！看大伙的面子！

王 同志们，前晚出发，连长说走八十里，可走六十就到宿营地了。思想上准备得多，而实际走得少，结果"这么快"就到，留着的劲还没用上呢！这是反过来走八十，说是走六十，那就越走越远、越走越多，所以说干啥都要有个思想准备！黄继光，你一心一意要打鬼子，这种求战的积极性是对的，可就是缺少个充分的思想准备。咱们不可能从鸭绿江一步就迈到三八线去；就是到了前线，也不可能马上操起刺刀、手榴弹就干上了。要是真给杆新式步枪，开始你还真不会使唤，那就不是你使唤枪，而是枪使唤你，你要打哪儿，它偏不打哪儿，枪是好枪，可不顶个烧火棍。这样咱们满心想把美国鬼子揍出去，可心有余而力不足，那还是解决不了问题不是……所以也得有个充分准备，学习、练兵，有了武器，你一上阵地，才手掐把拿，心里有个主意。那时你二拇手指一动，说打老美的眉毛，准保打不上鼻子。

[众大笑。

王 说了半天，还是说干啥都要有个充分的思想准备，不要急躁。一个战士应该永远是一敲叮当三响，不应该是闷声闷气地净想在心里。一个班里有一个同志耷拉头，这种情绪很快就会影响全班；如果全班的战士都是一敲叮当三响，那真是赛过一把净亮的钢刀！那可就是：
（唱起来）
钢刀插到哪里，
哪里的美国强盗，
就一定报销！

吴　排长，这是啥歌？

王　别打岔，这是电影插曲，我的话还没说完！咱们虽然穿上了军衣，来到了朝鲜，可咱还没有掌握住武器，没经过战争的考验，离成为一个真正的志愿军战士，还有点距离。一个战士，在生活上、学习上、工作上，遇见任何疑难问题，他都应该一是一、二是二，随时随地提出来，要求上级给他详尽地解释、说明。但是涉及到军事秘密，作为一个指挥员，没有得到上级的指示，他决不会向任何同志透露的；如果他不知道，他也决不去问他的上级。我去年刚到朝鲜和你们一样，关于部队行动问题，好打听、好问，也经常碰钉子，遇见友邻部队，就打听番号，是什么兵种。可在老战士们的嘴里，你只能打听出个代号，其他问题一概是不知道，明明看见他们，在架桥，可你问他说："你们是工兵呵？""不知道！""你们是啥时候入朝的？""不知道！"一个老战士也决不打听有关军事行动的一切问题，对狡猾的敌人，我们要守口如瓶，绝对严守军事秘密。不是上级不相信咱们，而是咱们要相信上级。来，大家唱个歌吧！

众　唱啥歌？

王　大家没参军、在家当老百姓就听见过，准会唱。来，我先唱一句，会唱的就跟着，不会的就听着。（唱）革命军人个个要牢记：预备唱！

众　（全唱）革命军人个个要牢记，

　　三大纪律八项的注意，

　　第一，一切行动听指挥，

　　才能取得革命的胜利。

王　好，就唱到这儿，三大纪律八项注意的第一条，就提到"一切行动听从指挥，才能取得革命的胜利"。上级的命令代表祖国和人民的意志，相信上级、服从指挥，是一个人民战士高贵的品质。需要我们行军，我们就把路走好；同志们要问我还有多远、还有几天，我的答复也是"不知道"！

　　　　［众笑。

王　我这一说啰唆了……黄继光，你说呢？

黄　排长说的都对，我没啥说的。（笑了）

邵　给！（把牙具袋递给他）去洗脸！

　　　　［黄拎着牙具袋一瘸一拐地走了几步。

王　黄继光！

黄　有！（立正站住）

王　今晚你要坐大车去！

黄　排长，你看！（卡，卡，卡地开正步走了）

　　　　［排长喜爱地看着他。

　　　　［战士们鼓掌。

　　　　［吴三羊数着一二一、一二一……

　　　　［远处有人喊着："三排长，连长让你们派几个人去拾点柴火。"

王　好，知道了！（向谢）三班长，你看看，从你班抽几个人？

谢　吴三羊看家，其余的人都去，黄继光回来让他休息。

王　可以。

　　　　［众下，王也随下。

　　　　［对面有个朝鲜老人（车昌吉，以下简称车），背着一捆柴火走来。

车　晚上走路，白天歇着，整整是大调个，够辛苦了，同志！

吴　不辛苦，大爷，哎，你老的中国话说得好哇！

车　对付个半拉架！（东北话比较谦虚的口气）过去住东北学的，要是真
　　把老山沟子那些土话搬出点"嘎马儿"来，你这关里人还真不明白。

吴　大爷，"嘎马儿"是啥意思？

车　比方说：吃点"嘎马儿"的，整点"嘎马儿"的，淘换点"嘎马儿"
　　的。这"嘎马儿"的意思可太大了，得慢慢捉摸。小伙子，你们的伙
　　房在哪儿？我们这厂原来是城里，附近又是秃山，不出去十里八里的
　　找不到柴火。到我们家门口上了，要是咱们志愿军的烟筒冒不了烟，
　　那是我们的责任，所以我们这一带专爱供应过往部队的烧柴。今天我
　　们这一带的人都修桥去了，你们先"估谋估谋"，不够我再去背。小伙
　　子，你把伙房指个方向我看看。

吴　大爷，谢谢你，不过我不能告诉你。

车　怪了，干啥不告诉我呀？

吴　我告诉你，我负不了责任。

车　负不了责任？可用你负啥责任哪？

吴　我们上级说了，不动朝鲜人民一草一木，我告诉你老伙房在哪儿，就等于我要了你一捆柴火。

车　好，小伙子，你不告诉我，我自己找。冒烟的地方，准是伙房！（四下瞭望）

王　（笑了）防空，天不黑，不许烧火。

车　嘿！我真老糊涂了，就是要烧火，你们也没有柴火呀！反正天黑还得一会儿，我先歇歇，抽一袋。

　　　　[远远一个女孩子唱着《春之歌》。

车　小伙子，你听这歌唱得好不好？

吴　好，很好。

车　我的孙女儿！

　　　　[一个十六七岁的朝鲜姑娘（朴春淑，以下简称朴），顶着书包、饭盆，边走边唱着。

车　春淑！

朴　爷爷！（向老人鞠个躬）你去打柴了爷爷，累吧？伙房在哪儿？爷爷，我送去。

车　不忙，还不知道地方呢！

朴　问问这个同志嘛！

车　别问。

　　　　[朴莫名其妙地看看爷爷。

车　来，坐下！

朴　爷爷，我们今天考试了！

车　准没及格！（玩笑地）

朴　爷爷，你冤人！五分，回回五分！

吴　大爷，这儿还有学校吗？

车　一看你这不在行劲，就知道你是新来的。你光看这一片瓦片子朝鲜完了，可是在山沟里、地底下，有，什么都有。

　　　　[朴春淑随手拿起黄继光的鞋缝着。

吴　哎，小姑娘，你别给缝。

朴　你比谁大多少？

吴　大爷，请你说一声，别让她缝了。

车　这个你也担着责任？

吴　是担着责任，我在这儿站着，就得担着责任。

　　　　[黄继光上。

吴　哎，黄继光，你看大爷的孙女帮你缝鞋呢！

黄　哎呀，这不行，我没帮大爷干点啥，怎么好给我缝鞋！（一把从小姑
　　娘手里夺回来）好！谢谢吧！

车　要搁东北话说，你们这两个小同志就都够"隔涩"了。咱们这中国人
　　和朝鲜人可真是生死之交哇，可就偏碰见你们这两个小家伙这么"外
　　道"！送点毛柴，你不告诉我伙房；给你缝缝鞋，根本提不到活下点
　　"勾当"，还怕"塌下"我们的人情。我告诉你们，我可拿你们当亲生
　　的孩子一样，惹急眼，我可"被不住"刨你们两烟袋锅子！

吴　（顽皮地坐在老人身边）大爷，你刨吧！你刨吧！

车　（笑着拿胡子蹭蹭吴三羊的脸蛋）怎么能舍得呀！

吴　我看你也舍不得！

黄　（眉开眼笑地）吴三羊，你们爷俩坐一块，真像爷爷和孙子。

　　　　[车昌吉乐得合不上嘴。

　　　　[朴春淑趁着黄继光不备，抽冷抢去了鞋子。黄一瘸一拐地追，朴
　　　　绕着圈子跑……

黄　你给我，你给我！

车　春淑，给我！（朴把鞋子递给了爷爷）先搁我这儿，看谁敢抢！坐来，
　　都坐这儿！

　　　　[黄乖乖地坐在老人身旁。

车　都听我的，坐这儿缝，春淑。（把鞋给她）

黄　老爷爷，你可真像个爷爷。

车 （捋着胡子）真是爷爷吧，还能不像！

吴 老爷爷，你有几个儿子？

车 多了，数不过来！

吴 说真的。

车 一个没有了。

黄 爷爷，你根本就没有儿子吗？

车 有，有两个。大儿子"九一八事变"在东北参加抗日联军李红光支队，和日本打仗牺牲了！二儿子我送他参加了人民军，那小子可也真不尿，在洛东江边，一个手榴弹把鬼子撂倒一二十，最后牺牲在洛东江里。赶后来美国鬼子和李承晚到了北朝鲜，抓劳动党，我隐蔽到山沟里，家里扔下个老伴儿和二儿子媳妇，带个小孙子，一下都给鬼子杀害了，现在就剩你爷爷孤身一人了。

朴 爷爷，不对，还剩咱们祖孙两个人！

车 对，对，我把你给忘了！

吴 爷爷，他是你的孙女？

车 不，这搁东北话说，就是"抱养"人家的孩子。我姓车，她姓朴，原来是邻居，她一家人都给美国鬼子炸死了。那天她正在学校上课，放学回家一看，房倒屋塌……唉！

　　［朴抹着眼泪。

　　［黄继光手里拿块瓦片，一边听，一边在地上划着。

车 就这样，我们两家拼一家过。啊！朝鲜……朝鲜像我们这样人家很多！

　　［朴悄声地哭泣。

车 别哭，哭什么！这阵不哭，等有一天我们踩着敌人的脑瓜骨，先笑一阵，然后再到坟上痛痛快快地哭！

吴 朴春淑，别难过，我一定替你报仇！

黄 （把手里的瓦片，一下子摔得粉碎）对！不能哭，要笑一阵，然后再痛痛快快地哭。

朴 （把鞋递给黄）同志，缝好了，给你鞋！

黄 老爷爷，这是我参军时，我妈妈给我做的鞋。谢谢你，朴春淑，多亏你给我缝好了，我要在前线穿上它，去给你爷爷的儿子报仇，去给你全家报仇。

　　[老人拥抱着两个战士，他含着眼泪在微笑。

　　[停顿。

朴　爷爷，这柴火……

车　小伙子，你告诉我们，伙房在哪儿？不要你负责，见了你们的首长，我自会跟他说……

吴　这么办吧！送柴火也行，今晚你们爷俩要在我们这儿吃晚饭。

车　吃饭那是好事嘛！行，你告诉我，在哪儿吧！小伙子！

吴　不行，我还是决定不了，得请示请示我们的上级。

车　你……

朴　你让我们把柴火先放在伙房，你问你的嘛！

吴　那我只告诉你们地方，我可不能送你们去！

朴　谁要你送来！

吴　（一指）就那边那座大楼框子底下！

　　　[车要背柴火。

朴　爷爷，我背！

车　歇着你的，在后边拥着点！

朴　哎！（背起来）

车　小伙子，往伙房一撂，要也得要，不要也得要。我们爷俩还有事，可不能等你请示上级了！

吴　那可不行！

车　这回就由不得你了！

　　　[祖孙俩一串笑声下。

黄　班里的人呢？

吴　都拾柴火去了！

黄　到哪儿拾去了？

吴　远了！

　　　[黄拿着鞋子、洗脸口袋送进洞去，脖子上围着一条手巾又出来。

109

黄　往哪个方向去了？

吴　黄继光，你的脚不行！班长也没让你去。

黄　没什么，快说，往哪边去吧！

吴　你的任务就是休息，班长临走没交待，这是军事秘密，我不能告诉你！

黄　小吴！

吴　小黄！

黄　咳！

吴　嗯！

　　　　[远处有急剧的防空号声。

　　　　[飞机声。

吴　飞机！

黄　怎么这阵来了？快进洞子！

　　　　[两个人跑进洞子，又探出头来。

吴　从到朝鲜还没好好看看它，这回班长不在家，咱们就在这儿好好瞧瞧。

黄　行，反正暴露不了目标！

　　　　[强烈的飞机声。

吴　怎么在咱们这儿打旋啊？

黄　别吭气！

吴　吭气怕啥？它也听不见！

　　　　[一排炸弹发出嘶嘶的怪声落下来。

吴　小黄！

黄　坏了，炸弹！

　　　　[在附近响起一片爆炸声。

吴　不要紧，没扔这儿！

　　　　[一片火光。

黄　起火了！

吴　糟了，那边有一家老乡的防空洞里边有人！

黄　那怎么办？

吴　（起身要冲）我去看看！

黄　别，你在这儿，我去！

吴　你脚不行，跑得慢，还是我去！

　　　　［吴三羊冲出防空洞，冲火光跑去。

黄　吴三羊，吴三羊，你多加小心！

　　　　［在相反的方向，又一排炸弹，爆炸了！

黄　（急得拍地）这个冒失鬼，我怎么让他去呢！

　　　　［黄继光从洞子里跳出来。

　　　　［一梭子机关炮弹，在他的脚下打起一串火光。

　　　　［他伏身卧在废墟上。

　　　　［吴三羊像一只火鸟，两手托着孩子，在地下滚着。

黄　（站起来）吴三羊！吴三羊！

吴　（火滚灭了）快、黄继光，抱着孩子！

　　　　［吴三羊把孩子交给小黄，回头奔去。

黄　小吴，你还干什么？

吴　我去救他娘！

黄　先跳水池，把衣服浸湿，吴三羊，水池，水池！

　　　　［飞机又旋回来。

　　　　［炸弹在空中嘶嘶地怪叫。

　　　　［黄继光抱着孩子，想奔防空洞，但时间已经来不及了，他急忙用
　　　　身体掩护住孩子！炸弹在他身旁碎裂了，子弹皮擦破了他的头！

黄　（切齿地）强盗们，打吧！炸吧！有一天我抓住你们，活剥你们的皮！

　　　　［吴三羊浑身烧得焦黑，水淋淋地跑上。

吴　小黄！

黄　他娘呢？

吴　（要哭出来，强忍往地）给美国鬼子烧死了！

黄　（眼泪在眼圈一转又咽住了）小吴，我们不哭！

吴　那这没娘的孩子怎么办？

黄　我们背着，有我们吃的，就有他吃的，有我们的命就能把他养大！

　　　　［转暗。

月光从浮云里洒下银光，

大地朦朦胧胧的。

集合号声。

月光里晃动着战士们零乱的脚步。

夜班飞机，像蚊虫一样，远远地嗡嗡。

有一支手电光一闪。

有人喊："谁打手电？防空！"

队伍集合好了。

王问："各班都齐了吗？"

"七班齐了！"

"九班齐了！"

谢说："黄继光和吴三羊给孩子喂饭呢！马上就到。"

  [稍停。

"报告排长，都来了！"

黄继光没戴帽子，头上缠着白色的绷带，抱着孩子。吴三羊一身衣服烧得漆黑，随着黄继光默默地走入队伍。

  [艾贵生上。

艾　（向王）找到朝鲜地方政府的干部了吗？

王　这里的干部和老乡都修桥去了，只剩下一个细胞委员长和一个姑娘，
　　正在埋葬孩子的母亲，一会儿就来。

艾　黄继光，吴三羊，这孩子该怎么办呢？

吴　他的家被炸了，妈妈被炸死了，我们要养大他。

艾　你们怎么养大他呢？

黄　把我们的饭省给他吃，把我们的衣服省给他穿。

艾　你们还要行军打仗呢！

黄　行军背着他，打仗背着他，有我们的命就有他的命！

艾　你对朝鲜人民的热爱和同情是好的，但是我们是志愿军战士，我们
　　的责任是保卫朝鲜，保卫祖国和所有热爱和平的人们都永远不失去

孩子！

黄　这个孩子太可怜了！

艾　不是他可怜，是敌人可恨！敌人既然把战争和灾难加在我们头上，我们就要挺身战斗，勇敢地战斗！只有不屈地同敌人战斗，才能给孩子们报仇，才能保卫孩子们永远再不受伤害，才能保证千千万万个孩子和母亲永远不失去亲人！要牢牢记住，只有砸掉野兽的牙齿，野兽才不能咬人。

　　　　[车与朴急上。

车　同志们，小孩子呢？小孩子呢？

艾　同志，在这里。吴三羊，黄继光出列！

　　　　[黄和吴走出队伍。

艾　把孩子交给这位老同志。

吴
黄　老爷爷……

　　　　[朴春淑把孩子抱过去。

车　真是两个好样的，你们可让我说啥好呢？（苦笑着）留个名吧！等孩子懂事好让他永远记着。

黄　不，用不着。

吴　用不着。

艾　（喜爱地拍着两个战士的肩膀）这个叫吴三羊，这个叫黄继光。

车　嗯。（向朴）记住，春淑。

朴　记住了，吴三羊，黄继光！

艾　再见吧！同志们！

艾　三排长，把队伍带公路上，全营集合！

王　是，走了！

　　　　[队伍在月影里走去。

　　　　[吴三羊和黄继光向老人敬礼。

吴、黄　再见，老爷爷！

　　　　[老爷爷又用胡子蹭着两个战士的脸蛋。

车　孩子，狠狠地揍鬼子！

黄
　　放心，爷爷。
吴

　　　[两人扭身去追赶队伍。

　　　[跑到半路突然黄继光转回来。

　　　[孩子已经睡了，朴春淑轻轻摇晃着他。

黄　（轻轻地）朴春淑！（从怀里掏出一个橘子）给他！（指小孩）

朴　什么？

黄　橘子。

第二场渐隐

第三场

　　夜，像山火一样，挑动着战士们不平静的心情。

　　　[幕外音：

　　　脚步，沙、沙、沙的脚步。

　　　往后转，跟上，往后转，跟上……

　　　脚步，沉重而迅疾的脚步……

　　　脚步，轻了……又远了！

　　　……

　　　惊人心弦的锣鼓，

　　　热情澎湃的锣鼓……

　　　鼓掌、欢笑……

　　　有人喊着口号：

　　　"欢迎新同志！"

　　　"向老同志学习！"

　　　这一切，又轻轻地过去了。

　　　音在山谷里留下一支令人回忆的曲子……

初冬的夜道。

乌蓝的夜空衬托着黑黝黝的巨大的山影，高山背后闪着火光。

火光，

火光闪闪。

偶尔传来一阵远远的山谷的轰鸣，打破了夜的寂静。

地平线上走着一个哨兵的剪影，枪刺挑着月光。

另一个剪影扛着一棵粗大的木料向前走着。

哨兵："谁？"

扛木料的人："我，黄继光。"

"早都休息了，你还扛？"

"睡不着，再送一趟！"

　　[连部的防空洞灯光渐显。

黄继光正点燃桌上的蜡烛，然后拿起笤帚轻轻地扫了一下，又直起腰来。

　　[幕外音："（轻轻地）你为什么传达了命令以后，一定要找到
　　我呢？"

黄　（自言自语地）参谋长上课讲过："通讯员在战斗中的责任，是传达首
　　长的命令、保护首长的安全，在完成了任务之后，要立刻返回，向指
　　挥员报告任务执行的情况，准备再接受新的任务。"

　　[幕外音："（满意地）那你根据什么找到我的指挥位置的呢？"

黄　参谋长上课讲过，他说："如果你完成了任务回来，见指挥员转移了位
　　置，你可以根据指挥员叫你传达的命令，来判断新的指挥位置。"

　　[幕外音："（高兴地）对，就应该这样，一个好战士，不仅要勇敢、
　　顽强，还应该机动灵活。努力吧！你快成为一个真正的战士了！"

黄　我离一个真正的战士还差一百竿子远呢！我啥也不懂啊！

　　[幕外音："学嘛！哪有天生会的！一个真正的战士，什么都要
　　学会。"

黄　对！一个真正的战士，什么都要学会。

[王强国挎着冲锋枪轻轻探开雨布做的门帘走进来。

王　黄继光，你没睡？

黄　不……排长……

王　嘘！又忘了，在新兵营是排长，现在是……

黄　六班长，我叫惯了，不好改——你咋没睡？

王　我值班，几点了？

黄　（看看桌上的马蹄表）差七分四点钟！

王　我得叫哨了。下一班起床、穿衣服，四点钟换哨正好。

黄　冷不冷？

王　不冷，老了！你得睡啊，刚才哨兵向我报告了，说你又多运了两趟木料，我要跟连部谈谈，你这么干要把身体搞垮了！

黄　你可别……

王　睡吧！

黄　睡。

[王走出，但没有挡住防空洞口的雨布。

[防空洞内传出指导员的声音："谁起得这么早？"

黄　（所答非所问）六班长带班来看表！

[室内的声音："我问你是谁？"

黄　是我，黄继光。

[指导员（以下简称指）披着衣服走进来。

指　为什么起这么早？还没吹起床号呢！

黄　这还早？在家早下地啦！

指　今天是你值日吗？

黄　不是。

指　（看看黄手里的笤帚）谁叫你这么早起来扫地呢？

黄　谁也没叫我。你不常说，当一个战士要全心全意为胜利吗？干这点活，反正也累不着。

指　对，应该这样勤快，不过，也要遵守作息时间，要注意身体，别起得太早，当心凉着，睡吧！别等演习动作，让你前进，你在地下匍匐打呼噜。

黄　哪能呢！指导员，你睡吧！我就睡！

　　　　[指导员走进内室，黄继光用小木箱把灯挡住，又继续扫地。

　　　　[外面有人拉了下雨布："注意，连部的防空洞漏光呵！"

黄　（探出身子）谁？小吴吗？

　　　　[外面的声音："黄继光啊？"

黄　把东西放下，进来暖和暖和，那个人是谁？

　　　　[外面的声音："邵登良，回来，邵登良！"

　　　　[小黄撩开雨布，吴与邵进来。

邵　黄继光你是起早了，还是没睡？

黄　（有意岔开）你们俩扛的啥？

邵　那不是事务长那个老头子，昨晚让一个班出两个人到团后勤去领压缩
　　饼干吗？

黄　怎么才回来？

邵　事务长偏要翻山抄近路，一下沟就转向了，找到下一点，才摸着，回
　　来又把饼干分发给各班保存。

吴　还特别规定一条纪律，不许吃！

邵　这条是对你说的！

吴　你来回送信看见副营长没有？

黄　别老一套，现在是咱们营参谋长！

吴　怎么样？

黄　什么怎么样？

吴　没打听我呀？

黄　常打听，昨天还问我，小黄啊，吴三羊这几个月进步得很快吧？弹弓
　　子还在腰上别着吗？

吴　胡编！

黄　哎，昨天我娘来信了！

邵　说啥？

黄　问我打了多少鬼子？

邵　当了好几个月志愿军连鬼子毛还没看见呢！那么容易就叫咱们捞着打

117

鬼子？

黄　你们俩行呵！早晚准上去，你们在班里机会还不多得是？可咱这当通
　　讯员的……

邵　走啦！得回去睡一会儿。

吴　莫了，睡啥？干脆再弄个人，在这儿打两把扑克！

邵　要打你打，我可不能奉陪。

黄　走，我帮你们扛。

邵　没多少，你睡吧！

黄　不了，送送你们。

　　　　　[连部灯光渐隐。

　　　　　[炊事班防空洞灯光渐显。

　　老炊事班长李志义（以下简称李），谢三华和另外两个炊事员点上蜡烛，
正准备生火做饭。

李　你们手动着，耳朵听着，咱们简单开个会。

谢　班长，开啥会？（还没睡醒）

李　管开啥会，你也得精神精神！咱们开这个会的目的，也就是今后咱们
　　炊事班得多长点精神。

谢　（笑了）上岁数的人，就是心眼多，这儿刚没几步就有哨，谁还去偷咱
　　伙房？

李　就冲你这个睡不醒的糊涂相，说那干啥的话，将来有一天胜利来临了，
　　准没有姑娘愿跟你！谁他妈那么不自觉，偷咱们伙房干什么？我是说
　　咱们今后得提防着黄继光……

谢　那更没问题，我最了解他，黄继光是我们老乡！

李　你先别打岔行不？你要是没睡醒，先蹲灶炉门子，搁凉水把头发心子
　　拍两把！

谢　要说小黄在伙房有点毛病，那可是你惯的！送信回来晚了，你重给热
　　饭热菜，我看就有偏心，再加上隔三差五捅个馒头！

118

李　得，我说谢三华，当新兵班长那阵，你是怎样领导开会的？说那干啥的事，那不等领导说出个子午戊酉，都七言八语的，这会还能开不？

　　　　[谢三华笑了，不言语了。

李　你这人可真能，你说你这几杠子把我的话截哪儿去了？我是说黄继光这孩子手脚勤快，当通讯员跑腿送信、照顾首长这都不算，你比方电话员的线断了，他帮着查线；卫生员不在家，他就整阿司匹林、二百二；司号员嘴起泡了，他还代着吹号。一天到晚手不闲着，哪儿有活，他在哪儿转：帮事务长"刨登"煨食、领发东西；帮班里挖掩体、擦武器；咱们伙房打柴、挑水、淘米、做饭，没一样落下他的。那晚哨兵说，晚上往前沿运木材，大家都运完了，他自个儿还偷着送两趟。我看这么搞长了，得把孩子累垮了，所以我说，打咱们伙房开始，不管什么活都不让他插手。以后他要是来伙房找我讲故事，那是二话没有，我一定给他多编几段；要是一看风头不对，又要伸手干活，你们听我咳嗽为号：我这么一咳嗽，你们就打起精神，把刀子、铲子藏起来，各人干各人的事，把他封锁住，大家看怎么样？

三人　没问题。

李　就以咳嗽为号哩！

三人　好。

谢　我看应该报告副指导员，给他规定个工作范围，对他这样的人非用纪律限制不可。

　　　　[呼的一声，有人揭开雨布走进来，洞口太暗看不清楚是谁。老班长以为是黄继光，急忙咳嗽一声，几个人头不回忙乎起来。
　　　　[声音："黄继光，没在这儿？"

李　谁？啊！副指导员（以下简称副）哪！我当……

　　　　[大家笑起来。

副　笑什么，你们伙房搞什么鬼？

李　副指导员，我寻思黄继光来了！

谢　刚才老班长领我们开了个会，说是黄继光手脚太勤快，一天到晚不"识相"，怕把他累坏了，决定以后伙房的工作啥也不让他插手，规定以咳

119

嗽为号，他一进伙房就把他封锁住。

副　怪不得，我一进来，老班长就咳嗽。

李　刚才谢三华还说，那你得给黄继光规定个工作范围。说干啥的话，这孩子这股积极性是没得比了；可他这样干法，看着让人心疼！副指导员，昨晚哨兵说，大家都休息以后，他还偷着往前沿送两趟木料。

副　这就不只是昨晚了，最近前沿阵地每天收到的木材比后勤报告的数字总是多一两根，今天才找到了这里面的原因。

李　副指导员，他几次和我谈，想入团；要找你谈，又怕耽误你的时间。团的事我不大懂，副指导员是不是抽空跟他谈谈？说干啥的话，我看条件满可以啦！

副　我找他，就是想利用早饭前的时间跟他谈谈，可到处找不见他。

李　嗯。这孩子八成又上木料厂了。

副　好，我去找找他。

　　　［副指导员走了几步又回来。

副　哎，老班长，天气冷，在外边练兵，喝不上热水，这是个问题呀！

李　副指导员，没问题，炊事员保证班里走到哪儿我们把开水送到哪儿。

副　可不能在外边烧哇，那冒烟咕咚的，目标太大。

李　放心，我们是汽油桶上包棉被，从伙房往外背。

副　好哇！

　　　［副走下。

李　谢三华，你说我对黄继光有点偏心，是不？

谢　嗯，有点。

李　我也承认偏心是有一点。我这人，说干啥话，就是这个毛病："油光水滑的"，你天好我也看不上；可那踏踏实实的，我一看见就喜爱。不信，你们先把我的话放着，黄继光这孩子将来一定有出息，能干出大事情。

　　　［外边有人敲雨布。

李　谁呀？干什么？

　　　［外边黄继光的声音："老班长，我给你们捎点柴火来，是背进去，还是放在外边？"

120

谢　糟了，这个窟窿没法堵！

李　我们这儿不用柴火，你背走吧！

甲　（悄声地）这像话吗！

　　　[外声："老班长，你今天不用，明天还不用？伙房嘛，还离得了柴火？"

李　好，就先放外边吧！

谢　真没治！

　　　[老班长叼着小烟袋在沉思。

　　　[黄继光悄悄地走进来，笑嘻嘻地望着老班长不言语。

谢　班长。（小声咳嗽了一下）

李　什么？啊……（恍然大悟，大声咳嗽）

　　　[几个炊事员紧张起来，切菜的、淘米的、烧火的……

黄　老班长，你冻着了？

李　没有。

黄　我听你咳嗽怎么像气管发炎呢？

乙　小黄，你还懂医呢？

黄　我不懂，我找卫生员去！（转身就走）

李　回来，小黄，不用他。

黄　不用卫生员，那我上营部请医生来！

李　你回来，黄继光，我没病！

黄　没病你咳嗽？

李　我嗓子痒痒。

甲　可能是昨晚炕烧得热，早晨起来干渴！

谢　（粗心大意地）就是没喝水的毛病！

黄　我，我给老班长先做一缸子水喝！（四下找缸子）

李　（制止他）小黄！（急忙咳嗽一声）

　　　[黄一回头，所有的缸子都藏得无影无踪了！炊事员们叮叮当当，紧张地忙碌着。

黄　怎么一个缸子也没有？（走近谢）谢三华，你的缸子呢？

谢　我忘了放哪儿了。

黄　来，我给你切菜，你去找找！（说着就抢刀）

谢　不行，不能给你切。

黄　好班长，看在老乡的面子！

谢　这话头二年说还顶点事，打一过鸭绿江，全中国人都是我的老乡了，六万万老乡都让我看点面子，这辈子我看我也甭干别的了！

李　小黄！等你找着缸子，大锅水也开了，说干啥的话，你这不是六大碗上"边花"——多鱼（余）吗？

黄　那……谢三华，不是还有一把菜刀吗？

谢　干嘛？

黄　我帮你切切！

谢　没有，捎后勤修理去了！

黄　（走近甲）躲了，我给你架火！

甲　不用，你别把锅给烧煳了！

黄　（走近乙）来，这个我剥！

乙　别动手，你剥不好。

黄　今儿个是怎么啦？伙房都跟我闹别扭！

李　来吧，小黄，咱们接着昨天那段，讲讲小豪侠，大战飞虎山……

黄　现在不听，大家都工作呢，你给我找点活干干。

李　伙房没有活可给你干的，你看吧！

　　　　[黄转了个圈，发现水桶空着。

黄　我去挑担水。

谢　桶漏了！

黄　漏了？我堵。

谢　嗯……

李　黄继光，哎，你别整了……你还忘了，副指导员找你呢，你从哪儿来呀？

黄　上六班送了趟饼干，回来又到木料厂转了一圈……

李　你没碰见副指导员？

黄　没有。

李　你惹祸了，瞧好批你吧！

黄　我惹啥祸了？

李　有人说你偷木料！

黄　（笑了）谁说的？

李　去问副指导员吧！他说的！

黄　老班长，这可不是开玩笑呵？

李　偷没偷，你自己心里明白。反正副指导员来找你，大家都看见了！

众　是呵！是，副指导员去木料厂找你去了。

黄　我去看看……

李　等会！

黄　干嘛？

李　（抓把馍馍干子）把这揣着，留着练兵饿了吃！

　　　　[黄接过去，跑下。

李　多险！（念悬）注意！以后水桶不能空放着！

众　记住了。

　　　　[伙房渐隐。

　　　　[木料厂渐显。

副　我找你不是问你什么木料不木料的！

黄　嗯。

副　听说你想入团，是吗？

黄　嗯，可条件差远了！

副　说说看，你为什么想入团呢？

黄　（紧张得说不上来）……为了保卫新生活，为了抗美援朝保卫祖国呗！

副　还为什么？

黄　还为……（口吃起来）入……团……可以为人多服些务，可以跟党革命到底，到共产主义，可以……反正我觉着好处很多，可就……一样也说不上来。反正从翻身那天起，咱就跟党一个心眼……

副　（从桌上拿起一本新民主主义青年团的团纲和团章给他）这是团纲和团

123

章，你好好保存。从今天开始，我要帮你学习，你要向青年团员这个方向努力。

黄　（珍贵地拿着）我一定努力！我一定照着青年团员的样子去做！

副　好，我相信你！（随手打开防空洞的帘子）

　　　　[起床号声。

黄　起床了，我去打盆水。

副　今天晚上不许你再参加运木料！

黄　为什么？

副　因为你需要休息，这是命令，要坚决执行！

黄　（立正站住）是，坚决执行！

　　　　[山谷里飘着漫天的鹅毛大雪。

　　　　[转暗。

　　　　[转暗。

　　　　　　　　　　　　　　　　　　　　　　第三场渐隐

第四场

　　　　[幕外音：杜鹃的啼声，又是朴春淑的《春之歌》！

　　　　[渐显。

　　　　[光环映着黄继光的脸，映着一束鲜艳的花。

他一边走，一边哼着——《春之歌》。

他一边走，一边折着野花。

　　　　[幕外音："春天，又是一年的春天了！"

　　　　[光环渐隐。

一发冷炮在山腰上爆炸了。

　　　　[前沿六班的坑道渐显。

124

　　　　战士们在坑道里擦拭武器。

甲　咱们上阵地两个多月，从开展冷枪战，零打碎敲的，美国鬼子也给咱
　　们揍死了四五十了，鬼子就像兔子一样，越打越惊，最近几天连大小
　　便都原窝不动了！

乙　是不好打了。

丙　冷枪战就像钓鱼似的，是个慢劲！

王　对，鱼不咬钩，就得研究研究怎么用食吸引它，用蝎子甩，白漂子，
　　用曲蛇钓大鱼！什么水流，什么季节该用什么食，这里都有个学问。

甲　昨天，吴三羊是赶上了寸劲。敌人一上午没露头，可刚要开午饭，敌
　　人爬碉堡眼往外一看——本来那个窟窿是透亮的，可这该死的家伙往
　　那儿一爬，堵了个漆黑。吴三羊那小精灵，还能漏了这空（音控）？
　　二拇手指一动，碉堡眼又透亮了。

乙　这里有个名堂，这叫单打"老虎不出洞"。

丙　看今天吧！这么好的机会难找了！

　　　　[黄继光拿着鲜花进来。

黄　（向王）敬礼！

王　嗯，黄继光来了，坐下休息。

　　　　[战士们满欢迎：

　　　　　甲倒了一杯水，

　　　　　乙端来一个木头墩儿。

　　　　[黄从怀里掏出一包家信。

黄　这几封是你们班的。

　　　　[战士们抢着家信。

　　　　[吴三羊从交通沟钻进坑道来。

吴　嘿！黄继光

黄　吴三羊，怎么样？

黄　打活靶，比拿弹弓子打鸟来劲儿多了！

王　黄继光，拿把花干嘛？你可真像个大姑娘了！

黄　六班长，你还开我的玩笑！春天来了，前沿阵地打得"秃拉光脊"的，

125

连棵青草也看不见，我看你们整天蹲在坑道里挺辛苦的，我把后边的野花送给你们看看。

王　对嘛，黄继光把春天给咱们带来了！

吴　谢谢啊，黄继光。你不提我倒忘了，我整天蹲射击台上，只觉得晒得热乎乎的，可就没想是啥原因。

黄　（羡慕地）你多好，一心一意盯着敌人。（把花递给吴）

吴　黄继光，等会你跟我到射击台上去看看鬼子出洋操！

黄　啥洋操？

吴　嘿！可漂亮了！只要我们的手指一到"巴勾"，鬼子就来一个两手一伸，向后卧倒，一个姿势，美式的！

甲　你也叫人家休息休息呀！从后勤到这儿要经过好几道封锁线呢！

王　吴三羊，一打开话匣子就都听你的，说半天你怎么回来了？

吴　报告班长！我们战斗小组长说，鬼子吓得不敢照面，咱们得想个新鲜点子！

王　出什么新鲜点子？

吴　每天咱们一喊"开饭了"，对面就有鬼子学咱们"开饭了"。邵登良说让班里再去个人，等我们安置好，弄个大嗓门的在门口再喊一回开饭，然后去这个同志跟我，一人举一顶帽子，贴着交通沟一走，学舌的这个鬼子准露头，只要他看一看，就……嘻嘻……

王　什么时候干呢？

吴　就是现在。

王　现在还不到开饭的时间哪！

吴　班长，按照时间喊吃饭，他就不看了！

王　对！好主意！

黄　报告！班长！请你让我去举帽子！

　　［停顿。

王　不，（指丙）贾兴华，你去。

黄　六班长，为什么不允许我去？

王　你是通讯员，这不是你的任务！

吴　快，老贾，走。

　　　　[吴三羊和丙跑下去。

黄　六班长，没事了吧？我走了。

王　忙什么走呢？等会把这段新闻带回后勤不好吗？

黄　嗯！

甲　（趴在洞口）班长，我要喊了！

王　吴三羊，他们准备好了吗？

甲　好了！

王　喊吧！

甲　嘿！开——饭——了——

　　　　[隐隐听对面有个鬼子学声："开饭了。"

乙　可真灵，就看他看不看了！

　　　　[停顿，死一般的寂静。

　　　　[突然传来了一声清脆的枪声。

甲　（跑进来）没问题，邵登良的神枪，是百发百中的。

　　　　[吴三羊和丙跑进。

吴　报告好消息，又撂倒一只野狼，还是个小官呢。好哇，邵登良整整干
　　掉他一打啦！

　　　　[邵登良跑上。

邵　有水没有？渴坏了——哎，黄继光！

　　　　[黄继光一声不响，过去用力握了邵登良的手，扭身走了。

王　黄继光！（音强）

吴　黄继光！（音更强）

邵　黄继光！（音最强）

　　　　[灯光骤然熄灭。

　　　　[幕外音：

　　　　黄继光的内心独白："看看人家吴三羊、邵登良，都是和我一块参
　　军的，人家都打死那么多鬼子，可我连一个敌人都没打死过！我
　　算什么？……我算什么呢？"

[前沿连指挥所灯光急显。

黄　（急促地）报告！连长，我请三天假。

连　请假？现在正时刻准备打仗，你请假干什么？

黄　我……

连　有什么要紧的事吗？

黄　我想……

连　你不说想干什么，我拿什么准你的假呢？

黄　我想请三天假，到前沿阵地打三天活靶。

连　怎么忽然想起要打活靶了？

黄　整天说为朝鲜人民报仇，保卫祖国，可我参军快一年多了，连一个鬼子都没打死。再说，和我一块参军的邵登良、吴三羊都打死过好多敌人，可我……

连　这是好事情嘛，干甚么还吞吞吐吐的呢？

黄　（高兴起来）那连长你批准了？

连　批准了！我去和你一起去打，我教给你。

黄　真的？

连　真的！

黄　那更好了！哎！不行，你是连长，你怎么能去打活靶？

连　我也要为朝鲜人民报仇！要保卫祖国呀！我教给你，我打一个，你打一个，不是比你一个人打得更多吗！

黄　那可不行，你要指挥大家打！

连　我用什么指挥呀？

黄　电话呀！

连　电话？电话又不能直通每个班，我怎么指挥呀？

黄　还有通讯员呀！

连　你要去打活靶，别的通讯员也要去打活靶，我这个连长不就成光杆司令了吗？我到哪儿？去找通讯员哪？

黄　（知道自己想法错了）……我不请假了，我给连长传达命令。

连　那你就不给朝鲜人民报仇了？你说，怎么才能打胜仗呵？

128

黄　打仗就要有前沿，也要有后勤，有连长，也要有通讯员。大家都一齐把工作做好，才能打胜仗。

连　对呀！前沿上的同志打死了敌人，为朝鲜人民报了仇，保卫了祖国，是前沿同志的功劳，也是我当连长的功劳，也是你当通讯员的功劳，这是大家的功劳。要牢牢记住，任何一件事，离开了集体都做不好，任何一点功劳要看成是大家的。

黄　嗯。

连　黄继光，把你留在后勤，你不大安心是不？

黄　报告！连长，副指导员经常跟我谈，我在后勤，在哪儿都是工作。刚才我也只是想请三天假，打完三天鬼子，我还是安心回后勤哪！

连　还要给三天假吗？

黄　报告连长，不请假了，我马上回后勤。

连　告诉副指导员，让事务长马上把六〇长弹运上来。

黄　（脱口而出）哦！我知道了！

连　你知道什么啦？

黄　报告连长，我什么也不知道。（稍停）告诉副指导员，让事务长马上把六〇长弹运上来！我可以走了吗？

连　可以。

　　　　〔连部指挥所渐隐。

　　　　〔后勤仓库门前渐显。

　　战士们迅速地，一箱一箱扛走六〇长弹，事务长（以下简称事）记着数目，黄继光和老班长帮战士们把箱子扛到肩上。

李　（即老炊事班长）看样子，有情况。（对事务长）

事　兴许……

李　黄继光，你到前沿没看见鬼子有什么活动？

黄　不知道。

李　连长没有说什么？

129

黄　不知道。

李　一问三不知，神仙怪不的！小家伙学滑头了！

事　别小家伙，小家伙了！就这一套人家比咱们老家伙强，咱们得向青年人学习。

李　说干啥的话，我有缺点，你不好背地里说说，你总得当着青年人的面刮我的胡子呵！

事　没啥，越刮越俏皮。

　　　　[黄继光插不上言，站在一边嘻嘻地笑着。

　　　　[突然前沿机枪、大炮激烈地响起来！

李　你听！

事　敌人向我们进攻了！老班长，你在这儿，我去问问咱们担架要不要上去！

李　（倾听着）好像就在六班的阵地！

黄　什么？六班的阵地？

李　看吧！这回我们六班的同志又要立功当英雄了！

黄　老班长！要真有一种"隔山照"有多好！

李　干啥呀？

黄　我要能隔山看看六班长、邵登良、吴三羊和六班的同志们有多好哇！

李　说小孩子话。

黄　我也知道是小孩子话，可我站在这里着急！

李　黄继光！你说我呢？

黄　我不知道。

李　和你一样。

　　　　[副指导员急上，谢三华跟着。

副　黄继光，前边有两个通讯员负伤，连指挥所来电话要你马上去。

黄　（高兴地）是，我马上去！

副　路上敌人封锁得很紧，多加小心，在平时你的工作很好，但是在战场上，更要用一个青年团员的标准来要求自己。

黄　放心，副指导员。（敬礼，转身跑去）

李　小黄，等等，带两个馍馍去！

[黄的声音:"不要了,不要了!"

李　嘿,像鸟似的飞了!

谢　副指导员,我呢?副指导员,我呢?

副　谢三华,你干什么?

谢　邵登良、吴三华、黄继光我们是一块参军的,他们三个人都在前沿阵
　　地上,可就我一个人……副指导……

副　别急,你有你的工作,光有前沿,没有后勤,也不能打胜仗。组织上
　　指定我们在哪里,我们就在哪里贡献我们的力量!

李　谢三华,顶住气,说干啥的话,机会赶上了,我们的手榴弹也不是吃
　　素的!

[灯光急隐。

天黑了。

夜空里飞着曳光弹,红色的曳光弹、绿色的曳光弹。

山谷里轰鸣……闪着火光,火光!

从远山上一架探照灯,一边阴森森的蓝光横扫过山岗。

(横扫过剧场)

黄继光急忙在山坡上匍匐下去。

探照灯又扫回来,阴森森的蓝光罩着黄继光的身上。

炮弹在黄继光身旁炸裂!

[幕外音:

"坏了,发现我了?"

"它像只魔鬼的眼睛,死死地盯住我!

又一排炮弹爆炸了。

黄继光仓皇失措地滚到一个土坎底下。

他一探头,探照灯的光芒刺在他的眼上。

他吓得又缩回来!

[幕外音:

"我怎么办?我怎么办?"

"前沿的同志等着连长的指挥！"

"连长在等着我！"

"我就这么躲着，躲着吗……走！"

他刚一抬身，又一排炮弹在他前边爆炸了。

他吓得急忙缩回来。

黄："呵……不行……多么可耻，我……我是个怕死鬼！"

　　[副指导员的声音："在战场上更要用青年团员的标准来要求
　　自己……"

黄："黄继光，黄继光，你要勇敢起来，经得住考验！对，走！"

黄："我向前走，走过去！"

他挺身冲进爆炸的硝烟里去。

　　[炮光急隐。

　　[连指挥部急显。

连　指导员，你看，三排把敌人打下一次又一次，可敌人的进攻为什么组
　　织得这样快呢？

指　（注视着烟火包围的前沿）敌人是不是在我们阵地前沿隐蔽的地方，屯
　　积了较多的预备队呢？

连　一定是这样，否则敌人就不能这样反复组织向我们进攻。必须由被动
　　地挨打，变成主动地打击敌人！（拿起耳机摇了一阵）喂，喂——糟
　　糕，线又断了，电话员，电话员！

指　去查线还没有回来，通讯员也没有了！

连　那我去一趟吧！

指　不，连长，应该我去！

　　[黄继光气呼呼地跑上。

黄　报告，黄继光奉命来到！

连　好极了！黄继光，你马上快跑到六班那里去，命令六班长亲自侦察一
　　下，敌人是不是在我们前沿附近隐藏着预备队？在哪里？离我们多远？
　　有多少？问清楚，赶快回来报告。越快越好！

黄　命令六班长……越快越好！（重复）

　　　　[跑下。

指　老万，我去查找！

连　当心。

指　没问题！

　　　　[急隐。

　　　　[六班交通壕急显。

　　王强国负伤了，邵登良和吴三羊架着他走进交通壕里休息。另一个受伤的战士（以下简称伤），挣扎着探起身子望着他们。

伤　谁？

邵　六班长负伤了！

王　邵登良、吴三羊，不要管我，去监视敌人。

邵
吴　是！（急跑下）

　　　　[黄继光冲进交通壕四下喊着。

黄　六班长，六班长，六班长是在战壕，还是在坑道里？

王　（忽地坐起来）黄继光，你来干什么？

黄　连长命令六班长亲自侦察敌人是不是在阵地前沿附近隐藏着预备队？在哪里？离我们多远？有多少？

王　（挣扎着起来）好，我马上就去！

黄　（一把拉住他）六班长，你负伤了？

王　苍蝇蹬一脚，没关系。

黄　不行，你不应该去。

王　不去？轻伤不下火线，重伤不叫唤，这是我们每个战士必须自觉遵守的纪律。我是班长，是共产党员，怎么能在紧要的时候，离开自己的战斗岗位呢？

黄　那，我替你去。

王　连长命令的是我，而不是你，因此我就要坚决执行！（扶着墙拽起冲
　　锋枪向前走了几步）我命令你，在坑边里隐蔽，不准乱动。

　　　　　[王下。

　　　　　[停顿。

黄　（自语）六班长，共产党员……坚决执行……

　　　　　[忽然黄跑到坑边口去，隐蔽身体向外望着。

　　　　　[敌人的组机枪声。

　　　　　[他急躁地奔回来。

黄　哎呀，怎么办？怎么办？敌人封锁住六班长了！过不去，过不去呀！

甲　（挣扎着）黄继光，把我扶起来！

黄　干什么？

甲　我去把敌人的火力吸引过来！（抢黄的武器）

黄　放心，我可以！（挣脱开）

　　　　　[黄伏在洞口的胸墙上向敌人射击。

　　　　　[敌人的火力被吸引过来了，打得胸墙尘土飞扬。

　　　　　[黄继光依然在顽强地射击。

甲　怎么样？黄继光，六班长过去没有？

黄　过去了，已经回来了！爬不动了，我去背他！

　　　　　[黄继光跑出去……不久，背回六班长。

王　（已筋疲力尽）敌人……在四号目标……的低洼部里，聚积着两个
　　连……快报告连长……叫炮兵干掉它！

　　　　　[黄放下六班长，匆匆跑下。

　　　　　[急隐。

　　　　　[急显。

黄　报告连长，敌人在四号目标的低洼部里聚积着两个连，六班长说叫炮
　　兵干掉它！

连　好，你休息休息。（马上抓起步行机的送话器，大声喊叫）老杨，老

134

杨，我是万伙计，四号仓库的小圈子里有一些耗子，快打"滴滴涕"[1]，快打"滴滴涕"！

[万连长刚放下送话器。我们炮兵发射了成群的炮弹，破空而过，带着万马奔腾的吼声，山摇地动地爆炸了。

连　（把望远镜递给黄）看看吧！

黄　（兴高采烈地）打得好，打得好，狠狠地炸呀！嘿！中心开花呀！开花，开花，开花啦！

[一切沉寂下来。

连　这比你亲手杀死几个敌人，要重要多少倍呀？！

黄　那可没法算了。

连　黄继光啊！明天洗洗澡，休息休息，包顿饺子，晚上师部来给咱们演电影。

黄　演啥片子？

连　你们通讯员的事，苏联英雄"马特洛索夫"[2]！

[渐隐。

[渐显。

机炮连的坑边里，电影已经演到最后了。

一个十六毫米的放影机，射出一道银色的光线。

一个梳大辫子的女放映员。

一群战士们的剪影。

光环投在黄继光的脸上。

[幕内音：影片强烈的音乐声、爆炸声。

[幕外音：

黄："坏了，他负伤了，他负伤了……嘿，好样的，又前进了！

---

[1] 滴滴涕：DDT 的音译，DDT 为一种有机氯类杀虫剂，此处用作军事暗语，"打滴滴涕"即命令炮兵开火。

[2] 马特洛索夫：苏联英雄，1943 年 2 月在夺取德军碉堡的战斗中，用自己的胸膛堵住了敌人的机枪眼，使得苏军攻克了敌军碉堡，获得胜利。黄继光被誉为"马特洛索夫"式的英雄。

（轻轻地）注意隐蔽，可注意隐蔽！千万不要打着他……千万不
要打着他……"

黄："（忘其所以地站起来）快打手雷！快打手雷！"

　　[幕内音：手雷爆炸声。

战士们轰烈地鼓掌叫好。

掌声戛然而止。

黄继光惊得目瞪口呆。

　　[幕内音：疯狂的机枪声。

　　[幕外音：

　　黄："坏了，没有炸毁，还有射击，怎么办，怎么办呢？他空着
手，甚至武器也没有了……哎！马特洛索夫……"

黄："（霍地立起来大喊着）你，你上不得，上不得呀……"

　　[幕内音：机枪忽然哑巴了，响起强烈的音乐声、冲杀声。

黄继光一把抓下帽子，泪流满面。

　　[幕外音：

　　黄："啊！英雄！真是英雄！"

　　[在他动作的瞬间，闪射出马特洛索夫的英雄形象。

第四场急隐

闭　幕

（幕间休息，剧场里轻轻地播送着马特洛索夫的电影选曲。）

第五场

[幕启。

[连后勤的坑道渐显。

后半夜三点了,坑道的石壁上,微微跳动着半明半暗的豆油灯。灯光下,王强国正在破子弹箱子拼凑的床铺上睡着。

杜鹃在山谷里啼叫。

偶尔传来一两声冷炮的轰鸣。

王强国睡眼蒙眬地坐起来,望望对面地下的草铺,看不清,什么也看不清。他轻轻地喊了两声:"黄继光!黄继光!"

……

没有回应,除了洞子里有一只蛐蛐的叫声,别的什么也没有。

王 (自语)他还没回来,哦!是看电影去了,怎么这么晚还没回来?不知道几点了。(向洞外大声)哨兵,谁的哨哇?谁的哨哇?

　　[谢三华持枪进来。

谢 六班长,你要解手啊?

王 不,现在几点了?

谢 快到三点了!

王 黄继光还没回来?

谢 看电影入迷了,看两遍了,昨晚跟副指导员请假又去了!

王 看电影还有通宵的?

谢 说不定又上前沿帮班里打坑道去了。六班长,有啥事你说吧!黄继光临走托付我们炊事班了,让我们照顾你!你喝水不?

王 不喝。

谢 你要饿,下了哨我给你擀碗面条吃。

王 不饿。

谢 那你躺下睡吧!安心休养,别着急!

王　听事务长说，天亮之前，各班来领钎子，六班没来人吗？

谢　没有来！

王　嗯！（躺下）

　　　[谢三华给六班长拉拉被子。

谢　想吃点什么，你吱声，我给你露点手艺，……跟你说，我到部队之后，比以前……（在床边坐下）

王　比以前更胖了！

谢　不，我不是问这个。啊！六班长，那你就谈谈我的缺点吧！

王　谢三华，你把我背出洞去，我详细跟你谈谈你的缺点！

谢　在这儿谈不是一样吗？

王　不一样，我们出去谈，你的缺点就比较小点；在洞子里谈，说不定你还要犯错误。

谢　六班长，你又把我闹糊涂了，我这人脑袋笨，你别拐弯抹角的好不？

王　你是哨兵，要放警戒，可是你的屁股这么沉，搭搭格格地坐下了！

谢　好！那我就把你背出去，弄几条麻袋铺好你躺着，我放哨！

王　在执行哨兵勤务时谈话行吗？

谢　我好困，一边说着话，一边警戒，省得抱着大枪打盹儿！

王　若是有特务或是敌人偷着来袭击我们，怎么办？

谢　那他一听有人说话就吓跑了。

王　谢三华，哨兵的任务是抓住敌人，或者消灭他，不是吓跑他，在哨位上谈话不仅吓不跑敌人，相反会给敌人造成各种活动的机会。谢三华，麻痹大意就是你主要的缺点！你是个炊事员，但也是个战士，你不是开小馆的厨子，谢三华，我的话有点太刻薄了！

谢　六班长，你批评得对，我就像大象，得狠狠地锥几锥子，不然我光长肉不长心。

　　　[洞外，吴三羊笑着跑进。

吴　谁是开小馆的？光长肉不长心哪？（向六班长）敬礼！

谢　精灵鬼，你全听见了？我挨批评你开心哪？躲了，我过去。

吴　三华，别生气呀！

谢　我生啥气，我是改正错误，马上放哨去！

吴　三华，你等一下，我告诉你一件喜事！

谢　啥喜事？

吴　（郑重其事地）三华，我跟邵登良入团了，你高兴不？

谢　什么时候入的？

吴　昨晚批下来的！

谢　黄继光呢？

吴　连部的人，我不知道。

谢　那么我呢？

吴　你递过入团申请书吗？

谢　没有！

吴　你自己没向组织上提出要求，那怎么能入团呢！

谢　那你们干甚么不打个招呼呢？（愤愤地走去又走回来，拉住小吴的手）
　　好，你们先走一步也好，告诉邵登良，说我高兴，很高兴。（下）

王　吴三羊，六班来几个人？

吴　我跟邵登良！

王　邵登良呢？

吴　上事务长那儿领钎子去了，让我来先看看班长！

王　洞子打多深了？

吴　快跟一排打通了。班长，你腿上的伤口好点了吧？

王　好点，就是不能下地。吴三羊，刚才你跟谢三华说什么？

吴　报告班长，我跟邵登良一块批准入团了！

王　吴三羊，过来！

吴　（往前走一步）是！

王　脸冲亮站着，我看看！

吴　是！（冲灯站着）

王　你还记得不？（笑了一阵）参军时你跟黄继光哭鼻子！

吴　记得。

王　多快呀！当上团员了！

吴 （激动地）是党、上级，具体地说是班长，你，像母亲一样把我们培养
　　起来的！

王 来，拉拉手。

　　　　［吴三羊伸出手去，王紧紧地握着。

王 黄继光呢？他也批准了吗？

吴 连部的人我没听说。班长，你是他的介绍人，你还不知道……

王 昨晚副指导员到前沿开会去了，我没看见他。我相信他也会批准的！

吴 黄继光呢？

王 没在前沿打洞子？

吴 没见。班长你躺下休息，我去看看邵登良把钎子领好没有，回来再来看你！

王 去吧！

　　　　［吴三羊安置班长躺下，跑出洞去。

　　　　［王强国在床上辗转着。

　　　　［蛐蛐的叫声，嘀嗒的钟声。

　　　　［幕外音：

　　　　　王："今晚夜怎么这么长啊？"

　　　　［蛐蛐的叫声，嘀嗒的钟声。

王 （忽地翻身坐起来）我得去问问，我是黄继光的组织介绍人，我得去问
　　问他入团批准了没有！（要下地）哎，等等，（向外喊）谁的哨啊？谁
　　的哨啊？

　　　　［老班长，李志义上。

李 我，六班长，你有啥事情？

王 老班长，外边有没有月亮？

李 阴天，夜黑头，哪儿来的月亮！

王 我睡不着，你离洞子远点，上仓库那边转转。你的脚步太重，"朴登朴
　　登"震得脑瓜仁子直嗡嗡。

李 看你这身娇毛！大炮咕咚咕咚造你，你都受了；我走两步，你嫌震得
　　慌！说干啥的话，你是枕着锄头，睡觉打呼噜，身底下有根头发丝你
　　嫌"个"得慌。……行，我这诸葛亮的扇子远点。哎，你喝水不？我

141

给你抓把白糖？

王　不渴！留着白糖吧！别等开会算你的账，我也跟你检讨。

李　我这儿照顾病号，也不是我把白糖水喝了，算我什么账？去你的，跟你一说话，就不在行。（下）

王　说笑话嘛！老班长！

　　　　〔没有回音。

王　别生气嘛！老班长。

　　　　〔没有声音。

王　老班长，老班长！

　　　　〔人走远了。

王　好，（向地下挪）腿呀，腿呀，这回就看你的了！（他挣扎着站起来，试着走了一步，急忙扶墙站住）慢慢挪，行，能行！（突然想起）哎！邵登良来看我，找不见，又惊天动地地把大家吵醒了……对，就这么地挣扎回去。

　　　　〔把褥子卷个筒，盖在被里，然后他艰难地挣扎着往外走去。

王　我去问问，我去问问……

　　　　〔蛐蛐"居，居，居居"叫着。

　　　　〔黄继光拎着一把斧子轻轻走上。

　　　　〔幕外音：

　　　　　　"马特洛索夫……"

　　　　　　"苏联英雄……牺牲了。"

黄　英雄，真是英雄！（发觉自己的声音太大了，急忙把嘴捂住，回头向班长的床上望着，又轻轻地笑着）六班长，六班长！还好，睡呢！没醒。

　　　　〔邵登良、吴三羊悄悄进来。

吴　嘿！黄继光！

黄　小声，六班长睡了，你们俩干啥来了？

邵　领钎子，看看班长！

吴　小黄，刚才我来你还没回来，你看电影怎么看……

黄　回来我顺便砍了一捆镐把！

邵　黄继光，这回可解决大问题了，前沿光我们二排就断了十二把镐把子，在哪儿呢？回去我捎着。

黄　就在洞口外扔着呢！

吴　小黄，我想问问你！

黄　问啥？

吴　嗯，算了，今儿个先不问了！

黄　小吴，你又搞什么鬼？

邵　（指吴）正事你也不正办，看你这个劲！刚才小吴跟我说想问问，你申请入团批下来没有？

黄　没有……当个团员那么容易？看人家马特洛索夫，那才是青年团员的好榜样呢！咱跟人家还差一百竿子远呢！

邵　马特洛索夫是青年团员的好榜样，可也不能都像马特洛索夫那样方能入团啊！你不晓得为什么还没批下来吗？

黄　没啥，反正咱不够条件，够了条件，组织上一定会吸收的！

　　　　[停顿。

　　　　[蛐蛐声。

黄　你们俩呢？有信儿吗？

　　　　[吴三羊与邵登良相视会意。

吴　哎，你们听，蛐蛐，这有个蛐蛐！

　　　　[邵登良、黄继光沉思着没有反应。吴三羊看看邵登良，看看黄继光，不知如何应付这个局面！

邵　黄继光，我们两个昨晚批下来了！

黄　批准了吗？

邵　批准入团！

黄　啊！你们是团员了？！

　　　　[停顿。

　　　　[停顿。

　　　　[停顿。

黄　你们够条件啦！你们消灭过敌人，对祖国对人民有贡献，你们完全可以做一个青年团员，我不能和你们比，比起你们，我还差一百竿子远哪！

　　[停顿。

　　[突然副指导员、谢三华背着六班长进来。

副　黄继光！

　　[人们被六班长莫名其妙的出现惊得呆住。

众　六班长你……

副　黄继光，你去看电影走后，来了一个重要的消息，这个喜信，就让最关心你的六班长告诉你吧！

王　（举起黄的入团申请书）看，团委会的大印！（读申请书）批准黄继光同志为中国新民主主义青年团员！

黄　（喜悦得流出眼泪）呵！真的？（一下扑在六班长的怀里）

　　[邵登良、吴三羊、谢三华争着与黄继光拥抱在一起。

副　从今天开始，你们已经是青年团员了，同志们要牢牢记住，青年团是青年人的先进组织，青年团员也必须是青年的模范和榜样，一个青年团员，要时刻想到集体的利益，这就要求一个青年团员，不仅自己战斗勇敢、工作积极、学习努力……而且要更好地带动大家、关心大家。要向六班长学习，学习六班长那样真诚地、深刻地关心同志！

黄　我们一定牢牢记住，不论在任何时候，任何情况下，都按青年团员的样子去战斗、学习和工作。

副　对，努力吧！党在等着你们，希望你们很快地成为一个共产党员。

黄　放心，副指导员，我一定争取成为一个共产党员！

邵　我一定争取成为一个共产党员！

吴　没问题！

副　好，哎，六班长，你得赶快上床休息！

王　我高兴，我太高兴了。副指导员，让我跟邵登良、吴三羊一块回班去吧！

副　这不可能！

王　完全可以，副指导员同志！再让我这样躺着，我要闹情绪了！

144

吴　班长闹情绪？我还没看见过呢！

副　对，那就让六班长示范，给你们闹一个试试吧！黄继光，你好好照顾六班长休息！

　　　　[六班长无可奈何地向床边走去。

　　　　[吴三羊突然掀起被子。

吴　嘿！班长还会分身法呢！

黄　没经过我的许可，你随便下地，是干啥去了？

副　这回是为了你入团的事找我谈话去了，作为例外吧！

黄　……

　　　　[蛐蛐叫声。

吴　（岔开）嘿！这洞子有个蛐蛐，蛐蛐直叫。（端着灯在地下找）

　　　　[谢把副指导员拉过去。

谢　副指导员，我也想递个申请书，你看行不？

副　好极了，为什么不行呢？行！

　　　　[谢望着大家笑了。

　　　　[洞外落雨了。

　　　　[转暗。

　　　　[转暗。

第五场渐隐

第六场

　　　　[幕外音：淅沥的雨声。

　　　　[前沿六班坑道渐显。

乙　你说，这雨下得有多邪门！你往朝鲜，往后方，往咱们祖国，那雨不多不少地下点，别旱着，也别涝着。可这叫啥玩意儿，硬花花地往志愿军阵地上浇，弄得洞子里摸不得、靠不得，柴火不着，被子长毛，这窝窝囊囊的，有多憋扭！

甲　我说，你这是发谁的牢骚？

乙　就应该把天老爷拉下来，先斗他三天，推出去枪毙！

甲　我看，你也别光看天老爷的缺点，该表扬的表扬，好的地方也得给提提，你比方说，天老爷往阵地上下雨不对，可天老爷也知道咱们抗美援朝，咱们志愿军能吃苦、能克服困难，所以天老爷的意思是："哎，流点就流点吧！志愿军能克服，当不了锻炼！"说真的，老天爷不但没给咱们增加什么负担，还给我们制造了有利条件。不信，你们爬洞口往南看看美国鬼子的地堡里，水有一二尺深，像酱缸淹王八一样，硬蹲在水里泡着，有那受不了的，想出来喘口大气，咱们的神枪手"巴勾"一下，得，前格班长撂倒一个，我搁望远镜一看，那人都泡青了！

　　[大家笑起来。

丁　说别的都没啥了不起，咱们没啥克服不了的，最大的困难是没有烟吸！

乙　别提，别提呵！坐这儿磨牙就是不必想这个，你这一提，犯瘾了你负责？

　　[他随手卷了个空纸筒叼在嘴里。

甲　你说不提，我倒想起个故事。

众　对！来一段吧！

甲　以前有个老酒鬼，一喝醉就像烂泥似的。有天他兄弟劝他："别喝了，再喝你这人就要酒精中毒了！"酒鬼说："不喝也行，只要你能记住永远不提酒字，我就不喝；你要一提酒，就得让我喝三天。"兄弟说："行吧！咱们就一言为定。"头一天酒鬼翻筋斗打把式地熬过去了，第二天吃饭的时候酒鬼实在瘾得难了，就说："兄弟呀！这么好的菜，要是来两杯……""辣水是不？""你说这要拎小壶到烧锅打点……""二锅头是不？"哥哥一听，得，封锁得太严，不想个良机妙策，这个碉堡拿不下来。于是他到街上找了个姓张的叫张老九，姓李的叫李老九，让张老九提着一瓶烧酒、一瓶黄酒，让李老九挟一捆"韭菜"到家里去找他。这两人刚出门，酒鬼就进去了，见着他兄弟就问："刚才有人找我吧？""有哇！""谁？""张三三，李四五！""空手来的吗？""手里拎着黄二，腰里挟着连冬署。"酒鬼一听，得，他根本不提酒字，干脆死了吧……我看哪，咱们班里，今后也定个计划，谁也别提烟字，谁提起烟字勾起大伙的烟瘾来，就罚他来段快板，娱乐娱乐……

众　对，就这么决定了！

　　　　[吴三羊从洞子通道里走来，发现了乙嘴里叼着的纸筒。

吴　你在哪儿整的烟，卷上了？

众　好，罚，罚，吴三羊，罚你说段快板！

吴　因为啥罚我呀？

乙　刚才我们规定好了，不许提烟字，一提烟字怕勾出瘾来，所以谁要提这个字，就得说段快板！

吴　我要是不说呢？

丁　那就由不得你了，不说一个，刮你三个鼻子！

吴　不行，那刮鼻子焦酸的！

乙　那就给说一段有趣的吧！

吴　（要跑）离你们远点，我还嫌你们有烟酒子味呢！

丙　（一把揪住）跑！往哪儿跑？来刮他！

　　　　[大家围住吴三羊。

吴　别，别，等会儿，等会儿，我给你们看点好东西！

丁　什么东西？

吴　别忙，我跑不了，都往后站站！（从怀里掏出个纸包，伸到丁鼻子前）你闻闻，先别吭气！（给丙闻）你闻闻。（给乙闻）

　　　　[乙欢天喜地地打了个喷嚏。

乙　嘿！烟！小吴你在哪儿弄的？

吴　还罚我不罚？

众　不罚了，不罚了！

吴　来，说一段有趣的我听听！

乙　说了个大姐，本姓黄，小模样生了个实在是强，九月星登高，逛庙会……

吴　老一套，不要，没教育意义！

丙 （向丁）来，咱们俩来段，来好的。

丁 对！

丙 竹板一打"瓜打打"地响，听我把战士之家讲一讲。

丁 英雄阵地像泰山，

　　鬼子看见打战战。

丙 英雄阵地铁石坚，

　　消灭鬼子万万千。

丁 英雄阵地坚无比，

　　古今中外数第一。

丙 不用钢管和水泥，

　　也不用什么开山机。

　　就凭英雄决心大，

　　邦硬的石头变稀泥。

吴 行了！卷一棵抽吧！（抓烟给丙丁，然后又给甲）你虽然没唱，但没
　　提烟字，给你点！

乙 我呢？

吴 你犯规了没有？

乙 那我说一段呢？

吴 说好了才行！

乙 哎，大坑道，长又长，里面住个小鬼名叫吴三羊。

　　吴三羊，真能干，打死鬼子一大串。

　　吴三羊，真不善，一顿能吃一锅饭！

吴 去，去！算了，算了！

乙 小吴，我是诚心诚意好好编，可顺嘴一溜就走板了，你先给我卷一棵，
　　完了灵机一动准给编一段有意义的！

吴 （拿一把）拿去，我真想看看，不抽烟能瘾死不？

　　　　　[王强国自洞外披雨衣上。

王 嘿，怎么一人一棵叼上了，哪儿搞的烟哪？

甲 问吴三羊吧！他弄来的！

148

吴　报告！班长！黄继光送来的，说是炊事班慰问的！（把烟递给班长）你给大家分分吧！

王　黄继光呢？

吴　在四班分烟呢！一会儿就来！

甲　那咱们得写封信慰问慰问炊事班，表示表示！

吴　老班长在这儿呢！他背了一百多斤炭来！

王　哪儿来的炭？

吴　老班长自己烧的！

王　这可解决大问题了，喝个开水啥的可方便了！

　　　　[老班长上。

李　六班长！

王　来了！老班长！

李　串个门，歇歇腿！

　　　　[战士们热情地打着招呼。

吴　老班长，这么大岁数了，没事在伙房牙子腿一拧，当当老爷子多好，还用得着你左一趟、右一趟往前沿上背？

李　你这叫放屁！当老爷子我回家去，我在这当他妈哪分老爷子？（冲六班）看，这都是你领导的战士，说干啥的话，哪像个兵！

王　吴三羊是关心你！

李　呸！

乙　（敬个礼）老班长，你们炊事班想得可真周到，对待前沿同志们可太关心、太好了！

李　别，别，别拐弯抹角的，有意见正面提吧！是哪年哪月开饭把菜给你们打少了，你们记这么深的仇！

丁　真得给老班长编一段莲花落！

李　你们六班还有多少？都顶风上来了！

众　对，得编一段。

乙　下大雨，连阴天，炊事班长不辞千辛万苦到前沿。

李　这是事实。

乙　运木炭，背饼干。外加慰问，送毛烟。

李　后尾这句是胡诌八咧！在哪儿呢！毛烟，有我不会抽去？别在这儿耍贫嘴。

王　（拿出毛烟）抽一袋吧！这不是炊事班慰劳的？

李　（掏出烟袋装上）味！敢情真有哇！行，你们六班还算有心！

王　这不是炊事班慰问的？

李　炊事班，还瘾得直转向呢！

吴　黄继光交给我，说是炊事班慰劳的嘛！

李　行，小黄自己花津贴费买毛烟，往我们炊事班脸上擦粉，这倒是好事！

　　　　[黄继光上。

黄　敬礼！（向六班长）

甲　来了，小黄！

乙　快坐下，坐下。

丙　对不起，没有开水。

李　黄继光！

黄　是，老班长！

李　（把脸一沉）你拿炊事班的名义，到前沿绕脖子，对不对先不在话下，可我天天叼着个空烟袋锅子，干吧嗒嘴，你不是没看见吧？可说那干啥的话，你饿了，赶不上饭，你把老班长叫的口流，老班长哪顿屈着你来的？可有毛烟，你能往前沿送，怎么就不惦着老班长了？啊？你说这事办的，让人有多伤心！以后咱们算没事，你再想吃馒头哇！妄想！馒头渣在哪里呢？

　　　　[巴巴磕着烟袋。

黄　老班长，你看……

王　老班长，你先从这包拿点去抽着！

李　我不要！（走）

黄　一块走嘛！

李　各走各的！（下）

黄　老班长，我家里给你留着一包，留着一包呢！

150

　　　　[没有回应。

乙　老班长，还吊小脸子，翻小肠呢！

王　开玩笑呗！老小孩！

吴　他走不了，不信，你看，准在半边上蹲着等小黄一块过封锁线呢！

甲　黄继光，你省下津贴不花，给咱们班里买烟吸，这份心思……

黄　别扯这个，我是应该应分，谁要是领情道谢，我就拿回去！

乙　哎呀！那可别，还是编一段吧！

众　对，对，编一段。

乙　下大雨，雨连天，

　　小黄顶雨送毛烟；

　　毛烟香，毛烟好，

　　毛烟胜过灵芝草。

吴　三句不离本行，烟鬼！

乙　我说这话你不信，

　　卷上毛烟就来劲。

吴　这叫气人，那你别吃粮食！

乙　叫声同志，别生气！

　　抽口烟，眼一闭，

　　缓缓精神上阵地。

吴　干啥呀？

乙　喷白烟，冒青气！

　　自带烟幕能隐蔽！

吴　看你玄的！

乙　说我去，我就去！

　　一拳打碎个坦克车！

　　一脚踩死美国鬼子一个连！

　　一个连还不算多，我常拿炸弹压咳嗽！

吴　抽口毛烟就这么大的作用？你歇着吧！

　　　　[众大笑。

黄　小吴，邵登良呢？

吴　在外面顶雨打活靶呢！（掏出一把口琴）给，你不是要学学？先拿这
　　个吹去！

黄　你呢？

吴　我会了，也不想参加文工团，还一门吹？！

王　黄继光也要活跃活跃了，好哇，下回开晚会就欢迎你的口琴独奏哇！

黄　今儿个先不拿，哪天再说吧！

吴　嘿，你看你！

　　　　[小吴递给他口琴。

　　　　[黄继光犹豫地看着，不肯接，邵登良突然从洞外赶上接过口琴，
　　　　不由分说地插在小黄皮带上。

邵　给，拿着！

　　　　[急隐。

雨过天晴。

天空出现一道美丽的彩虹。

　　　　[后勤伙房坑道渐显。

谢三华拿着一张报纸伏在膝上睡着了。

黄继光摇着他。

黄　谢三华，谢三华！

　　　　[他依然睡着。

黄　谢三华，谢三华！

谢　嗯，干啥？

黄　老班长呢？

谢　上前沿没回来呀！

黄　早回来了，我们俩一块回来的！

谢　那哪儿去了？我没见他！……哎，小黄（把报纸递黄）你看，我看情
　　况不对，要打大仗啊！

152

黄　怎么？要打大仗？（读报纸）亚洲和泛太平洋区域十六亿人民已经派出代表前往我国首都，北京，参加亚洲反太平洋区域和平大会……

谢　先看这儿，这条……

黄　美方谈判代表，公然与渴望和平的世界人民为敌，无理宣布朝鲜停战谈判无限期休会……我们是和平的保卫者，我们必须高度地提高警惕，做好一切准备，随时准备粉碎敌人可能向我们发动的进攻，保卫朝鲜停战的胜利实现！……他妈的！死不要脸，我早说过，跟美国鬼子有理也讲不通的，要叫它讲理，除非太阳从西边出来！

谢　不用太阳从西边出来，狠狠地揍他一顿，准保老实，哎，黄继光，这回要打起来，我要能到阵地上……嗯！你看着……

黄　（掏出一包烟递给三华）给，老班长回来给他！

谢　哈？

黄　毛烟。

谢　你们通讯员手眼通天哪！在哪儿搞来的？

黄　那就不告诉你了，反正不会犯纪律！

谢　那我倒相信你……

黄　三华，能不能给我点吃的？

谢　没有，不按时间开饭，我不能迁就你！

黄　三华，我跟老班长上前沿送了一趟炭、饼干，回来就没赶上饭。要是没事我就不吃了，一会儿还得帮事务长修理钎子去，三华，原谅这一回，下次一定改。

谢　就这一回啊！（拿出俩馒头）给！

黄　嗯！

谢　（又掏出一盘咸菜）还有咸菜！

黄　好。

谢　小黄，昨晚说是在团后勤演电影，你没有去呀？

黄　没去，耽误工作啊！

谢　要说人家马特洛索夫，那才叫没白活！你看我总困，想多认几个字，可一坐下就睡！

黄　那就站着看嘛！

谢　老毛病！站着还打盹儿！差远了差远了，得向马特洛索夫学呀！

黄　三华，你说得对，我们都得学啊！

谢　现在你跟我不同啊！

黄　有啥不同的？

谢　小黄，你看看，我有决心，总得跟上你，跟你看齐，我不是没心没肺的！行了，不说了，吃完你就在这铺上睡。

黄　不。

谢　你得休息休息，日子长，事情不是一天干成的，你等累垮了，着急就晚了。吃完睡吧，我去打钎子。

黄　三华！……

　　　　[三华往外走与老班长走了个对面。

谢　班长！

李　干啥去？

谢　我去替黄继光修理钎子，让他在这儿睡一觉。

李　对，去吧！

　　　　[谢下。

李　小黄，烟你给我拿来没有？

黄　拿来了，就在铺上放着。

李　好，我先抽一袋，顺顺气。

　　　　[黄继光发现老班长身上戴着一个金光光的牌子。

黄　哎，老班长，啥？啥？（伸手去摸）你戴的啥牌子？

李　这可不好随便摸，没看见有毛主席的像嘛！

黄　这是什么奖章，还有毛主席的像啊？！

李　（一板一眼地）抗、美、援、朝纪念章，将来打败了美国鬼子戴着它回到祖国，人家一看就知道，咱们是打败了世界上头号帝国主义的英雄！说干啥的话，那要是转业了，在集体农庄大食堂一挂，才叫够样哪！

黄　这得啥条件才能戴上？

李　这个呀……你也想戴一个光荣光荣是不？

黄　可咱不够格呀！

李　够是够了，不过要戴得有个条件！

黄　啥条件？

李　要听话，你要不听话，我就不给你。

黄　行，行，以后一定听你的。

李　（从兜里掏出一枚纪念章）这个给你。

黄　这个……

李　是你的，刚才发的，我替你跟炊事班一块领啦！可要好好保存着啊！

黄　（举起纪念章仔细端详）没问题！

李　好了，小黄，躺下，躺下睡一会儿。

黄　躺下？

李　你不是答应听话吗？

黄　嗯，躺下！

　　　　［躺在铺上端详着纪念章。

李　闭眼睛。

黄　嗯，闭……

　　　　［两手握着纪念章放在胸前慢慢睡去。

　　　　［渐隐。

　　　　［幕外音：

　　　　"普通一兵"电影音乐。

　　　　黄的声音："英雄！真是英雄！"

　　　　［渐隐。

　　　马特洛索夫

　　　——他戴着银色的盔，

　　拷着冲锋枪，

　　披着银色的斗篷，

　　在朦胧的月光下，

155

像一具银白色的塑像，

望着远方。

　　[幕外音：音乐。

黄："（轻轻地问着）是你吗？马特洛索夫同志？"

"是我，黄继光同志！"

月光下。

两个青年会面了，

没有一点声音，

两个青年轻飘飘的，像羽毛一样。

黄继光胸前戴着一枚很大的、金光闪闪的纪念章。

他们拉着手又拥抱，拥抱又拉着手。

快乐地旋转。

旋转着，旋转着……

　　[幕外音：朴春淑唱着《春之歌》，很多朝鲜女孩的歌声。

灯光随着他们旋转的方向，挪着，挪着。

突然灯光渐渐向回摇，向回摇……

马特洛索夫和黄继光在黑影中消逝了。

朴春淑背着孩子，孩子手里摇晃着金黄的、光彩夺目的橘子。

一群姑娘穿着粉红色的小马甲、葱绿的裤子，迈着轻松而又迅疾的步子，在月光里，走着，走着……（她们快乐地在田野里春耕）

　　[幕外音：歌声、孩子银铃般的笑声。

车昌吉拉着黄继光推他参加跳舞，

他羞怯地躲着。

朴春淑拉他参加跳舞，

他羞怯地躲着。

最后他抱起孩子，掏出了大口琴，无所顾忌地吹着……

吹着……

他快乐地吹着，跳着。

女孩子们快乐地舞着……

突然，敌机出现了，狼哭鬼嚎地在人群里投下炸弹，

人们仓皇四窜……

黄继光抢抱着孩子。

硝烟迷漫住月光……

[急隐。

[幕内音：爆炸声继续。

[连后勤伙房急显。

昏黄的灯影里，黄继光由梦中惊醒，忽地坐起来，大声呼唤着。

黄　哎呀，孩子，孩子。

[谢三华急上。

谢　小黄，你听，打起来了，打起来了。

[枪声轰鸣。

黄　是吗？

[副指导员急上。

副　黄继光！

黄　是！

副　（把纸卷给黄）你看看吧。

黄　把我调营部去？

副　营长命令调你到营部去工作。

谢　叫他啥时候走呢？

副　马上就去！

谢　那连里的通讯员还缺呢！

副　这回都调齐了，吴三羊、邵登良都调连部来了。上级是为了加强今后
战斗里的通讯工作才调你，这是个又光荣又艰巨的任务，希望你能圆
满地完成！

黄　我一定坚决完成！

第六场渐隐

157

第七场

[幕外音:

（给音乐家的任务）

一场激烈的战斗开始了:

英雄们在厮杀怒骂,

每寸土地都在争取，每寸土地都在燃烧爆炸;

大地在震荡,

愤怒的群山，发出巨大的轰鸣。

…………

战斗的风暴，渐渐停息了。

…………

[幕内音:

隐隐听见谢三华的叫喊:"班长，别拦住我，让我进去!"

老班长焦急的声音:"谢三华你要干什么?"

首长的声音:"服从命令!"

于是一切都沉寂下去，渐渐听见一架敌人的侦察机，发出"嗡嗡"的叫声，盘旋在阵地的上空……

[前沿坑道走廊渐显。

洞口外跳动着红红的火舌。

硝烟迷漫。

谢三华裸胸露怀的，披件零乱的破棉衣，火光映着他愤怒的脸，额角上滴着血滴……

经过一场恶战，战士们疲惫地倚着石壁休息、沉思。

老班长用力地"吧嗒"着烟袋。

[停顿。

老班长狠狠地磕着铜烟锅子。

李　他妈的真憋扭！烟袋也不通气！

　　　　[停顿。

丙　小吴，副指导员带三排，退守五号的坑道里，有信儿没有？

吴　连长说可能是跟三排的报话机坏了，联系不上。

邵　没事歇一会儿，穷嘀咕……

　　　　[谢三华突然放声哭起来。

邵　谢三华，哭什么？窝囊废！

谢　班长，咱们炊事班请求出击，我受不了！

李　谁指挥呵？

谢　班长，你指挥到哪儿，谢三华打到哪里！

李　你歇着你的吧！不提我还少生点气，哪有像你这分二杆子的，身上别
　　着手榴弹不用，偏过去跟敌人摔跤？

谢　那阵我气蒙了，我觉着甩手弹炸那三八×的不解恨，不如我亲手从崖
　　子头上痛痛快快地摔他们！

李　同志你叫人担心哪！敌人哇哇地上来那叫半个班，那阵是叫你那一股
　　猛劲吓蒙了，没什么，没人佩服你。剩下那四个鬼子要不是邵登良一
　　梭子撂了，甭说背不下伤员，连你也……

谢　别提了，班长，我明白了！

李　你明白什么？你明白？明白了你还要求出击！就凭你这点匹夫之勇能
　　办大事？你把眼泪给我擦净，哪儿那么多尿水子！哭什么？……我……
　　说那干啥的话，我不是不着急，可咱们有个指挥，有个上级，我就不
　　信，我就没看见过志愿军打过败仗？骑驴看唱本，走着瞧。美国鬼子
　　站在咱们表面阵地上也舒坦不了！咱们哪块不是带尖带刀的？！

　　　　[吴三羊走近谢三华。

吴　三华，行！说真的，除了不讲战术之外，你那股猛劲，我还真佩服你！

谢　别逗了！我这少心无肺的干不了大事！

吴　你还想当军长呵？你要干啥大事呢！刚才指导员说下去的伤员都要求
　　给你请功呢！

谢　在我看背伤员容易，可要讲打仗，动个心眼儿，看个问题，那还早

159

呢！……学，学吧！

吴　（摸出副扑克）连部开支委会呢，没啥事，我看咱们先打一把？

　　　　[谢摇摇头拒绝。

吴　哎，谁来呀，小二带甩！

　　　　[没人答应。

吴　凑一把，谁来呀？

　　　　[突然黄继光背着图囊、望远镜、冲锋枪，从洞子里拐出来，后面
　　　　还跟着一个小鬼背着一台报话机。

黄　我来呀！

吴　哎，黄继光，你跟谁来的？

邵　黄继光，有啥情况？

李　小黄……

黄　老班长，怎么都这么没精神啊！精神点，后边有首长……

邵　哪儿的首长？

吴　团里的？师里的？

黄　师团首长都参加四连、五连开会去了，上咱们六连来的更是个大首长！

李　军……

黄　嘘！

李　（眉眼舒展开地）怎么都跑前边来了？这些老将们一来，我心里就有底
　　了。不过这多危险！他们怎么过的封锁线？不应该放他们过来呀！说
　　干啥的话，这要出点事情，我可负不了责任！

吴　（指背报话机的）他是哪儿的？

黄　团里的。

小齐　（以下简称齐）我叫小齐！

黄　哎，小齐，里面就是六连指挥所，把机器放下休息休息吧。

邵　（帮助小齐放下报话机）对，小齐同志，先在这休息一会儿，里面开会呢！

齐　行！

吴　你到我们连来工作啊？

齐　不，我不知道！

李　好！这又跟黄继光是一道号的！一问三不知！

吴　（把邵拉到一边）邵登良，你猜，这小家伙来干什么？

邵　管他干什么，战斗需要！

吴　（白了老邵一眼，又凑到老班长跟前）老班长，咱们连部有报话机呀！
干嘛又送来一个？

李　这小家伙，他有一项最重要的任务！

吴　是不是要把这玩意儿给三排送去？

李　嗯……

吴　从六号阵地到五号阵地，到处是敌人，怎么送得过去呀？

邵　小吴，你别乱议论！

吴　是！

黄　嘘！来了！

　　　[从洞子里拐出几个人，参谋长在前边带路，后边跟着样子像个军
　　　首长（以下简称军）的，再后边跟着两个参谋、几个警卫员。

　　　[战士们习惯性地笔直站起。

军　同志们好！

众　首长好！

军　（和每个人握手）你们辛苦啦！

众　为人民服务！

军　（与老班长握手）你是……

李　六连炊事班长李志义。

军　认识，认识！（回头向参谋）不就是他讲他女婿也来参加了志愿军，
老少两辈要在朝鲜比一比吗？（向老李）听说你们炊事班有个大力士，
把鬼子从山头上往下摔，是谁呀？

李　（指谢）他叫谢三华！

军　好哇！真是名副其实，英勇可嘉呀！要是智勇双全，敌人就更没得办
法了！

艾　吴三羊，连长、指导员呢？

吴　在开党委会，我去叫……

军　不要叫，我们随便看看，也去参加，这里是……

艾　是六连的炊事班和通讯员。

李　有几个挂花的下去了，六连连部除了连首长之外，这儿都全了！

军　这也很好嘛！啊？打了几天仗，大家很辛苦，但消灭了很多敌人，听说你们也闹了点情绪？

李　报告首长……

军　不要报告了，坐下，我们随便摆龙门阵！

李　请首长放心，我们没闹情绪，只是有点情绪不高！

军　这就怪了，没闹情绪嘛，可就有点情绪不高，这是啥子名堂啊？

李　报告，首长，闹情绪就是诚心不好好干工作，不愿意参加战斗。说干啥的话，情绪不高不是这个意思，情绪不高是鼓足劲了，可首长不下命令，这个……这个……怎么说……

邵　情绪不高，就是我们的阵地让敌人占去了，我们副指导员和我们的战友被围在五号阵地的坑道里，我们六连每个同志恨不得一下子把敌人搂回去，可上级就不下命令让我们出击！

谢　（鼓了鼓气）首长，你就下命令，让我们出击行不？

军　（向黄）小鬼，你说呢？

黄　那得首长决定啊！

军　不下命令出击，你们就情绪不高，可又不算闹情绪！可是上级也不能因为你们情绪不高就出击呀！打扑克还要看看对手的牌呢！那得看准了时机呀！

邵　可是我们的同志，憋在坑道里，敌人在我们的阵地上晃来晃去、耀武扬威的！

军　你说呢？李志义同志！

李　我不这么看，要说我们的同志退守在坑道里那是事实，可要说在里边让敌人困住了，这也不全对。我们坑道里的同志就像一把刀子，捅在敌人心窝上，他不但不能耀武扬威，我看他们等于上了刀山，日夜遭罪！不过说干啥的话，说是这么说，心里这么想，可也挡不了着急、有点情绪啊！

162

军　同志们，依我看这种情绪不高，正是对敌人的蔑视、对战友们的关心。炊事班长说得有道理，有点学问。同志们！目前的形势是这样，敌人在十月八号，突然宣布朝鲜停战谈判无限期休会，中断谈判，并且在十月十四号敌人向我上甘岭阵地，发动了大规模的进攻，想要先夺取上甘岭，然后拿下五圣山，企图在我们战线中央打开一个缺口，分割我们防御体系，逼我们后退，造成谈判的有利形势。敌人是十分猖狂的，先后用了二十个营的兵力向我们的五九七点和五三七点七冲击了六天，平均每天发射二十五万发到三十万发炮弹、扔五百多个重磅炸弹，直到昨天，十八号，敌人花了伤亡五六千人的代价，才最后占领了五九七点九高地的表面阵地，这是谁的胜利呢？

吴　不是敌人的！

黄　是我们的！

军　对，炊事班长（向艾）说敌人是上了刀山，说得非常具体，你们应该多利用战士们这种生动、有说服力的语言向部队进行宣传教育。出击嘛，当然要出击的！

邵　什么时候出击呢？

军　这个不要着急，只要条件成熟，指挥员下决心还是快的。很好，同志们对我很有帮助，今儿个我才懂得了，闹情绪和情绪不高是两码事，情绪不高还有一种新的解释，这像小老虎似的，劲头鼓足了，往出一撒，嗯！打胜仗那是不成问题的问题。……祖国派来的慰问团已经来到咱们阵地后面了，咱们要打好这一仗，欢迎祖国的亲人，回答毛主席和祖国人民对咱们的关心哪！

吴　还演戏吗？

军　净是名角，戏多着呢！还要到前沿来演呢！

李　报告首长，那可不行，让亲人过封锁线，危险也太大了！

军　没问题，先让我们的大炮送个通知，命令敌人的炮兵老老实实，你们别看在开城会议桌上他蛮不讲理，不过咱们的大炮一发言，他还真得老老实实地听着。

　　[众大笑。

　　　　[连长、指导员、六班长从指挥所出来。

连　（示意指导员）首长！

　　　　[三个人赶过去。

连　敬礼！

军　同志们好！

众　首长好！

连　参谋长来了？

艾　来了一会儿！

军　我们在这儿摆龙门阵呢！怎么样，会开完了？

指　刚结束！

军　我还想听听你们的会呢！这一摆龙门阵就没赶上！（问艾）不过也很
　　有收获啊！

艾　收获很大。

指　首长到指挥所，我们把情况汇报一下吧？

军　（看一下表）我看这样吧！万复来，带我们到一排阵地去看看地形，艾
　　参谋长和指导员把五号坑道取得联系的问题马上处理一下。

艾
　　是，看看首长还有什么指示？
指

军　等我回来再一块谈谈吧！

艾　是。

　　　　[军长与连长下。

艾　指导员，上级命令我们马上与看守五号阵地坑道里的同志们取得联系，
　　以便了解敌人的情况，在反击时互相配合、里外夹攻。可是六号、五
　　号两个阵地的表面阵地，全被敌人占领了，这就是说，必须在敌人的
　　眼皮底下，神不知鬼不觉地经过六号阵地爬到五号阵地坑道去。团里
　　派来一个步行机员，背着一部步行机，我们要派一个沉着、勇敢，而
　　且熟悉道路的同志把步行机带去。艾指导员，请你考虑一下，让谁去
　　合适？

指　要仔细考虑考虑。

164

邵　报告！指导员，我去！

吴　报告！指导员，我去！

谢　报告！指导员，我去！

黄　报告！指导员，我去！

邵　报告！指导员，我枪打得好！

指　这一路不能打枪，要神不知鬼不觉，你太急躁！

吴　报告！指导员，我动作灵活，这个任务，我去合适！

指　你不够沉着！

谢　报告！指导员，我可以！

指　你根本连路都不认识！

黄　报告！指导员，这几个人里，我对路最熟，哪儿有个坑坑凹凹我都记得，我可以保证完成这个任务！

指　嗯！黄继光是比较合适，不过他是营部的通讯员，这要参谋长决定。

艾　我带他来就是这个意思，如果六连没有合适的人，就准备让他去。那就决定是他吧！

指　六班长！

王　是！

指　你今晚带一个小组把黄继光和步行机员送到敌人前沿，掩护他们过去！

王　是，带一个小组把黄继光和步行机员送到敌人前沿，掩护他们过去！

艾　齐兴华同志。

齐　有。（跑过来站住）

艾　现在决定派黄继光与你一道去，这是一个非常艰巨，也是非常光荣的任务，你们的一举一动都与我们的胜利联系着，都与许许多多同志的生命联系着，你们要时时刻刻想到这一点！

黄
　　请首长放心，只要我们有口气，保证坚决完成任务！
齐

艾　黄继光（掏出信）这是给副指导员的信！

黄　是！（问小齐）回头我用玻璃纸把信包好，到敌人前沿我就放在嘴里，万一我负重伤或牺牲了，你就到嘴里把信扒出来，继续完成任务！

齐　行，如果我负了伤或牺牲了，你就把步行机送进坑道去，不要管我！

指　为什么先想到死呢？我们去完成任务是为了死吗？我们想到的应该是坚决地完成任务，胜利地回来！

黄　对！坚决地完成任务，胜利地回来。
齐

　　　[渐隐。

　　　[山谷渐显。

天已经黑下来。

敌人的探照灯耀眼的光带，四面八方交叉摆动着。

王强国带黄继光、小齐伏在弹坑里。

王　黄继光，前边是敌人前沿，我不能远送你了！

　　　[黄继光握住六班长的手，留恋地望着他。

王　放心去吧，后面把机枪架好了，我们一直把你们掩护到大坑道，要牢牢记住，沉着，要沉着……

黄　六班长！我记住，记住了！

　　　[六班长从怀里抽出一把小刀子。

王　把这个拿着，万不得已的时候，它会有用的！

　　　[黄紧紧地握了握六班长的手，向步行机员摆摆头，便向前爬去。

　　　[光环罩在两个人的头上。

两个人在山谷里爬行。

他们的眼睛时时地四下查看。

他们的耳朵贴着地皮静静地听。

　　　[声音：鬼子的皮鞋，卡兹、卡兹走近了。

　　　　　　走近了，又远了。

前进！前进！

突然升起一发绿信号弹。

又是一发红号弹。

又一发绿号弹。

莫名其妙，真不知道敌人打着什么暗语。

前进！前进！

突然一个酒瓶从战壕里摔在他们的身边，他们紧紧地伏在地面上："炸弹吗？"

一个鬼子喝醉了，呢呢喃喃地学着日本女人的声调唱着歌子，是痛苦的、忧伤的、对故乡怀念的歌子。

一群醉鬼哄笑起来。

那声音距离他们只有十几公尺[1]。

前进！前进！

夜空打起一颗照明弹，

深蓝的光照清了五号阵地的坑道口。

黄喜悦的眼睛闪着光。

　　[幕外音：

　　　黄："啊！五号坑道！"

　　[声音：一串急剧的皮鞋声。

　　[幕外音：一串急剧的皮鞋声，走过观众的正厅。

两个人又伏下了。

不敢动，不敢动，不敢动一动。

一片片白色的东西，像云，像白色的花朵，

在微风里轻轻地飘摇，

一片一片又一片。

看看，这奇怪的东西是什么？

一片飘过他们的身边，

原来是降落伞，降落伞哪！

　　[声音：皮鞋声。

---

[1] 公尺：旧时长度单位，1 公尺 =1 米。

一个敌人哨兵绊在降落伞上，

他随便解开系绊，又走过去了！

黄继光向小齐示意，藏在伞底下向前爬。

黄继光抓住一顶降落伞，轻轻地掀起钻进去，又轻轻地掀起一角，向前观察，然后加快速度向前他去。

步行机员学着他的方式，向前爬去。

忽然敌人的哨兵走回来，

皮鞋声愈来愈近。

他们悄悄地停下来。

距离他们不远的地方，敌人放慢了步子。

　　[声音：皮鞋，卡兹、卡兹、卡兹、卡兹、卡兹，化成——

　　[幕外音：卡兹、卡兹……

敌人的哨兵双脚一叉

在黄继光的身边停下。

　　[停顿。

　　[幕外音：

　　黄："发现我了？！发现我了？！"

　　[停顿。

黄继光掀开一点缝，握着刀子，

就在他眼前是一双不合脚的大皮鞋，

两条细长的腿。

　　[幕外音：

　　黄："啊！真在这儿！"

他轻轻地探出头来，

顺着腿仰目向上看。

敌人背着枪没有战斗准备。

青色的光照着他白虚虚的脸。

他正在呲着一颗金牙，忧愁地、痴呆地，对着夜空冥想。他轻轻地叹了口气，连连地画着十字，转身去远了……

黄继光手按着心脏，
呵！原来如此呵！
他向小齐扔一把沙子，
小齐向他扔一把沙子。
向前爬！向前爬！

[突然一声清脆的枪声，接着整个阵地上的枪声响成一片。
[幕外音：
　黄："不对，干溜子这么低？"
他滚在土坑底下，抽出手雷。
枪声停止了。
他回望小齐，
向小齐扔两把沙子。
小齐慢慢地向前爬。
[幕外音：
　黄："啊！他为什么那么慢，那么吃力？"
小齐爬到他的身边，他把小齐拖下土坑，
在小齐的胸前他摸了一手热乎乎的血！
[幕外音：
　黄："呀！血！"
小齐握着他的手，指指步行机，指指阵地，合上了眼睛。
[幕外音：
　黄："小齐！"
他背起了步行机，伏在小齐的身上。
[幕外音：
　黄："小齐！小齐！（他的心在哭泣）"

他观察一下情况，

迅速地向前爬去，

快接近坑道口了，

突然坑道口单人掩体立起一个鬼子，他用机枪对着坑道口。

　　[幕外音：

　　　　王："要牢牢地记住，沉着，沉着！"

他盯住敌人。

他举起手雷，又收回去。

　　[幕外音：

　　　　黄："不行！"

　　　　王："在万不得已的时候，它会有用的！"

　　　　黄："刀！"

他持刀在手里，从降落伞里爬出来蹲在敌人背后。

　　[停顿。

他用手轻轻地拍拍敌人的肩膀，

敌人莫名其妙地刚转回头，

锋利的刀子，干净、利落地插进敌人的胸膛。

第七场急隐

第八场

　　[幕外音：

　　　　黄："不要打枪，我是黄继光！我是黄继光！"

　　　　一群人相互耳语："啊！黄继光！黄继光……"

　　[六连指挥所坑道走廊渐显。

　　沉闷的炮声像擂鼓一样咚咚地响着，坑道里挤满了武装整齐的战士，大家都围坐在已经摆好了的五九七点九高地沙盘前。

　　黄继光手里拿着一些上面写着0、4、5、6等数字的三角形小旗，细心地在沙盘上插着。

黄　六号阵地，是个小山包，从咱们这主阵地过去有一条小河，不用蹚水，一蹦就可以过去。过了河有两块大卧牛石，虽然那儿是很好隐蔽的地方，但是要迅速通过，不能在那儿停留，因为那里是敌人封锁的目标……

甲　嗯，黄继光到营部这么几天，地形、道路就这样熟啊！

乙　在营部当通讯员，天天守着营部首长，当然进步快啦！

王　那可不一定……

李　说那干啥的话，师父领进门，修行在个人！

邵　行了，别打岔，小黄，接着再说说！

吴　快！快！快！

黄　从六号一拐过小山脖子，就是五号了。

谢　五号的大坑道口朝哪个方向？

黄　偏东北……偏东北！

吴　怎么一面偏东北呀？

黄　咱们先讲四号！

邵　不讲五号就跳四号去了？

黄·快黑天啦！

谢　黑天还得一会儿呢！

黄　今天一天是五号坑道里最高兴的时候，也是最焦急的时候。敌人所有的阴谋诡计，放火、熏烟，最后还放毒气，都没熏倒他们！缺干粮、缺水，有共产党员、青年团员，缺什么都可以克服，可党的领导、上级的指挥，这是万万缺少不得的。当步行机往洞口里一放，同志们都已眼望眼地盯着，副指导员一头一头的大汗，向指挥所呼叫，我在边上心崩崩直跳，怕万一步行机在路上出了毛病！副指导员支持不住了，三排长又叫，等着，等着，大家大气都不敢出地等着，可突然步行机里回答了："我是安东……我是安东……"三排长说："同志们听，指挥所，指挥所！"大家都不吭气，重伤员咬着牙根不吭、不叫，往前爬，眼泪刷刷地掉，接着就听见白天来的那位一号首长说话了："同志们好！"这时同志们都像爆炸了一样叫着："首长好！""首长好！"同志们忘记了饥饿，忘记了伤口，蹦着、跳着、抱着，像发现了金山似的！这是一股什么劲呵！……当时我兴奋地说不出话来！这阵我才明白了，不是别的，是得到了党的领导、上级的指挥……今天一天我替他们着急，我想副指导员准一门心思看他的表，同志们早把武器准备好了，只要天一黑，连重伤员都抱着手雷爬出来，里外夹攻，狠狠地揍这帮王八×的！六号阵地是我们的，五号阵地也是我们的，四号阵地是我们的，〇号阵地也是我们的！

邵　只要上级下命令，我们一下把杂种们赶到海里去！

　　　[忽然坑道顶上传来了一阵天崩地裂般的巨响。整个坑道立刻摇晃了一下，粘在子弹箱子上的蜡烛，"突"一声跳起来熄灭了！

谢　他妈的你不要疯狂，今晚上老子就叫你到阎王爷那儿去！

吴　秋后蚂蚱，没有多大的蹦跶头了！

　　　[连长、指导员陪同参谋长从指挥所里出来，战士们立刻安静下来。

艾　（手拿着一根枪条）同志们，自从十四号美帝国主义为了在纽约召开的第七届联合国大会上，向其仆从国家施加压力，强使他们同意破坏停战谈判、继续扩大战争的计划，敌人企图在我中线上甘岭阵地前沿一带突破一个缺口，妄想中心开花，逼使我志愿军节节后退。同志们，今天晚上，我们坚守在主峰三号阵地下面的一号阵地坑道里的同志们，就要钻出坑道，向敌人反击了！我们的任务是：以你们六连为主，五连配属给你们，两个加强班为预备队，在你们连长万复来和指导员冯三庆的指挥下，在退守到五号阵地坑道里三排同志的配合下，从五九七点九高地西北的山腿，里外夹攻，向敌人反击！（他的枪条，在黄继光插着许多小旗的沙盘上移动着）接着再夺取五号，三排同志们将在这里接应你们！配合你们！夺回五号后，再继续前进，夺取四号，最后夺取〇号阵地！一号阵地坑道里的同志们向我们报告说：零号阵地左面，敌人有一个大火力发射点，对一号阵地大坑道封锁很严，我们必须坚决打掉他！今天是我们营参加上甘岭战役的第一次反击战斗，我们要保证打好，不许打坏。我和同志们一起打！我可以向同志们保证，只要我有一口气，我就要爬到目的地；我们每个人都要发挥无产阶级战士的硬骨头作风，有一个人打一个人的仗，有一口气打一口气的仗，坚决夺取五九七点七主峰，把这个跳板拿下来！

连
指　　我们向首长保证，只要我们有一个人，就坚决完成任务！

指　　（向战士）敌人想把和平的大门关死，我们就要坚决地把它打开。亚洲和太平洋区域和平大会正在我们祖国的首都举行，祖国派来的慰问团，已经来到我们朝鲜前线，来到五圣山。我们要坚决完成任务，为争取更大的胜利，给亚洲及太平洋区域和平大会献礼！要坚决完成任务！给敌人更沉重的打击！欢迎祖国的亲人，回答毛主席和祖国人民对我们的关怀！

王　　（猛地站起来，他高举着拳头像宣誓一样）我向党保证，向祖国人民保证，我们六班只要有一个人、一口气、一条腿，我们就能完成任务！
　　　　（向战士）六班同志能不能完成任务？

战士们　　（忽地站起来，雷一样地回答）能！

甲　　打胜仗欢迎祖国派来的亲人！

战士们　　打胜仗欢迎祖国派来的亲人！

甲　　打胜仗向亚洲太平洋区域和平大会献礼！

战士们　　打胜仗向亚洲太平洋区域和平大会献礼！

　　　　〔黄继光看了看邵登良和吴三羊。

　　　　〔邵向他努努嘴，示意要他快讲；吴三羊又顺手捅了他几下。

　　　　〔他马上把拳头举过头顶，高喊一声。

黄　　报告！我代表我们三个通讯员，向首长和同志们保证：不论在什么情况下，首长叫我们把命令传到哪里，我们就按时送到哪里，保证首长指挥及时；必要的时候，叫我们爆破，我们就爆破，叫我们冲击，我们就冲击，一定坚决完成任务！

李　　报告！我们炊事班保证送干粮、送水、送弹药，在阵地上抢救伤员；要是我们也能打上，我们炊事班管保让手榴弹在敌人天灵盖上开花！

连　　好，大家先休息一会儿，听候命令出击！

战士们　是！

　　　　　[参、连、指走进指挥所去。

　　　　　[战士们分头散去。

　　　　　[黄继光从墙上的挎包里掏出一双鞋子换上。

吴　你这双布鞋还留着呢？

黄　早说过，不打仗不穿！

吴　咻！还穿的新袜子！

　　　　　[黄继光从墙上摘下手电筒挎上，手电筒套了个红套子。

吴　你要娶媳妇吗？打扮得这么漂亮？

　　　　　[连长拿一本画报上。

连　对嘛！打仗就应该修饰得利利索索、漂漂亮亮的。（把画报给黄继光）
　　你是营部来的，到这儿我们得招待招待你，没别的，看看大人书吧！
　　今早刚送来的！

黄　连长，你说的这叫什么呀！

连　哎，小黄，副指导员伤在哪儿了？

黄　腰上！

连　能坚持得住吗？

黄　能。

连　那就好，看吧！

　　　　　[连长走回指挥所去。

吴　（把画报拿过去翻一页）哎！小黄，你看，这大橘子！

黄　是四川的吗？

吴　那还错得了？不能看，不能看，看了嘴里直流酸水！（又翻了一页）

　　　　　[停顿。

黄　小吴，等把鬼子揍跑了，咱们回家去，我一定一边种橘子，一边上学
　　去。过去没想过，现在工作起来越来越觉得不够，文化太低了。

吴　学习，谁也需要学习！将来要真有一天回国了，我一定到儿童玩具厂
　　去当个工人，给孩子们造玩具，不造大炮，不造坦克，我净给孩子们
　　造小马、小鹅、小拖拉机、小机器……

[停顿。

　　　[战场上没有一点声息，如死一样的寂静，蛐蛐又叫了。

黄　老班长要上集体农庄的大食堂，不过他的年纪大了，不能再做炊事班
　　长了！

吴　那就叫他当食堂主任嘛！

黄　行！

吴　六班长呢？

黄　他出身是个工人，他应该回工厂；副指导员是个教育家，他可以当
　　校长……

　　　[停顿。

　　　[蛐蛐的叫声。

吴　我真想活一百年哪！

黄　活一百年就行了？如果有长生不老的药，我真想活他千八百年，好好
　　地过过共产主义！

　　　[蛐蛐的叫声。

　　　[天黑下来。

　　　[蛐蛐的叫声。

　　　[连长的声音："吴三羊，通知各班集合，准备出击！"

吴　是！准备出发！（向洞内喊）各班集合，准备出击！

　　　[昏黄的灯里晃动着战士们的影子……

　　"快，快！"

　　"动作快！"

　　　[急隐。

我们强大的炮兵群开炮了！五九七点九高地燃烧起来，映红了夜空。

　　　[五号坑道口渐显。

敌人的机枪、火焰喷射器嘶吼着，浓烟烈火包围住五号坑道口。战士

们冲了几次都被挡住了，战士们吵着、骂着，有的喊着："不行，副指导员，火把洞口堵住了！"

副指导员扯起一条被子，抡到头里，激昂地对战士们喊："同志们，我们是中国人民志愿军的战士，敌人的飞机火炮都阻挡不住我们，敌人的火焰喷射就能够阻挡住我们吗？"

战士们："不能，就是火焰山也要闯过去！"

副指导员："（抽出一颗手雷，在空中一晃）准备好手雷，把被子披在身上，跟我从火里滚出去！"

战士们立刻把被子披在身上，接着一排手雷便从坑道里投了出去。

激烈的爆炸，坑道口的火光立刻被炸得向四外飞溅起来。就在这一瞬间，副指导员第一个从火中滚了出去，丢掉了着火的被子刚站起来，一颗子弹又从他的腰上穿了过去。

战士们刚滚出洞子，便被敌人的机枪盖住。

突然邵登良、吴三羊出现了，"咣！咣"两个手雷，敌人机枪和喷火器都哑巴了。

跟着谢三华三步两步抢上来大叫着。

谢　别动，喷火器归我！

　　[突然从黑影里跃出一个鬼子，抢着枪把子向谢三华迎头劈来，谢
　　　三华一把擎住敌人的腕子，夺下枪，反手一抡把子，把敌人砸了
　　　下去。

吴　副指导员向四号阵地前进，连长、指导员带队伍从下面迂回过去了。

副　同志们，向四号阵地前进！

李　副指导员，你负伤了？

副　没问题，前进！

　　[副指导员踉踉跄跄随部队追下去，老班长紧紧地跟着他。

李　副指导员，副指导员……

　　[四号阵地上枪声大作。

　　[五号阵地上爆炸着敌人反击的炮火。

[参谋长、黄继光带着步行机员跑上。

[一发炮弹呼啸着飞来。

[黄继光一下扑到参谋长身上。

[爆炸了。

艾 黄继光!

黄 首长,没撞着你吧?

艾 你脸上流血了?

黄 没问题,一点轻伤!

艾 把指挥所设在洞口。

黄 是!

艾 报话机,抓紧与团指挥所联系!

报话员 是!

艾 黄继光!注意观察拿下四号阵地的胜利信号!

[黄继光一动不动地盯着四号阵地。

艾 注意隐蔽!

黄 是,注意隐蔽!

[枪声继续。

艾 (卷了一支纸烟)信号还没起来?

黄 没有!

[枪声稀疏下来。

[报话员轻轻地呼叫着。

黄 报告首长:可能拿下来了。

艾 信号起来了吗?

黄 没有,可枪声稀了!

艾 不对,这里有问题,敌人是不是发现了我们的意图呢?

报话员 报告参谋长:联系上了。

艾 (拿过送话器)艾贵生,是我,六连长吗?

[幕外音:"参谋长吗?我是万复来,是我!"

艾 是不是敌人发现了我们的意图?

[幕外音："对，是的，四号阵地上，约摸有一个连，他们依据一
条大盖沟进行顽抗。〇号阵地上，看样子有二十挺机枪支援着四
号敌人，我们连续两次进攻都没有成功。现在正在准备采取分组
爆破，消灭盖沟里的敌人。"

艾　部队的伤亡……

[幕外音："部队虽然伤亡很大，但是我们有决心消灭敌人！请首
长放心，六连没有完不成的任务！"

艾　好！（放下耳机）黄继光，前边准备爆破，先停止监视！

黄　是！

[老班长背副指导员上。

黄　谁？

李　我！

黄　老班长，背的谁？

李　副指导员！

黄　（跑过去）什么？副指导员……

李　负伤七八处，昏过去了。来，把他放下休息休息。

[黄继光扶下副指导员。

副　（突然猛喊了一声）〇号阵地，注意〇号阵地，那儿有二十多挺机枪！
（又昏过去了）

黄　副指导员，醒醒，醒醒！

[副指导员慢慢地睁开了眼睛。

黄　我是黄继光！

副　啊，（忽然抬起身子）部队呢？

李　部队在四号攻击！

副　好！（又闭上眼睛，一会儿又睁开，拉住班长与黄继光的手）这是党
和祖国需要我们的时候，要勇敢地战斗！

黄　副指导员放心吧！我们一定能对得起祖国！一定能对得起党，一定给
你报仇！

[副指导员又进入昏迷状态。

李　副指导员……副指导员……来，小黄，帮我背起来。

　　　　[黄继光帮老班长把副指导员背起来，老班长往起一站，险些跌倒，
　　　　黄继光发现他腿上绑着救急包。

黄　老班长，你……

李　（泰然地）我，没什么！（踉跄地走了几步）小黄，可千万要机灵点！

黄　老班长，你背不了，等会找个人吧！

李　不用！（踉跄走去）

黄　（望着四号阵地叨念着）同志们，可机灵点，注意隐蔽呀！

　　　　[四号阵地枪声大作。

艾　（对送话器）喂、喂，万复来吗？

　　　　[幕外音："参谋长吗？是我！"

艾　怎么样？情况怎么样？

　　　　[幕外音："已经开始动作了。"

艾　可不能莽撞啊！报话机别撂，随时向我报告情况。

　　　　[幕外音："是。……指导员冯三庆亲自带六班掩护，六班长负伤
　　　　两次，现在主动要求执行任务，带两个战士和谢三华出去爆破！"
　　　　[机枪响成一片，手雷爆炸。

艾　上去了吗？

　　　　[幕外音："没有，怕是六班长又负伤了，距离仅十五公尺停
　　　　住了！"

艾　糟！

　　　　[连续几声巨响。

艾　什么响？

　　　　[幕外音："谢三华冲到碉堡顶上，连续炸了四个碉堡。"
　　　　[机枪依然叫着。

艾　成功了吗？

　　　　[幕外音："没有，大盖沟解决不了！报告，六班长开始向前滚，
　　　　向前滚了！他的腿挂彩了！（向部队下命令）注意，所有人员，
　　　　准备冲锋！"

艾 ……（狠狠地揪着帽子檐）

　　　[一声惊天动地的巨响。

　　　[一连四发绿信号弹升起了！

黄 报告：四号阵地拿下来了！

　　　[艾出神地愣着。

　　　[幕外音："报告！四号阵地胜利地结束战斗，六班长壮烈牺牲！临终他还建议党委给谢三华立功！"

　　　[艾贵生依然出神地愣住。

　　　[幕外音：

　　　王强国的声音："同志们，我们唱个歌好不好？唱三大纪律、八项注意，你们在家当老百姓都听见过，会唱的唱，不会唱的听着，革命军人个个要牢记，预备——唱——！"

　　　众唱：

　　　"革命军人个个要牢记，

　　　三大纪律八项的注意；

　　　第一，一切行动听指挥

　　　……"（弱下去）

　　　[黄静静地脱下帽子。

黄 （自语）不哭，我要给六班长报了仇，笑一阵再哭！

艾 黄继光！

黄 有！

艾 前进！

黄 指挥所放在四号阵地？

艾 不，一直前进，直接设在〇号阵地！

　　　[急隐。

　　　[幕外音：激烈的战斗声。

　　　[〇号阵地下的交通沟急显。

　　　[枪声激烈，而后又稀疏下去。

180

连　怎么搞的？又……（拉出手雷猛地站起来）我去！

指　（按住他）你要指挥！我去干掉他！

连　不行！

指　没问题！

连　老冯，这个任务你别争了，我的心像火似的，在天亮之前，〇号
　　阵地要拿不下来，今晚同志们流血牺牲换来的胜利，便都要前功尽
　　弃了！

指　老万，没有营首长的命令，我不能让你上去！

连　好！那我请示！

　　　　[参谋长与黄继光上。

艾　怎么样？情况怎么样？

连
指　哎！你怎么上来了？这儿不是你的指挥位置！

连　报告！组织了几次冲锋，打掉敌人十几个小火力点，可是仍然没有冲
　　击到〇号阵地的纵深。最顽固的是那一道山梁，两面是深渊绝壁，中
　　间有一个最大的火力点，阻挡、封锁住山梁上不足十米宽的道路。由
　　于〇号阵地紧挨着主峰，又能居高临下地封锁住四号、五号、六号三
　　个阵地，还可以封锁住我们一号阵地的大坑道口。只要把〇号阵地拿
　　下来，就等于刀尖往起一挑，主峰上的敌人一下就可以报销！

指　如果拿下这个大火力点，就等于占领了〇号阵地，要想夺下〇号阵地，
　　必须首先消灭这个大火力点！

连　不夺下〇号阵地，就是没有按照作战计划完成任务！不夺下〇号阵地，
　　四、五、六号阵地就难以防守，会影响到整个战斗的彻底胜利。

指　不夺下〇号阵地，就不能解除敌人对紧靠主峰的一号阵地里大坑道的
　　封锁。一号阵地大坑道里的同志们将长期地被困在坑道里。

艾　对！〇号阵地关系着千百个战士的生命，夺了它，在今后坚守四、五、
　　六号阵地的战斗中，在消灭主峰的敌人战斗中，就会使许许多多同志
　　们免于流血、免于牺牲！

连　报告！参谋长，请允许我去执行这个任务！

指　报告！参谋长，请让我去！

艾　同志们，不要一叶之遮，不见泰山！不要只看见我们六连一个连的伤亡，便看不见我们以少胜多所取得的伟大胜利，立木支千斤，同志们，全线的胜利都担在我们肩上，要沉着，指挥员在战场上过分激动是不好的，保持头脑的清醒才能正确地判断情况。

连　可目前六连……

指　参谋长，情况需要我，需要一个共产党员挺身而出。

艾　冷静……黄继光！

黄　有！

艾　调无后座力炮上去。向〇号阵地大火力点发射。

黄　是！调无后座力炮向〇号阵地大火力点发射。

　　　　[跑下。

　　　　[敌人的机枪又叫了。

连　无后坐座炮？

艾　我在路上调过来的。注意隐蔽！

　　　　[无后座力炮上去了。

　　　　[发射声，爆炸声。

敌人的机枪不但没有停止射击，相反地几十挺机枪都一齐向无后座力炮射击！

黄　报告！射手负伤了！

艾　糟！

指　我去打掉它！

连　我是连长，我先去！

黄　（愤怒地站起来）不能，有我们通讯员在，就不能让首长去！

艾　还有多少能冲击的战士？

连　两个通讯员、两个步行机员、一个电话员，加上指导员和我，一共七个人！

黄　还有我，请首长把这个任务交给我，只要我有一口气！就保证坚决完

182

成任务！

邵 请首长允许，我们和黄继光一起去完成任务！
吴

艾 （紧握住黄继光的手，声音沉重，有些颤抖）好，任务给你！黄继光，
你是个好战士，我相信你一定能完成这个又光荣又艰巨的任务。

黄 请首长放心，再艰巨，再困难，我也不怕！

艾 为了保持六班的荣誉，发扬六班的荣誉，我任命黄继光为六连六班班
长，代替王强国的职务，在战斗中只许前进，不许后退。

黄 是！坚决前进，决不后退！

连 我命令邵登良、吴三羊为六班战士，要服从黄继光的指挥！

二人 一切行动听从指挥，坚决前进，决不后退！

黄 六班同志检查武器，做好准备！

二人 是！

　　　　［黄继光放下枪，把两个手雷、八颗手榴弹插在皮带上；邵登良、
　　　　吴三羊，也照样装备好。
　　　　［黄从兜里掏出一个纸包。

黄 参谋长，你拿着，如果我牺牲了，就作为我第一次的党费！

艾 （默然地接过去，看看表）现在是三点十分，你们要在四点以前拿下这
个大火力点，就等于全线的胜利！

黄 是，六班同志们！跟我来，出击。（跑下）

　　　　［战场上静悄悄的。
　　　　［幕外音："安东，安东，我是辽宁，我是辽宁！我们等着你们的
　　　　胜利消息，你们的胜利消息！五村去支援你们，五村去支援你！
　　　　如有困难，如有困难！就让五村接替你们，让五村接替你们！"

艾 （拿起送话机）辽宁，辽宁，我是安东，我是安东！请等候我们的胜利
消息，请等候我们的胜利消息！

连 我们六连坚决完成任务，克服困难，不必替换！

艾 我们一切熟悉，条件有利，不必接替，不必接替！

　　　　　[机枪响了。

　　　　　[爆炸，爆炸。

连　好，好，分头爆破！对，对，正确！

指　扫清了一部分接近大火力点的阻碍。

艾　可要注意隐蔽！注意隐蔽！

　　　　　[机枪声。

艾　同志们准备，必要时，我们上去！

众　是。

　　　　　[急隐。

机枪声。

爆炸声。

黑暗中，几个小地堡在爆炸的火光中粉碎。

火光里一群黑影在逃奔。

手雷在敌群中爆炸。

　　　　　[急显。

战士们伏在交通沟里隐蔽。

吴　（低抑地）班长，班长，邵登良负伤了！

　　　　　[黄继光爬近邵登良的身旁。

　　　　　[吴三羊正打开救急包，裹着邵登良的眼睛。

黄　伤在哪儿？

吴　眼睛！

邵　班长，没关系，死我也上去！

黄　不，要在这儿隐蔽！干掉大火力点，我回来背你！

邵　班长……

黄　服从命令！

吴　班长，弹药……

184

黄　住口！

邵　什么？告诉我，你们说什么？

黄　没什么，你安心在这儿休息……注意隐蔽，我往前看看地形。

吴　嗯！

　　　　　[黄继光向前爬去。

　　　　　[邵登良四下摸着。

吴　邵登良！你干啥？

邵　小吴，我的枪呢？

吴　在这儿。

邵　给我。

　　　　　[吴三羊把枪递给他。

邵　小吴，你指给我敌人的方向！

吴　……

邵　小吴，你给我把枪口调正，让我瞄着它！

吴　……

邵　小吴，这可是我第一次张口求你！

吴　同志，那不能解决问题呀。

邵　你别管了！

　　　　　[吴三羊把枪口给他调正。

吴　你可不能乱打，回头我要上去……

邵　我知道，我是自卫，以防万一。

　　　　　[黄继光回来。

黄　吴三羊，你掩护我去把那个大碉堡干掉！

吴　不，你是班长，你要指挥，应该我去！

邵　班长，现在你不能去！

黄　三羊，可要隐蔽，你要知道，我们的担子有多么重，稍一麻痹，就要
　　影响整个胜利！

吴　班长，你放心！

黄　我把敌人火力吸引过来。

吴　不，班长，我贴着崖子边爬，敌人看不见……

黄　那可太危险，一失手……

吴　这么的吧！我出去看机会，行我就干，不行你就吸引火力！

黄　可千万当心！

吴　知道！

　　　[小吴迅速向前爬去。

邵　班长，要不要吸引火力？

黄　不，他隐蔽到崖子边去了。

邵　是不是一失手，就会掉下去？

黄　……

邵　哎！（一把扯开衣服的扣子）

黄　干什么？

邵　热，太热了……

　　　[幕外音：

　　　　表声："嘀嗒、嘀嗒……"

　　　[突然主峰上射下一道探照灯光。

大火力点前响起了两声爆炸。

大火力点里的机枪哒哒哒，点射了几发。

黄继光，邵登良拼命对着大火力点射击！

　　　[探照灯灭了。

邵　班长，班长，三羊？

黄　……

邵　他牺牲了？！

黄　不知道，最好不是这样……

　　　[幕外音：表声。

黄　（拉出手雷）邵登良！

邵　班长！

黄　我去了！

186

邵 班长，让我摸摸你！

黄 我在……

邵 （一把揪住）班长，你把我带上去，我在前边滚，给你挡住敌人的子弹！万一我牺牲了，你就推着我前进！

黄 用不着……相信我，邵登良，我一定能拿下这个大火力点！

邵 班长！

黄 放开我，不能耽搁时间，如果连长他们一发起冲锋，占领了○号阵地，你可想着报告他派人去找吴三羊！

邵 班长！

黄 我命令你，撒开！

　　[邵松开手。

黄 邵登良，你别急躁，我回来，要给毛主席写封信，他老人家会派一个最好的医生，把你的眼睛给治好的！

　　[黄继光迅速爬下。

邵 班长，班长！走了？啊……走了……我的眼睛，我的眼睛……有一口气打一口气的！

　　[机枪响。

邵 我……吸引火力，掩护班长顺利前进！

　　[拉开栓，只响了几发，没有子弹了。

邵 糟！怎么赶这节骨眼上没有弹药？！（四下摸着）没有，什么也没有……闷气！闷气！我……我……我他妈，我杀你个杀千刀的美国鬼子，来吧！

　　[他挺身直立。

邵 来，强盗们，向我射击，向我射击！来吧！来吧！射击！射击！

　　[敌人的机枪疯狂地扫来，邵登良身上已有两处负伤，他依然巨人般地立着。

邵 美国鬼子，你怎么能理解，这是发生了一件什么事情！（大笑）

　　[突然他的后侧，有一挺机枪响了，把敌人的火力吸引了过去。谢三华气呼呼地冲上来，把他按倒在地上。

谢　老邵，我是三华，隐蔽！黄继光呢？

邵　上去了！

　　　　[指导员扛着轻机，老班长拎着手雷爬上来。

李　黄继光呢？

邵　上去了，快吸引敌人的火力！

　　　　[指导员的机枪响了。

　　　　[敌人的探照灯又从主峰上照下来。

谢　指导员，我上去，你看，黄继光怕是……

指　停停，有可能他是躺在那里麻痹敌人！

李　嗯！

　　　　[急隐。

机枪声。

　　　　[急显。

一道窄窄的山梁，

山梁顶上是〇号阵地居高临下的大火力点。

黄继光完全暴露在探照灯下，仰面朝天地躺着。

　　　[幕外音：

　　　黄："不能动，子弹打在身上也不能动，敌人会以为我是被打死了……"

　　　嘀嘀嗒嗒的表声。

　　　黄："首长，同志们都在等着我……我的生命和许许多多同志的生命联系着，和祖国、朝鲜、全世界的和平事业联系着……"

　　　[敌人的探照灯骤然熄灭。

　　　[幕外音：

　　　黄："没有什么比活着去完成任务再重要的了，不能粗心大意，保持头脑清醒，才能正确地判断情况。"

　　　[探照灯又忽然亮了。

　　　[幕外音：

　　　黄："我没死，我要永远活着……"

［探照灯又向外摇去。

他的两腿已经负伤，完全靠两只胳膊用力爬着、爬着。

［幕外音：

黄："只要我有口气，我一定爬到！"

突然一发子弹打在他的肩上，他侧着身子用一只手爬着。

［幕外音：

黄："参谋长，我爬过来了，连长，我爬过来了，指导员，我爬过来了，同志们准备冲锋吧！"

他用嘴拔掉了手雷的插销，忽然立起来，用尽生平所有的力气把手雷向火力点投去。

爆炸，爆炸，敌人的机枪哑巴了。

他支撑不住，踉跄地倒下去。

火力点又伸出三挺机枪，依然吐着火苗。

［幕外音：

黄："怎么？机枪还叫？"

他伸手向身上摸手雷，摸不到，什么也没有了！

［幕外音：

黄："手雷呢？手雷呢？我没有手雷了！我没有手雷了！"

他痛苦地喘息着。

［幕外音：

少先队员："我们少先队员，来慰问叔叔们每人一个橘子！"

车吉昌："啊！朝鲜，朝鲜像我们这样的人家很多……"

副指导员："这是党和祖国需要我们的时候，要勇敢地战斗！"

马特洛索夫的电影音乐。

（这些声音要交织在一起）

他愤怒地站起来，他微微转回头，向着后方，留恋地看了一眼，他大声地喊着。

黄　祖国，母亲，我，黄继光，是你的儿子！

他扭身冲上去，用自己的胸膛，扑到机枪的喷火口上。

[急隐。

冲杀声："冲啊！为黄继光报仇！"

……

山谷响起震怒的回应。

……

一群战士的剪形冲过去。

　　[急显。

天明了。

火力点上翻着一面巨幅的红旗。

黄继光兀立在火力点上，微微地转回头，向着后方微笑着。

他生前的战友，像英雄的群像，

愤怒地站在山梁上。

杜鹃在啼着。

又响起了朴春淑的歌声。

第八场渐隐

映 山 红

（六场歌剧）

第一场

一九三八年春天。

在朝鲜鸭绿江边。

月光折叠着柔漫的江水。

堤岸上架着一排长长的、垂钓的鱼竿。

竿梢上的小铜铃一阵阵地响着，上钩的鱼儿在水里紧紧地抖着鱼线。但是，坐在岸边的朝鲜老人——朴南吉，却动也未动，依然聚精会神地抚着伽倻琴弦。

琴声如水，老人沉默地倾听着自己的心音……

缓缓的低弦，是深沉的江流，是他对一位远方英雄的思念。

窸窣的絮语，像浅滩的流水、跳跃的浪花，是他为亲人担忧、紧张而不能平静的心情……

四野寂静无声；

只有鱼竿上的铜铃，丁零零零……

只有老人的琴音，琤琤，淙淙……

朴南吉　阿里浪，

　　　　　阿里浪，

歌声高，

恨声长，

高歌朝鲜江山三千里，

长恨强盗霸占我家乡。

阿里浪，

阿里浪，

血汗流成长河，

白骨堆成山岗，

三千里江山哪，

是三千里大牢房！

阿里浪，

阿里浪，

活地狱，

大牢房，

白日黑夜苦呀伊耶，

沉甸甸的枷锁在我身上扛！

阿里浪，

阿里浪。

血汗流成长河，

白骨堆成山岗，

强盗蹂躏朝鲜哪，

要人人变成聋哑盲……

阿里浪，

阿里浪，

聋哑盲，

聋哑盲，

有耳不能听，有口不许讲，

乌云遮住眼睛不许望日光！

阿里浪，

阿里浪，

朝鲜哪，朝鲜！

朝鲜不会聋哑盲，

刺刀封住我的嘴，

闭口能唱阿里浪……

  [朝鲜姑娘——车春淑，头上顶个包袱，急急走上。

朴南吉 阿里浪，

    阿里浪……

车春淑 阿拉里哟，

    阿里浪，

    阿拉里浪……

    豺狼啊，

    豺狼！

    豺狼吼叫挡不住伊耶，

    挡不住霹雳的雷鸣！

    乌云啊，

    乌云！

    密密的乌云遮不住伊耶，

    遮不住朝鲜人的眼睛！

    哎嘿伊耶……

    遥远的北方

    有颗闪亮的红星，

    高高地悬在

    长白山的山峰！

    闪闪的红光

    穿透沉沉的云雾，

闪闪的红光
照进了苦难的囚笼！

阿里浪，
阿里浪，
照耀着祖国的红星，
高高地悬在天空，
三千里江山哪，
睁开三千万双眼睛，
三千万奴隶的心田，
悬着三千万颗红星！
无穷花点头朝你开放，
夜歌子向你敞开喉咙！

哎嘿伊呀……
我们的将军，
朝鲜的光荣，
你骑着衔风的宝马，
你率领无敌的群鹰。
有了你，
我们朝鲜一定独立！
有了你，
我们朝鲜一定复兴！

阿里浪，
阿里浪，
鸿鹄腾空奔你飞去，
大雁成队向你飞行，
我渴望随着你的红旗，

做一名勇敢的士兵。

阿里浪，

阿里浪，

山高挡不住春风，

黑夜挡不住黎明，

谁能挡住我们的思念……

伽倻琴诉说着朝鲜人的心情……

[朴南吉琴声继续，愈弹愈急。

[车春淑把头上顶的包袱放在堤上，轻轻走近老人的身边。

车春淑 公公，公公……

[朴南吉依然听着他急躁的琴音。

车春淑 公公，公公……

朴南吉 （琴声戛然而止）嗯？

车春淑 （朗诵）公公，我想和您商量商量，如果您乐意，今天晚上就让……就让您儿子，朴仁奂把我也带过鸭绿江……

朴南吉 （朗诵）春淑姑娘，你先不必着急，仁奂和你的亲事我时刻都挂在心上。成亲的日子，我已经替你们订好：八月中秋，正是最好的时光！

车春淑 公公，（面红耳赤地垂下头）我不是这个意思，我是想过江扛起一杆枪，跟您的儿子一块战斗在长白山上……

朴南吉 春淑，你知道朴仁奂一路上要穿过多少层子弹编成的火网，要越过多少座刺刀尖朝上的刀墙？我不放心哪，姑娘！我怎能让他把你带在身旁！等秋后吧，秋后我亲自送你到长白山上，让游击队陪送你一挂弹袋、一杆快枪，做你成亲的嫁妆！

车春淑 公公，我听您的话，我能等……

朴南吉 放心，春淑！上岁数的人说话就是板上钉钉。

车春淑 夜深了，公公，您不冷？

朴南吉 不冷。

车春淑 （向江上望望）公公，来接他的船呢，怎么没影？朴仁奂呢，天到这样晚怎么还不起程？

朴南吉　还不到时辰……

车春淑　要等到什么时辰……

朴南吉　他要在日本衙门放一把火，才能动身！

车春淑　（一惊）上日本衙门，放火？

朴南吉　放把火……

　　　　要把朝鲜黑暗的天空烧红，

　　　　要把朝鲜三千里江山照得通明，

　　　　要照亮三千万同胞的眼睛！

　　　　放把火……

　　　　警告日本强盗朝鲜没有灭亡，

　　　　永远不会灭亡！

　　　　金将军正率领我们不甘做奴隶的英雄儿女，

　　　　为祖国的自由独立而斗争！

车春淑　公公，公公，他，他，他要什么时候动手？

朴南吉　（拨着琴弦）夜深，人——静；半夜，三——更！

车春淑　呀！（抬头望着天空）公公，公公，该是动手的时候了，这阵已经
　　　　是半夜三更……（跷起脚向远处眺望着）为什么还不见火光？为什
　　　　么镇上还鸦雀无声？静得怕人哪……公公，朴仁奂可别出了事情！

朴南吉　春淑，不必忧虑，也莫要担惊，今天是鬼子的节日，怕是小鬼子们
　　　　还没喝得烂醉如泥，怕是鬼子们还没喝得转向发蒙……我相信我的
　　　　儿子，金将军派来的人，他们要干什么就一定成功！看来，他正
　　　　在等待时机，只要得手，烈火就一定腾空！（又焦躁地拨着琴弦）

车春淑　朴仁奂，你要轻轻地迈开脚步，不要有声……朴仁奂，你要当心
　　　　在妥实的地方隐身行……朴仁奂，你的子弹是否上膛，把枪紧紧
　　　　握在手中……朴仁奂，你放下火种要急速脱身，快得像一阵风……
　　　　为什么不见火光？为什么镇上还鸦雀无声？静得怕人哪……我的
　　　　心像一面敲打的长鼓，我的心像一张绷得紧紧的弯弓！（手按着
　　　　心，疲惫地倚住江边的垂柳，沉吟稍顷，又振奋地昂起头）公公，

196

我去看看，只有和他站在一起，我的心才能安宁！

朴南吉　不行，你个姑娘家，赤手空拳去了顶什么用？

车春淑　（哀恳地）公公……

朴南吉　不行！

车春淑　公公……

朴南吉　不行！

车春淑　公公……

　　　　[突然，远处烈焰腾空，人声鼎沸。

朴南吉　看——

车春淑　（惊喜地望着火光，手舞足蹈）

　　　　烈火呀，烧吧！

　　　　烈火呀，烧吧！

　　　　烈火呀，

　　　　要把朝鲜的天空烧红，

　　　　要把朝鲜三千里江山照得通明！

　　　　要照亮三千万同胞的眼睛！

　　　　烈火呀，

　　　　警告日本强盗，朝鲜没有灭亡，

　　　　永远不会灭亡！

　　　　金将军正率领我们不甘做奴隶的英雄儿女，

　　　　为祖国的自由独立而斗争！

　　　　（激动得眼角挂着一串晶莹泪珠）

朴南吉　（愉快、轻松地弹起琴）春淑，你哭了……

车春淑　因为我高兴。

朴南吉　看，从江心划来一只船！

车春淑　是来接我们的仁夹……

　　　　[朴仁夹急急跑上。

　　　　[后面跟着两个青年、两个姑娘，扛着缴获的轻机枪和步枪。

　　　　[朴仁夹站在老人面前深深一躬。

朴仁奂　爹，让您等急了……

朴南吉　没，孩子，你们是朝鲜的夜明珠哇！仁奂，你们烧得好！

朴仁奂　爹，我向您辞行……

朴南吉　不慌，船还没靠拢；春淑，刚才你急着要去镇上找他，为啥来了你又不吭声？（向几个青年）快，先把机枪扛下去，年轻人！

青　年　哎。

[朴南吉率领众青年下江岸。

车春淑　（把包袱抱在怀里，深深地向朴仁奂鞠躬）仁奂……

朴仁奂　春淑……

车春淑　仁奂，我只能送你，不能留你……

朴仁奂　春淑，等到秋后我们就会相逢。

车春淑　公公跟你说的？

朴仁奂　爹说，秋天送你去……

车春淑　我要上长白山与你们一样，做一个光荣的士兵！

朴仁奂　我等着你。

车春淑　（双手捧着包袱）这包里有一双草鞋，是用家乡的稻草打的；这包里有一双棉袜，是全村妇女千针万线纳的。请你带给我们的将军，愿他登山涉水如履平地！

朴仁奂　（双手接过，挎在肩上）我一定捎去咱们朝鲜人民的心意。

车春淑　（从怀里掏出一条手绢，递给朴仁奂）仁奂，这是我送给你的……

朴仁奂　（展开手绢读着）胆大心细，英勇杀敌。（紧紧地握住车春淑的手）春淑！

车春淑　仁奂！

鸭绿江啊，长又弯，
我送仁奂到江边，
愿你一路多保重，
平安回到长白山。

朴仁奂　鸭绿江啊，长又弯，
春淑送我到江边，

情长长过春江水，

望你宽情莫挂牵。

车春淑　鸭绿江啊，长又弯，

明月当空照满川，

明月送你千里路，

我送明月到天边。

合　　　鸭绿江啊，长又弯，

山环水来水环山。

今日分别还相会，

相约在

八月中秋月亮圆。

今日分别还相会，

相约在

八月中秋月亮圆。

[有两个人背着月光，从堤岸上探出半截身来。

金昌哲　班长，准备走了！

朴仁奂　谁！

李青山　李青山。

金昌哲　金昌哲。

[两个人又在堤岸下消失了。

朴仁奂　再见，春淑，我等着你！

车春淑　再见，仁奂，祝你一路平安！

[朴南吉带着姑娘、小伙子们赤手回来。

朴南吉　仁奂，船装好了……

朴仁奂　爹，儿子向您辞行……

朴南吉　问候我们的将军，秋后我要带着春淑姑娘去探望他……

朴仁奂　爹，您没别的吩咐了？

朴南吉　去吧，多杀敌人，让咱们朝鲜早见青天！

朴仁奂　（与几个人青年一一握手）同志们，再见！

人　们	祝你一路平安！

[朴仁奂回头望着春淑，这姑娘向他鞠躬致意。

朴仁奂	春淑，用我们家乡的歌声送我一程吧，我要记住家乡的歌声，唱给将军听，唱给抗联的同志们听！
朴南吉	对呀！（抚起琴）
男人们	用我们的歌声送你一帆东风！
女人们	让我们的歌声飘上长白山顶峰！
人　们	让战士捎去我们的歌声，捎去朝鲜人的心情！
车春淑	（嘹亮地唱起来）

　　　阿里浪，

　　　阿里浪……

[人们手舞足蹈地和着。

　　　阿里浪，

　　　阿里浪，

　　　照耀着祖国的红星，

　　　高高悬在天空，

　　　三千里江山哪，

　　　睁开三千万双眼睛，

　　　三千万奴隶的心里，

　　　悬着三千万颗红星！

　　　无穷花点头朝你开放，

　　　夜歌子向你敞开喉咙！

　　　哎嘿伊呀……

　　　我们的将军，

　　　朝鲜的光荣，

　　　你骑着衔风的宝马，

　　　你率领无敌的群鹰。

　　　有了你，

我们朝鲜一定要独立！
有了你，
我们朝鲜一定要复兴！

阿里浪，
阿里浪……
[朴仁奂挥手向江下走去。
[人们走上江堤岸招手送别。
鸿鹄腾空奔你飞去，
大雁成队向你飞行，
我渴望随着你的红旗，
做一名勇敢的士兵。

阿里浪，
阿里浪……
[幕徐闭。
山高挡不住春风，
黑夜挡不住黎明，
谁能挡住我们的思念……
伽倻琴诉说着朝鲜人的心情……

第二场

当年的秋天。
在长白山里。
茫茫的雾霭，弥漫着林海……
抗联游击队像成行的大雁，隐隐约约地在雾霭里飞行。

[歌声：
"白头山披着千年的白发，

头顶啊，头顶万里晴空；

凶残的黑老雕拍碎翅膀，

它飞也飞不上这座山峰。

有人见

一位朝鲜将军骑着衔风宝马，

有人说

一位中国将军跨着七彩的长虹；

他挥舞长剑如疾风闪电，

他叱咤震怒似海啸山崩。

两位将军在白头山上会晤，

千山万壑涌起抗日的歌声。"

[游击队在浓密的雾霭中过去了。

[雾霭渐渐稀薄，一片金色的阳光穿过晨雾，投射在一座巨大的石崖上——这是长白山里有名的"横虎砬子"。

[砬子上隐蔽着三个游击队员——朴仁奂、金昌哲、李青山。他们把敌人吸引到身边，掩护游击队像神龙一样潜入密密的林海。

朴仁奂　长青树，不接弓，

　　　　高山峻岭山英雄。

李青山　杀敌好像一团火，

　　　　转移好像一阵风。

金昌哲　两脚日行千里路，

　　　　神出鬼没影无踪。

李青山　敌人今儿个是脑瓜蹭松树油子——硬是跟咱们子弹头粘上了！一顿顿打得他翻蹄亮掌，还脚跟脚拼死命跟咱们摽！

金昌哲　鬼子是想豁上一个团的狗命，一头拖，一头拦⋯⋯他们是害怕金将军跟杨司令接头、会面！

朴仁奂　咱们把敌人吸引住，敌人跟咱们摽得越紧，队伍就岔得越远！

李青山　金昌哲，你参谋参谋，这两位头头会面得在什么地点？

202

金昌哲　我参谋不了。

李青山　我琢磨呀……

朴仁奂　李青山，你瞎琢磨什么？你琢磨……

　　　　[山下枪响。

李青山　又上来了！

朴仁奂　不是打咱们。

金昌哲　班长，有个老百姓顺沟膛往咱这儿跑，敌人的子弹打得他脚底下
　　　　直冒烟！

朴仁奂　我看见了。

李青山　糟，挂彩了！

朴仁奂　没有，他是绊倒的。

金昌哲　敌人把他按住了！

李青山　班长，我看，这得助他一臂之力，我二拇哥一动，就能给他消灾
　　　　去难！

朴仁奂　再看看，别中了敌人的圈套。

李青山　（一拍大腿）好样的，有种！

金昌哲　翻身一石头把鬼子砸仰歪了……

李青山　（心花怒放）快跑，快跑，钻林了！

　　　　[忽然一发炮弹在石崖上爆炸了。

金昌哲　班长，敌人的大部队往下撤，有两个班的鬼子往上摸！

朴仁奂　真狡猾……

金昌哲　班长，我看敌人是知道上当了，他们回头去寻找我们的主力！

朴仁奂　队伍已经远走高飞，他们知道也晚了……注意！

　　　　子弹推上膛，

　　　　散开隐蔽好；

　　　　敌人迎面来，

　　　　让他"顺山倒"！

　　　　打！

李青山　唾！（往手心搓口吐沫）

打猎的，

枪法高，（一齐射击）

抬手就响，

不用瞄。（一齐射击）

"下山指腰带，

上山指毛梢"，

打你个，（一齐射击）

翻蹄亮掌，

一枪一个，（射击）

一个也跑不了！（射击）

怎么样，喊嘚喀嚓，都"利索"了吧？

朴仁奂　不，还有几个在沟里趴着。

李青山　班长，咱们先卷棵烟抽，完了再收拾它！

金昌哲　班长，那个老百姓上来了！

　　　　[一个老乡穿着中国式的小褂、朝鲜式的裤子，双手托着毡帽头向
　　　　游击队员们鞠躬。

朴仁奂　（一边监视敌人）老乡啊，哪个屯的呀？

　　　　[来人张口结舌地怔着。

李青山　（亮开嗓门）老乡，我们班长问你是哪疙瘩的？

　　　　[来人似乎明白了，咿咿呀呀，山前山后比划半天。

金昌哲　班长，他是个哑巴。（走过去替换朴仁奂监视敌人）

朴仁奂　老乡，这有多险！为啥赶这时候上山哪？

　　　　[哑巴听不见。

李青山　老乡，我们班长问你为啥顶烟往山上呛？

　　　　[哑巴又咿咿哑哑比划着。

李青山　班长，他说他是让鬼子抓来背给养的，老婆、孩子都让鬼子挑了，
　　　　一赌气就豁上了！

朴仁奂　哑巴……

李青山　不会说话，还不是哑巴！

204

朴仁夳　老乡，（指着）穿林子，奔正西，那儿有做木头的木邦，伐木工人
　　　　会收留你！

　　　　[哑巴打着手势，表示一定要参加游击队。

李青山　班长，他是个穷哥们，跑腿子弟兄，受苦的人。他怀着满腔仇恨，
　　　　要跟着咱们……

　　　　[哑巴点头致意，表示对李青山无限感激。

朴仁夳　参加游击队，将来有机会……

李青山　对，哑巴，眼前正在紧关节要的关口上，你等着我们将军……

朴仁夳　李青山！

金昌哲　报告班长，敌人一探头，又回去了！

李青山　别是要溜……

金昌哲　还在沟里趴着！

李青山　我瞅瞅。（飞身一跃站到青石上）

朴仁夳　下来！

李青山　不怕，鬼子早吓"鼠迷"了……嗬，班长，不多不少还有五……（他
　　　　正举起手扎挥开五个指头，突然一排冷枪，他翻身从青石上跌下来）

金昌哲　（双手托住他）李青山！

朴仁夳　李青山！

金昌哲　报告班长，李青山两处负伤！

李青山　金昌哲，别"吓人怪道"的，这像小咬叮一口，没啥！（挣扎站
　　　　起来，又跌倒了）

朴仁夳　金昌哲，快，把他背下！

李青山　不，"子母头"从哪儿来，我还得让他冲哪儿回去！（向前爬着）

朴仁夳　金昌哲！
　　　　金昌哲，
　　　　你怔什么，
　　　　还不背他往山下走？

金昌哲　朴仁夳，
　　　　你背他走，

留我在这里打掩护。

李青山　我不走，

我不走，

我还有一双打猎的手！

朴仁奂　李青山，

你放心，

这五个鬼子好对付！

金昌哲　有我就有

阵地在，

横虎砬子归我守！

李青山　班长，我不能离开你们……（一阵剧痛昏迷过去）

朴仁奂　金昌哲！

金昌哲　有！

朴仁奂　服从命令！

[金昌哲立正站住。

朴仁奂　撤退！

金昌哲　是，班长我下去找着李青山他爹，让老山神来接应你……

朴仁奂　快走！

[哑巴抢过去要背李青山。

金昌哲　（拦住哑巴）哑巴，不用你！

[哑巴帮助金昌哲背起李青山，回头拾起李青山的枪。

朴仁奂　（过去从哑巴手中夺下枪）枪留这儿！

[金昌哲背着李青山往山下走，哑巴殷勤地跟在后面扶持着。

朴仁奂　站住！

金昌哲　班长……

朴仁奂　哑巴，你不能去！

[金昌哲走下山去。

[哑巴指指敌人的阵地，然后用手锯着自己的脖子，连连点头、作揖。

朴仁奂　（指着方向）穿林子，奔正西，伐木工人能搭救你！

[哑巴死皮赖脸，哭哭啼啼调头去追金昌哲。

朴仁奂　（揪住哑巴）哑巴！

[哑巴拍拍朴仁奂的肩膀，又向西指指，然后伸出一对大拇指勾在一起，意思是问木邦上有和朴仁奂一样的人没有。

[山下敌人又试探性地向石崖上射击。

[哑巴比比划划示意敌人来了，他拍拍胸脯，去拾李青山的步枪……

朴仁奂　别动！（犀利的目光逼视着哑巴）

[哑巴叹口气，指指天，指指地，拍拍良心，一跺脚，抽抽噎噎，奔正西走了。

[敌人的手雷连续在石崖上爆炸，火光闪闪，弹片横飞，硝烟四起……

[朴仁奂一手攥着手雷，凛不可犯地在石崖上挺身屹立。

朴仁奂　（看敌人来至切近，高高举起手雷）好，一齐来吧！

　　　我站在哪里，

　　　哪里就是我的阵地；

　　　我站在哪里，

　　　就在哪里杀敌！

　　　敌人来到我的面前，

　　　决不让它活着回去！

　　　高高举起我的手雷，

　　　无情地向敌人轰击！

　　　（抛出手雷向敌人砸去）

[山下"轰轰"两声巨响，手雷在敌群爆炸了。

[朴仁奂探身向山下看着……

[一只棒槌鸟从天上飞过，清脆地叫了声："王、乾、哥……"（注：乾音刚）

[他扭头望着空中的鸟儿，愉快地笑了……他摸出一块纸，想卷一支烟抽，刚把纸裁好，又撒手任其随风飞了……他沉默着顺手从

怀里掏出车春淑给他的手绢，轻轻地念着……

朴仁奂　胆、大、心、细，英、勇、杀、敌……大后天就是八月中秋了……

（怀念牵引他唱起家乡的歌）

阿里浪，

阿里浪，

照耀着祖国的红星，

高高地悬在天空。

三千里江山哪，

睁开三千万双眼睛，

三千万奴隶的心里，

悬着三千万颗红星！

无穷花点头朝你开放，

夜歌子向你敞开喉咙！

哎嘿伊呀……

[哑巴不知什么时候悄悄回来了，隐在岩石的后面，瞄着朴仁奂的背后面突然开了一枪，又迅速溜走了。

朴仁奂　（向前一扑，倚着岩石站住，扭头回望什么人也没有）哑巴，哑巴……我知道你是杀害革命战士的凶手，你是一只隐藏在背后的凶残的狼狗。你装出一副可怜相到处嗅着，嗅着……但是总有一天革命者的眼睛要把你看穿，要把你识透，我的同志会为我复仇！可惜……我不能亲眼看见日本强盗灭亡，我不能亲眼看见中国的土地自己解放，我不能亲眼看见朝鲜——我的祖国、我的故乡，在三千里江山上红旗飘扬……我多想看一眼蓝蓝的鸭绿江，那生长我的地方；我多想看一眼八月中秋的月光……我等不到你来了，我的春淑姑娘……

[林中传来歌声：

"我们的将军，

朝鲜的光荣，

你骑着衔风的宝马，

你率领无敌的群鹰。

有了你，

我们朝鲜一定要独立！

有了你，

我们朝鲜一定要复兴！"

朴仁夬　我好像听见她的歌声了……我是在做梦……

[歌声更响了：

"阿里浪，

阿里浪……"

朴仁夬　不会错，这是我故乡的歌，是她的歌，她果真来了……

（兴奋地唱起来，与山谷的歌声应和）

鸿鹄腾空奔你飞去，

大雁成队向你飞行，

我渴望随着你的红旗，

做一名勇敢的士兵……

[一个中国老人——老山神，和一个梳着冲天杵、耳朵上穿着用红
线捻成的耳环的小姑娘——棒槌鸟，走上石崖，远远站在朴仁夬
背后莫名其妙地听着。

朴仁夬　（最后力竭声嘶地喊了声）车……（便结束了他的生命）

[群山静悄悄的，他依然倚着岩石站着。

[山谷里一个姑娘激动地喊着："朴仁夬……"

[群山响应："朴仁夬……"

[只有在空中的棒槌鸟回答一声："王、乾、哥……"

[父女二人轻轻地走过去。

老山神　（轻轻地）朴仁夬……

棒槌鸟　（轻轻地）朴大哥……

[没有回应。

棒槌鸟　爹……

[老山神一把拉住朴仁夬的手，他都明白了，眼泪滚滚落在他银白

的胡须上。

棒槌鸟　爹……发生了什么事情？

老山神　（仰天哀呼）将军哪！将军！你的部下朴仁奂在横虎砬子上尽
忠了……

[群山震怒地轰鸣："尽忠了……"

棒槌鸟　（失声痛哭）朴大哥……

朴大哥，

朴大哥……

老山神　朴仁奂……

朴仁奂哪，

你生长在朝鲜，

战斗在中国，

你的鲜血染红了

长白山上的青山坡，

松柏为你万年表，

群山为你唱挽歌。

棒槌鸟　朴大哥啊！

朴大哥……

老山神　你万古千秋活在中国人心中，

你千秋万世照耀着中国的山河！

棒槌鸟　朴大哥啊，

朴大哥啊……

老山神　棒槌鸟，别哭！记着，明天让木邦的写字先生把朴仁奂仨字写个
样，你就用铁钻把朴大哥的名字刻在他临终这块青石上，让咱们
的子孙后代逢年过节烧上一炷香，永垂不忘！

棒槌鸟　爹……

老山神　来，咱们把你朴大哥的遗体葬在横虎砬子底下的石洞里，让他头
冲西北，脚冲东南，面对他的祖国——朝鲜三千里江山！

[老人拾起两支步枪，插在石缝里，然后与棒槌鸟抬着烈士的遗体

向山下走去。

[朴仁夬的歌声，突然又缭绕于群山之间：

"照耀着祖国的红星，

高高地悬在天空，

三千里江山哪，

睁开三千万双眼睛……"

[车春淑顶着包袱，拉着朴南吉走上石崖。

车春淑　（四下里喊着）朴仁夬……

[群山响应："朴仁夬……"

[空中的鸟儿叫着："王、乾、哥……"

车春淑　他听见了我的歌声，我也听见他的歌声了，为什么喊他，他不答应？

刚才听他在横虎碴子顶上唱，为什么上来他的歌声又响在远方？

朴南吉　也许他走了……

车春淑　没走，你听，他还在唱……

[歌声：

"三千万奴隶的心里，

悬着三千万颗红星……"

朴南吉　在山下我倒听见一次，可现在我什么也没听见……

车春淑　公公，真怪，你怎么连自己儿子的歌声都听不见？

朴南吉　怕是他在你心里唱，你听见的是你心里的思念……

车春淑　（呼唤着）朴仁夬……

[群山呼应："朴仁夬……"

车春淑　（和着朴仁夬的歌声唱着）

哎嘿伊耶……

我们的将军，

朝鲜的光荣，

你骑着衔风的宝马，

你率领无敌的群鹰。

有了你，

我们朝鲜一定独立！

有了你，

我们朝鲜一定复兴！

[老山神、棒槌鸟从山下回来，听着车春淑的歌声，惊讶地站住。

棒槌鸟　爹，怪不得，那么会儿我听见有人喊朴大哥的名字……别是……

老山神　等我问问。

车春淑　（又喊）朴仁夹……

[群山呼应。

老山神　喂，朝鲜朋友，这老山峪的你找谁？

朴南吉　呵，借光了，老哥哥，我找我的儿子……

棒槌鸟　是，是你的儿子……

老山神　（急忙岔开）你的儿子是谁？

车春淑　（深鞠一躬）他叫朴仁夹……

老山神　是木邦上的，还是……

朴南吉　老哥哥，当真人不说假话，实不相瞒，他是游击队。

老山神　嘿呀！

岭靠岭，山连山，

深山老林无人烟，

游击队是林中鸟，

谁知他飞过哪道岭？

谁知他飞过哪座山？

谁知他在哪座密林扎营盘？

没有个指路的棒槌鸟，

要挖人参是难上难！

朴南吉　山有脉，水有源，

黑夜走路看北斗，

大海行舟看罗盘。

不管他飞过哪道岭，

不管他落在哪座山，

不管他在哪座密林扎营盘，

风筝上天它还有根线，

树海里也有摆渡的船。

棒槌鸟　（急不可耐地）

树海里摆渡有五条船，

你们要乘坐什么船？

车春淑　（喜形于色）

光有舵，没有帆；

一头齐，一头尖。

棒槌鸟　船身几丈几？

车春淑　船身三丈三。

棒槌鸟　船上谁掌舵？

车春淑　木邦上有位老神仙！

棒槌鸟　爹，他们是……啊！我爹就是老山神！你们找的就是我爹！

朴南吉　（过去拉住老山神）过海打船钱哪？

老山神　渡口讲价，旱沿收钱。

　　　　[两人紧紧握住双手。

朴南吉　老哥哥，我一看你这把胡子，就认出八成来……

棒槌鸟　这位大姐是……

朴南吉　这是我儿子朴仁奂没过门的媳妇。

棒槌鸟　大姐！（扑到车春淑身上哭了）

老山神　鸟儿！

车春淑　小妹妹，你为什么哭啼？

棒槌鸟　你们千山万水，从朝鲜找到这儿真不易……

车春淑　朴仁奂刚才好像就在这里？

棒槌鸟　可惜，晚了……

车淑春　什么？

老山神　脚前脚后，他们转移进了林子……

车春淑　公公，我们去追，他们走得不会太远的……

老山神　这得我摆渡的点头同意，先在交通站上候几天吧，他们还会回来的……（从石缝中抽出两支步枪）这支枪是我儿子的；这支……朝鲜姑娘，归你吧！记住，我们打猎的有一套口诀："上山指毛捎，下山指肚皮，抬手就勾火，枪打一口气！"只有心里充满了仇恨，才能百发百中，闭住这口气！姑娘，你要拿着这杆枪，瞄准敌人，射击，射击，狠狠地射击！

　　[车春淑躬身接过枪，她莫名其妙这位热情的老人：哪儿来这么大火气？

　　[棒槌鸟倚在沾满血迹的青石上抽抽噎噎地哭泣。

朴南吉　这姑娘……

老山神　他的哥哥挂彩了……

　　[山谷里又涌起朴仁奂的歌声：

　　　"阿里浪，

　　　阿里浪……"

车春淑　（望着远远的山峦）朴仁奂，我听见你的歌声了，祝你一路平安，顺利……

　　　（她又深情地和着）

　　　鸿鹄腾空奔你飞去，

　　　大雁成队向你飞行，

　　　我渴望随着你的红旗，

　　　做一名勇敢的士兵！

　　　　　　　　　　　　　　　　　　　　——幕落

第三场

　　三天之后，正是八月中秋。

　　在横虎砬子侧后的密林里。

　　月光如水，洒进藤蔓丛生的白桦林，藤蔓上挂着一串串的山葡萄。山泉像一条小龙闪着鳞光，在白桦林里潺潺地爬行……泉边，有一座用白桦树干垒成的小窝棚，椽子头上挂着山梨干、蘑菇、黑瞎子胆、灰鼠、原皮——这是猎人的小屋。透过白桦林，仰望横虎砬子雄大的山岩，确如一只伏卧的猛虎，昂首对着夜空。陡峭的山岩上发出节奏清晰"叮咚叮、叮咚叮"的响声，原来正是棒槌鸟沉默地立在悬崖顶上刻着石头。

一阵阵山风沙沙地穿过白桦林……浮云遮掩住月光，白桦林里只有耸峙的石崖留在凄凄的月光里。

棒槌鸟 （用铁锤砸着钢钎，顽强地刻着石头）

哎嘿，

哎嘿，

抡铁锤，

砸钢钎，

日夜刻着青石崖。

合 烈士的鲜血呀，

染红了青石岩。

棒槌鸟 哎嘿，

哎嘿，

石头硬，

坚意志，

蘸着眼泪磨钢钎。

合 姑娘的眼泪呀，

泅湿了青石岩。

棒槌鸟 哎嘿，

哎嘿，

凿得太阳红，

刻得月亮弯，

迸起火星飞满天。

合 革命的火花呀，

照耀着长白山。

棒槌鸟	哎嘿，
	哎嘿，
	青石岩，
	青石岩，
	刻下英名万古传。
合	丹心常照天池水，
	刻下英名万古传。

云影移过白桦林，又遮掩住横虎砬子。山岩笼罩在黑暗中，又剩下一片"叮咚叮，叮咚叮"的刻石声。

车春淑拎着一把锹，从白桦林里走来，她走到山屋门前，把锹立在门边后……

车春淑 （轻轻地唤着）棒槌鸟，棒槌鸟，坑我挖好了，四围的石头也砌好了……棒槌鸟，棒槌鸟……没人？是给他哥哥换药……还是跟着木邦运粮去了？

[她走到泉边洗把脸，用手指拢拢头发，倚着白桦树站住。

[山崖上隐隐传来刻石的声音。

车春淑 （侧耳听着）

什么声音？

什么声音？

[声音："叮咚叮，叮咚叮……"

震荡山谷，

敲打山峰，

叮咚叮咚，

日夜不停，

叮叮咚咚，

日夜不停。

[她抬头望着银亮的月光，轻轻叹口气。

车春淑 八月中秋，明月当空，朴仁奂，你在哪儿？

[山谷里隐隐约约传来朴仁奂的歌声：

"遥远的北方，

有颗闪亮的红星，

高高地悬在

长白山的山峰……"

车春淑　只要我一想起他，山谷里便传来他的歌声……

树海里挂起一盏银灯，

月光洒在白桦林中，

歌声引起了我的思念，

思念里听见了他的歌声。

[声音："叮咚叮，叮咚叮。"

那天我在山下唱歌，

听见他在山上回应，

寻着歌声我走上山顶，

队伍已走进了密密的林中。

[声音："叮咚叮，叮咚叮……"

峻岭上摞着千层峻岭，

山峰上叠着万架山峰，

英雄的猎手你在何处？

树海里隐藏着多少英雄？

[声音："叮咚叮，叮咚叮……"

啊，挂在树海里的银灯，

只有你能看见游击队的踪影。

我渴望走进战士们的行列，

为多难的祖国而斗争！

[声音："叮咚叮，叮咚叮……"

啊，是什么声音叮叮咚咚？

棒槌鸟　铁锤敲打钢钎，

叮叮咚咚……

车春淑　什么声音，日夜不停？

棒槌鸟　要把英雄的名字，

　　　　深深地刻在山峰。

　　　　[车春淑忽然抬头向横虎砬子望着，山岩上迸出一闪一闪的红星。

车春淑　是谁敲打山岩，

　　　　凿得山岩迸出火星？

棒槌鸟　革命的火花，

　　　　要照亮黑暗天空！

　　　　[声音更急剧了："叮咚叮，叮咚叮，叮咚叮，叮咚叮……"

棒槌鸟　（唱起朴仁奂教她的歌）

　　　　遥远的远方

　　　　有颗闪亮的红星，

　　　　高高地悬在

　　　　长白山的山峰……

车春淑　呀！

　　　　是棒槌鸟敲打山峰！

　　　　鸭绿江边的民谣，

　　　　她怎么会唱？

　　　　唱得和朴仁奂一样动听！

　　　　[声音："叮咚叮，叮咚叮……"

　　　　[车春淑寻着歌声向上走去。

棒槌鸟　闪闪的红光

　　　　穿透沉沉的云雾，

　　　　闪闪的红光

　　　　照进了苦难的囚笼。

　　　　阿里浪，

　　　　阿里浪……

车春淑　（远远地站在棒槌鸟的背后）棒槌鸟！

棒槌鸟　（一惊）谁？

车春淑	我，唱啊！
棒槌鸟	车大姐……（目怔口噤）你……（回身挡住青石）你，你来干什么？
车春淑	我听见你唱歌……
棒槌鸟	这有什么稀罕的，我就不兴唱歌？
车春淑	棒槌鸟，你唱的是朝鲜歌，我们家乡的歌……
棒槌鸟	这你管不着！
车春淑	谁教你的，唱得这么好？
棒槌鸟	天生就会。
车春淑	深更半夜，你凿什么呢？
棒槌鸟	（跳着脚）我乐意凿！
车春淑	棒槌鸟，姑娘家生气不好……
棒槌鸟	半夜三更你来干啥，（哭闹着）你快下山去！
车春淑	让我看看你凿什么，姐姐帮你一块凿……
棒槌鸟	别靠前！（举起铁锤，把钢钎对着自己的心窝）你再敢往前一步，我就把钢钎扎进我的心里。
车春淑	（惶惑地退后几步）棒槌鸟，你有什么事，一定要瞒着姐姐呢？
棒槌鸟	你，你是朝鲜人！
车春淑	（怔住）我是朝鲜人……难道受苦的中国人和受难的朝鲜人还能分心？（低下头，怕棒槌鸟看见她的眼泪）棒槌鸟，别生气，都怪姐姐没分寸……（掩着脸往回走）
棒槌鸟	（追过去搂住车春淑的脖子）姐姐，我不会说话，你可别伤心，别怪我……哦，我爹不是跟你说过吗，住在密林的交通站上，知道的不许说，不知道的不许问，不管谁都得尊奉这宗条律，这是革命的规矩……向回走吧，不许回头看，以后你一个人永远不能上这座山……
车春淑	嗯，我记住了，以后我一个人永远不上这座山……
棒槌鸟	姐姐，你没跟我生气吧？
车春淑	我不会……（向山下走）
棒槌鸟	姐姐，听见哥哥喊我，你就替我去看看……
车春淑	（背着身站住）我会照顾他……

棒槌鸟　姐姐，那你可一定记着：你什么都不许问他，他问你什么都不知道……

车春淑　你放心……（走下山去）

棒槌鸟　她是个多么安详、和气的朝鲜姐姐；她的心像一朵灿微微的山芍药，我怕她顶不住沟膛里一阵穿堂风，禁不住半天云掉下来一颗大雨点。不该瞒着她，又不能不瞒着她……我们山沟里的人，说不会说，劝不会劝，早晚她要知道……我们可咋办？朴大哥，你明白我们爷俩的心，我们的心像鸟窝里的草一样乱！

　　云影又把山崖遮在黑暗中，月光又洒在白桦林里。

　　一个人掀开藤蔓，从隐蔽在藤蔓背后的石洞中爬出来。他爬到白桦树下艰难地扶着树干站起来，他茁壮的身躯倚住白桦树，他睁着一对愤怒、疑问的眼睛，望着横虎碴子，月光照着他棱角突出的脸——他正是李青山。

李青山　大雁离群，落在平川；
　　　　游鱼出水，卧在沙滩。
　　　　恨只恨我粗心负伤挂彩，
　　　　金昌哲背我走下高山。
　　　　阵地上只留下我的班长，
　　　　分手后一转眼足有三天，
　　　　我黑夜想白日盼不见音信，
　　　　为什么朴仁奂还不回还？
　　　　打听谁都说是不见踪影，
　　　　总好像出意外把我隐瞒，
　　　　悔不该闪下他孤身作战，
　　　　思念他就好像火烧心肝。

　　　　朴仁奂为革命忠心赤胆，
　　　　守阵地他能折绝不能弯，
　　　　今夜晚我重来察看阵地，

就是爬我也要爬上高山。

[车春淑踏着月光，垂头踱回白桦树林中。

车春淑　　她明亮的眼睛里是她明亮的心田，

　　　　她眼里的月光含着汪汪的泪泉，

　　　　我分明看见她把眼泪咽在心里，

　　　　棒槌鸟啊……

　　　　你有多少心事偏偏要对我隐瞒？

李青山　　（发现车春淑）谁，什么人？

车春淑　　我。

李青山　　你是谁？

车春淑　　你不认识我，我认识你，你是棒槌鸟的哥哥，我给你煎过汤、送
　　　　过水，你却在洞里昏迷地睡着。

李青山　　你是刚进山的？

车春淑　　不知道的不许问。

李青山　　你是上游击队的？

车春淑　　知道的也不能说。

李青山　　对。

车春淑　　你，你怎么走出来了？棒槌鸟的哥哥……

李青山　　躺不住啊……

车春淑　　棒槌鸟的哥哥！

　　　　你安心养伤不要焦急，

　　　　千万当心保重身体！

　　　　听我劝回洞中安心休息——

　　　　山风凉你只穿一件单衣！

李青山　　在洞中，

　　　　我的心好似烟熏火燎；

　　　　走出来，

　　　　望望天看看地出口闷气。

车春淑　　如果你

221

在林中真能够舒心快意，

我就去

回洞中给你拿件棉衣！

[车春淑回身就走，李青山伸手想拦她，这姑娘已钻进藤蔓里去了。

李青山　想当初

翻大山越大岭如走平地，

哪一次

追敌人我不是电闪风驰！

[李青山艰难地迈出半步，一下摔倒了。他坚持向前爬了两步，又把住前面的树站起来，满头大汗，咬牙忍住伤口的疼痛。

飞蛾小，

它还能在林中飞来飞去，

眼巴巴，

两条腿千斤重寸步难移！

[他靠着白桦树痛苦地喘息着。

[车春淑拿着棉衣、狍皮从藤蔓里走出。

车春淑　咦，人呢？

李青山　哦……

车春淑　呀，棒槌鸟的哥哥，你怎么又走了……（赶过去给他披上棉衣，把狍皮铺在地下，然后扶住他）来，慢慢坐下！

李青山　（摇摇头）朝鲜同志……

车青淑　什么？

李青山　只因为

我负伤挂了彩身不由己，

迫不得已

辛苦你帮助我一臂之力。

车春淑　你痛苦，

只可惜不能把你顶替，

尽管说，

222

做什么我都是从心乐意。

李青山　　先给我

在树林找一根结实拐棍，

再劳你

架着我去看看山头阵地！

车春淑　　（热情地）

不知道哪座山头，

是阵地的山头？

不知道哪座阵地，

是山头的阵地？

只要你说清，

月光能照到的地方

我就能带你去！

只要你说清，

月光能照到的地方

我就能带你去！

李青山　　（急不可耐地）

快快带我走吧，

就是那座横虎硴子，

快快带我走吧，

就是那座横虎硴子！

车春淑　　（火灭烟消）

棒槌鸟的哥哥

听我劝，

回洞中安心休息，

夜里阴凉要多保重身体。

我不能带你去，

我不能带你去……

李青山　　（几乎是哀求）

朝鲜同志，朝鲜同志，

快马一鞭，说话一句，

诚实的姑娘一言出口，

这是一块金子落地！

车春淑　不必寻找结实的拐棍，

我可以背你去寻找名医，

只要能治好你的伤痛，

我可以背你千里万里；

但是，唯有横虎砬子

我不能，我不能背你上去！

李青山　（霹雳火暴地摇撼着白桦树）为什么？为什么哪……横虎砬子上没

有埋着地雷，也没有炸药！

车春淑　别着急，同志，不是我不愿意带你上去，是棒槌鸟，你妹妹不让，

不让我上去……

李青山　棒槌鸟不让，横虎砬子也不是陪送给她的嫁妆！

车春淑　她在山顶上凿着青石……

李青山　凿青石？

车春淑　你听！

　　　　[声音："叮咚，叮咚叮……"

车春淑　她一连凿了三天三夜了，她好像在刻……

李青山　刻什么？

车春淑　不知道。

李青山　棒槌鸟，棒槌鸟，你凿什么，你凿，凿得我的心崩崩直跳……同

志，你别听棒槌鸟乱叫，走，带我上去！

车春淑　不，棒槌鸟说过我一个人永远不能上这座山！

李青山　同志，带上我咱们不就是两人吗？

车春淑　她要是不乐意……

李青山　走吧，天塌了有我一手托着！

车春淑　好吧，那我就背上去……

李青山　不！

车春淑　别逞强，你这样得挪到哪年哪月呀……

李青山　量天步走得虽慢，它能一步步地量天；横虎砬子再高，只要我李青山有口气，早晚能到！

车春淑　唉……

　　　　[她拾起一根木棍给李青山，然后挽住他，像蜗牛一样一寸一寸地挪进林子。

　　　　[老山神背着夹子，夹子里是一袋粮食，从林中走出。

老山神　山沟里，

　　　　出好汉；

　　　　跑腿子，

　　　　满山窜；

　　　　蔓牵蔓，

　　　　狼虫虎豹

　　　　扯不断。

　　　　白天在木邦，

　　　　砍大树；

　　　　晚上给抗联，

　　　　办粮站。

　　　　（回头望着）

　　　　老朴哇，到家了，路远无轻载，背百十斤粮食，脚跟脚，六七十里，你还挺撑线！

　　　　[朴南吉、金昌哲背着夹子随后走来。

朴南吉　劲头是有哇，就是钻林子黑咕隆咚，分不出个东西南北，越走越发蒙……

老山神　望山跑死马，你越着急，山坡子越硬；拉黑道你心里挑一盏革命的红灯，不出声地哼个曲儿，你的眼前才越走越亮，你的腿脚才越迈越轻……

金昌哲　革命战士，吃上你们老哥俩辛辛苦苦背来的粮食，一定要坚决、勇敢地杀敌立功！

朴南吉　金昌哲，看看我这口袋上挂没挂出窟窿？

金昌哲　没有。

朴南吉　不能糟践哪，我知道藏在树林子、石头砬子底下的每一粒食粮，都是老百姓的心情……

老山神　走，赶紧"插"上！

朴南吉　（一边走，一边念诵）不知春淑挖没挖好埋粮食的坑。

　　　　[忽然林中有人学了声布谷鸟叫："咕咕……"

老山神　（回身站住）嗯？木邦上来人了，你们先走！

　　　　[朴南吉和金昌哲走去。

　　　　[老山神急忙把背夹子放下，回答了一声："咕咕……"

　　　　[一木邦工人上。

工　人　老大爷，我给你送个人来！

老山神　什么人？

工　人　哑巴。

老山神　哪儿来的哑巴？

工人头　几天前跟游击队一块上来的，好像是游击队让他在木邦上等着联系。今早让山林警队看见了，说他是游击队的探子，吊在牛圈里上大挂、拔肋条、灌洋油，逼哑巴指出木邦都谁是给游击队卧底的。

老山神　哑巴呢？

工　人　硬骨头，打得血葫芦似的，一点没尿头！

老山神　嗯……

工　人　敌人没别的招儿，决定天亮把他喂狼狗。我们一看，都是穷哥们不能见死不救，傍黑我们就把他偷带出来了！

老山神　应该把他先藏到青林子，我们先琢磨琢磨他……

工　人　打得不像人样了，又是个哑巴！

老山神　万一把密林的交通站暴露出去……

工　人　要不，我先把他送青林子？

老山神　晚了，小伙子，这事你办得可有点冒失，人呢？

226

工　人　在林子里躺着。

老山神　快把他领来！

工　人　哎！（跑下）

　　　　［金昌哲从林中回来。

金哲昌　李大爷，谁？

老山神　木邦上送来个哑巴！

金昌哲　哑巴，我认识他。

老山神　保靠吗？

金昌哲　他砸死个敌人，跑我们阵地上来的……

老山神　嗯……

　　　　［工人架着满面血迹模糊、昏沉沉地耷拉着头的哑巴上。

老山神　先给他找个地方歇歇，赶紧埋粮食，然后准备转移撵队伍，小心
　　　　敌人的狼狗跟踪闻到这儿！

金昌哲　（架住哑巴）哑巴！

哑　巴　……

　　　　［金昌哲托着他走去。

工　人　李大爷……

老山神　赶快回去！

工　人　哎。

老山神　别走原路，绕北沟膛，上了山梁把大镜面亮出来，朝天搂一梭子……

工　人　我明白了！（回身跑下）

老山神　嘴巴子没毛，办事不牢哇……

　　　　（一切布置就绪，他松了一口气）

　　　　钻林子，

　　　　小心有刺棵；

　　　　过河蹚水，

　　　　小心有漩涡。

　　　　要想放出笼中鸟，

　　　　小心长虫

227

爬上大树来掏雀窝！

[朴南吉走回来，来搬老山神的背夹子，金昌哲迎面回来接过去扛走了。

老山神　老朴兄弟，来！哥俩歇一会儿，喝口酒，烧烧肠子！（从裤腰上
　　　　解下小酒葫芦，拔开盖闻闻，双手捧给朴南吉）这是蒙江县城里
　　　　裕德隆烧锅原浆的二锅头！

朴南吉　听说中国的酒烈性啊……

老山神　捆吧，高粱那股香味冲嗓子，管保喝多少也不上头！

[朴南吉喝了一口，又双手捧给老山神，老山神对嘴儿一扬脖："咕
嘟咕嘟……"然后咂着嘴，用手背蹭着胡子。

老山神　（又双手捧给朴南吉）捆！

　　　　明月当空正中秋，

　　　　酒逢知己情意稠。

　　　　你在家乡种田地，

　　　　我放树打猎在山沟。

　　　　千里相逢来会面，

　　　　穷人就爱穷骨头！

朴南吉　（抿了一口又回敬老山神）请！

　　　　明月当空照四方，

　　　　革命不能恋家乡。

　　　　穷人只有两只手，

　　　　能干活计能扛枪。

　　　　千里相逢来会面，

　　　　天下穷人是一邦！

老山神　明月当空月月圆……

朴南吉　受苦受难几千年，

　　　　如今不再做牛马，

　　　　爬上高山干抗联！

　　　　[声音："叮咚叮，叮咚叮……"

朴南吉　什么响？

老山神　棒槌鸟砸石头……

朴南吉　干什么？

老山神　在青石上刻……（又搁一口）刻一个记号……（又递给朴）老朴兄弟，天一蒙亮，咱们就走……

朴南吉　上哪儿？

老山神　送你们去撵队伍。

朴南吉　好，到队伍上，该看见我的儿子朴仁奂了。他们小两口一见面，老哥哥，该我请你喝喜酒了！

老山神　（火气喷人地）喝！

　　　　[月光从白桦林移到山头上，

　　　　[棒槌鸟依然在岩上刻着。

　　　　[车春淑挽着李青山缓缓地挪上山头，他们远远地站在棒槌鸟背后，沉默地喘息着。

　　　　[停顿。

李青山　棒槌鸟！

棒槌鸟　（一惊）啊！大姐……哥哥！

李青山　你刻什么？

棒槌鸟　哥哥……（又回身挡住）

李青山　闪开！

棒槌鸟　哥哥……

李青山　闪开……

棒槌鸟　（掩面跪在地上）哥哥……

李青山　（向车春淑）念念，那上面写的什么？

车春淑　（念着）朴，仁……啊……（吓得她倒吸口凉气，怔住）

李青山　念！快、快往下念！

棒槌鸟　（放声痛哭）哥哥，朴大哥牺牲了……

李青山　（如山呼海啸）啊……同志们，冲啊！给我的班长报仇……（他向前奔了几步，像一垛大墙，轰然坍倒）

　　　　[车春淑木然地站着。

[停顿。

车春淑 （声音微弱得像一根游丝）他，他牺牲了……可我听见过他的歌
声啊……

[山谷里涌起朴仁奂的歌声：

"阿里浪，

阿里浪，

山高挡不住春风，

黑夜挡不住黎明，

谁能挡住我们的思念……

伽倻琴诉说着朝鲜三千万人的心情……"

——幕落

第四场

半月后。

长白山中。

五花山的季节还没有结束，长白山里过早地落了一场白茫茫的大雪。

雾雪初晴，翠蓝的天宇，披着金红色的晚霞。这里是裸露于树海之巅
的一座开阔平坦的山岗。群山、树海都伏在它的脚下。山岗上有一株粗大
苍劲的古松和几棵被雷火剥得精光的雷击木。

古松上吊着一挂秋千，雷击木的树身上用黑木炭写着几条标语，每条
标语都并排写着朝中两国文字："全世界无产者联合起来！""中朝民人并
肩作战，打倒日本帝国主义！"积雪下掩埋的几堆干柴龇楞八翘地伸着杈
子，看来抗联队伍曾在这里休息过。

车春淑荷着步枪，背着行囊；棒槌鸟腰里插颗手雷，挎着小包袱，在
前边带路。两人一前一后走上山岗。

棒槌鸟 我蹚过一道山涧，

又一道山涧。

230

车春淑　我走过一座森林，

　　　　又一座森林。

棒槌鸟　大岭横在面前哪，

　　　　我翻过大岭。

车春淑　浮云飘在山顶哪，

　　　　我穿过浮云。

棒槌鸟　我的肩膀扛着日月……

车春淑　我的枪口挑着星辰。

棒槌鸟　从天黑走到天亮……

车春淑　从黎明走到黄昏。

合　　　哪怕它千山万水，

　　　　一心追赶抗日的鹰群……

棒槌鸟　（指着山岗上的古松）大姐，你看！队伍在这儿扎过营盘。

　　　　[两人走到树下。

车春淑　（拉着秋千）这秋千一定是朝鲜女同志拴的，我们朝鲜妇女最爱荡

　　　　秋千……

棒槌鸟　雷击木上"化墨炭"写着标语，四面围着一圈火堆，队伍八成在

　　　　这儿开过会、联过欢……

车春淑　是啊，多令人羡慕……战士们唱歌、跳舞、荡秋千，将军微笑地

　　　　望着，也许他坐在这堆篝火的旁边……

　　　　（轻轻地哼着）

　　　　鸿鹄腾空奔你飞去，

　　　　大雁成队向你飞行……

　　　　可恨，敌人缠住了我们，日夜高山密林里盘旋，不知什么时候才

　　　　能甩掉这群野兽，飞到您的面前……

　　　　[山下响起一阵枪声。

棒槌鸟　听！又开打了，像山葡萄粒子一样，"秃噜、秃噜"，一枪一串儿！

车春淑　（侧耳听着）敌人还是没还手……

棒槌鸟　咱下岗，他上坡，一枪不放，就是脚跟脚盯着……

231

车春淑	真奇怪……
棒槌鸟	走了半月，他跟了七天，今儿个这场大雪一开晴，我爹急得直冒火！
车春淑	今天一天把李大爷折磨得老多了……
棒槌鸟	我爹让咱们先上来，找找附近埋着的粮食有没有……
车春淑	走……

[俩姑娘走向后山。

[金昌哲脖子上横挎两支步枪，背着李青山，汗流满面，两腿颤抖着，趔趄着一步一步向山上走来。忽然他眼一黑，两腿一软跪在地上，吐了口血。

李青山	（滚在雪里向前爬了两步）金昌哲……昌哲同志，你，你累吐血了。
金昌哲	（连连吃了几口雪）不怕，我渴，渴了……（又头顶雪地喘息着）
李青山	昌哲，昌哲，爬山、涉水、穿林子，这十多天，不分白天、黑夜，你跟朴大叔轮班背着我，你们背得我李青山的心都没地方搁了！……我早说过，你们撂下我，撂下我，凭我这杆枪把敌人堵住，你们好脱身撵队伍。可你们哪，你们就偏不……嘿！
金昌哲	（摘下脖子上的步枪，一手一支，支撑着挺起身）青山同志……
李青山	干什么？
金昌哲	慢雀先飞，咱们走！
李青山	（一把抓住自己的枪）昌哲，把枪给我，把枪给我！
金哲昌	我拿着！
李青山	不！

把枪给我，

把我留这儿！

要飞，

你们高飞；

要走，

你们快走！

只要我李青山有这口气，

只要我李青山有这杆枪，

　　　　　我就是一座火山！

　　　　　我就是一面大墙！

　　　　　就是千斤闸落下来，

　　　　　我也能用骨头架子把它支上！

　　　　　来，昌哲同志，握握手吧……（把手伸出去）

金昌哲　（低抑地）还不到时候……

李青山　要等到什么时候？

金昌哲　要等到中国土地解放的时候！同志啊！

　　　　　是你李青山受不了这点苦？

　　　　　还是我金昌哲让困难压低头？

　　　　　要飞一块飞，

　　　　　要躲一块躲！

　　　　　现在不是坚持赶队，

　　　　　就是坚决战斗！

　　　　　不是握手诀别的时候！

李青山　那你说，咱们怎么办……

金昌哲　看情况。

　　　　[山下传来一声鸟叫。

金昌哲　听！

　　　　[鸟连续叫着。

　　　　[哑巴一瘸一拐地拄着棍，耷拉着脑袋走到古松下，靠着大树的后
　　　　面坐住。

金昌哲　李大爷通知咱们原地停住！

李青山　在这儿宿营？

金昌哲　嗯。

　　　　[天色暗下来。

　　　　[朴南吉背着背夹子，拎支三八马盖子走在前面，老山神背着背夹
　　　　子，腰上别着一支长苗匣子走在最后。

金昌哲　老大爷……敌人……

233

[老山神气哼哼，一言不发，把背夹子卸下来坐下。

朴南吉　敌人在林子头上做饭……（放下背夹向山下张望着）

李青山　爹……

[老山神依然气哼哼地坐着。

[棒槌鸟、车春淑兜着一兜松子，从山后走回来。

棒槌鸟　爹……

车春淑　李大爷……

[老山神依然不吭声。

[两个姑娘悄悄地把松子倒在地上。

李青山　（按捺不住，向前爬了爬）爹，你这是跟谁憋气？

朴南吉　（制止地）青山……

老山神　（像火山爆发）我跟自己憋气！我老山神从小跑荒、穿林子，在长白山里转悠了一辈子。眼看奔七十的人了，打从给抗联跑交通起，我才觉得我这把年纪没白活，可谁曾想到在这节骨眼上翻车扣斗子！出来半拉月，顶八天头上小鬼子就像有个钩挂在我身上一样，就凭我这点神通，怎么甩也甩不下去！也算邪门，你越着急，天老爷越凑热闹，这叫什么节气，刚进九月就造一场大雪，欺山灭岭，满地白花花的，一踩多深的脚印子！走，怎么走？这阵正赶上金将军要跟杨司令接头会师，筹划打鬼子的军机大事，我们往前一动身就如同穿针引线把敌人带去！不走，不走怎么办？我们就瞪眼瞅着这些革命的青苗受揉搓？

[停顿。

[人们沉闷地哼出自己内心的誓言：

"茫茫大雪

盖住群山，

凶险的敌人

跟在身边。

我想奔你走去，

又不能走去呀！

234

为了保卫你，

我宁愿粉身碎骨——

做一棵长青树，

独立山巅……"

棒槌鸟　爹，我看让朝鲜同志先走，咱们爷仨在这儿把鬼子截住！

老山神　对，为朋友两肋插刀是中国人的老规矩！

车春淑　不，让中国同志先走，我们朝鲜人在这儿把敌人截住！

朴南吉　对，为朋友一腔热血浇地是朝鲜人的情谊！

棒槌鸟　大姐，你先走！

车春淑　不，棒槌鸟，你先走！

朴南吉　昌哲，你咋不开口？

　　　　[金昌哲冷静地思索着。

老山神　青山，你说一句！

李青山　我还是那个老主意，我和敌人骨碌了，要走，你们都走！

朴南吉　金昌哲，在这节骨眼上，你怎么还不言语？

　　　　[停顿。

金昌哲　（站起来）在这重要关头，要党做出决定！

　　　　[停顿。

老山神　我好像走黑道转身发蒙。

朴南吉　我好像在林中不辨西东。

李青山　一句话提醒我头清眼亮。

车春淑　唯有党是我们指路红灯！

棒槌鸟　快快悬起来指路红灯，

　　　　快快悬起来指路红灯！

金昌哲　在这重要的关头，

　　　　我提议，

　　　　正式党员站出来；

　　　　我提议，

　　　　正式党员举起手！

朴南吉　（依然监视敌人，站起来，举起拳头）

　　　　我站起来了，

　　　　我举起手！

李青山　（爬到金昌哲身边，扶着他站起来，举起拳头）

　　　　我站出来了，

　　　　我举起手！

　　　　我站出来了，

　　　　我举起手！

　　　　[群众响应："我站出来了，我站出来了，我举起手，我举起手！"

金昌哲　在这紧急的时刻，

　　　　我提议，

　　　　候补党员站出来；

　　　　我提议，

　　　　候补党员举起手！

老山神　（昂然站立，举起拳头）

　　　　我站出来了，

　　　　我举起手！

车春淑　（坚定地站起来，举起拳头）

　　　　我站出来了，

　　　　我举起手！

　　　　[群众响应："我站出来了，我站出来了，我举起手，我举起手……"

棒槌鸟　（也举起拳头）

　　　　我是个

　　　　革命的小姑娘，

　　　　实心实意跟着党，

　　　　大家安全开好会，

　　　　我替大叔来站岗。

金昌哲　棒槌鸟，你真是个好姑娘！

　　　　[棒槌鸟替换下朴南吉，老人拍拍姑娘的头顶，无限疼爱地叹口气。

236

李青山　金昌哲，

　　　　在咱连，

　　　　是模范党员，

　　　　我提议选举他——

　　　　掌着罗盘。

朴吉南　（举手）

　　　　我同意。

李青山　（举手）

　　　　我拥护。

金昌哲　（举手）

　　　　我没意见。

李青山　全体通过。昌哲同志，你看……

　　　　［哑巴正在树后侧耳听。

金昌哲　等等。（走到树后）哑巴！

　　　　［哑巴装睡着。

金昌哲　（推推他）哑巴，去拔几捆草，你铺上睡……

　　　　［哑巴咿咿呀呀地摇着手。

李青山　（火气喷人）哑巴！你这叫诚心泡！躺大雪窠子里你能睡得着？我
　　　　就看不上这样的，窝窝囊囊、死秧败气的，冻挺了，明儿个你还
　　　　走道不走道？啊！

　　　　［哑巴眨巴眨巴眼睛，不得不乖乖地走了。

金昌哲　（声音低抑地）开会！

　　　　［人们肃穆、屏息地听着。

金昌哲　原来我也想和青山同志留下掩护，让大家拉直线撵队伍……可方
　　　　才我仔细一琢磨：敌人不在少数，光随在我们身后的就有一个团
　　　　的兵力，就凭我们三两杆枪顶个一时半晌的，谁敢保险能挡住敌
　　　　人的去路？眼下，不必争论是中国同志掩护朝鲜同志，还是朝鲜
　　　　同志掩护中国同志；而是我们无产阶级战士如何掩护金将军和杨
　　　　司令接头、会师！越是在这重要关头，我们越应该沉着、冷静。

同志们，眼下，我们肩上的担子太重了！

老山神　看目前这步光景，万全之计，只有我们男女老少，像根钉子钉在这儿，跟敌人对命！

李青山　有子弹我们就打敌人的活靶！

车春淑　弹尽粮绝我们就一齐勇敢地冲锋！

李青山　让敌人闻风丧胆！

车春淑　让鬼子想起抗联的战士就肉跳心惊！

朴南吉　要流血就一起流血！

老山神　要牺牲就一块牺牲！

金昌哲　同志们——

为什么先想到流血？

为什么只想到牺牲？

难道我们只有这一条绝路？

为什么不主动地去战胜敌人？

为什么不争取活着为人民立功？

老山神　对！

朴南吉　有道理！

老山神　昌哲哪，是我心火太旺，迷住心窍了，你这一指引，可给我心里打开一扇门！头几天一心朴实撑队伍，越急越甩不开敌人……眼下，敌人既然一贴老膏药，给咱们贴上了，索性咱们给他来个大翻身，引他进深山老林，领他越绕越远，迷魂阵叫他越陷越深！

人　们　对！

金昌哲　这叫争取主动，指挥敌人。

车春淑　过去只是为了追赶队伍，现在为了给金将军和杨司令取接头、会师的时辰！

林南吉　过去想甩掉鬼子甩不下去，现在就怕它不跟着我们。

老山神　什么时候走得山穷水尽，我们再和敌人硬拼！

李青山　不！依我看，我们的路越走越宽，越想我越有信心！依我看，要走我们还不能都走，我建议留下我爹——善于爬山越岭的山神，让老人家就在这棵青松树上隐蔽，等到敌人随我们去远，再赶快拉直线找队伍，去通风报信，让我们的队伍迂回、包围。全部消灭，不放走一个敌人！

人　们　好哇！

金吕哲　越说越带劲！

老山神　你们把敌人吸引到什么地点？

李青山　横虎砬子！我们要用杀敌的胜利祭奠烈士朴仁奂的英魂！

老山神　要有足够的时间……

李青山　我们要挨过长白山的冬天，让老北风、大烟泡拖得鬼子人困马乏、筋疲力尽！

金昌哲　映山红在雪地上开花的时刻，就是埋葬敌人的时辰！

老山神　（抚摸着车春淑的头发）孩子，你可要跟着吃苦了……

车春淑　李大爷，

　　　　你是长白山顶上一棵不老松；

　　　　侄女我，

　　　　愿做一株不畏寒冬的映山红。

　　　　李大爷，

　　　　望你老宽心追赶队伍莫牵挂；

　　　　侄女我，

　　　　等你搬来英勇杀敌的百万兵！

老山神　好姑娘，大爷一定搬来英勇杀敌的雄兵百万。

金昌哲　还有什么说的没有？

人　们　没了。

金昌哲　好，就这么定了。

老山神　为了庆贺咱们这个会开得有名堂，我出个招，咱们把火笼起来，照得亮亮堂堂的，咱们也联个欢热闹热闹，向敌人抖抖威风，让鬼子瞧瞧，咱们这老老少少不是霜打的草，是开刃的钢刀！

金昌哲　对，把火笼起来。

车春淑　让火苗子蹿得高高的。

[车春淑、金昌哲燃起松明，点起一堆堆篝火。李青山一手拖着枪爬到棒槌鸟身旁。

棒槌鸟 哥哥……

李青山 我上前边监视着，棒槌鸟，你也该扎挣开翅膀叫一叫！

[老山神又解下酒葫芦，兴奋地喝了一口，递给朴南吉。

老山神 （捋着银白的胡须，眉开眼笑地）

嘿……

靰鞡后跟两个钉，

大耳朵上边穿麻绳，

脚底絮好靰鞡草，

走路好像箭熟弓。

……

捎呀么捎上一对老山参，

捎呀么捎上一对好鹿茸，

跨过山海关，

离开关东城，

一心直奔延安府哎，

探望咱们的领袖毛泽东！

……

毛泽东、毛泽东，

他是人民的大救星，

从关里到关东，

五湖四海哪个不闻名？

他给黎民指着路，

发声号令人人听；

他坐镇陕北延安府，

我在长白山里跑交通；

他领导中国来抗战，

好像红日正当空。

哪天能见他的面，

送上人参和鹿茸；

我砍的鹿茸能延寿，

我挖的人参能长生。

早晚必过山海关，

探望黎民的救星；

早晚必进延安府，

探望咱领袖毛泽东！

人　们　好！

朴南吉　（喝口酒，两手一拍，手舞足蹈地唱起）

哎嘿伊耶……

[车春淑、金昌哲愉快地和着，棒槌鸟也手舞足蹈地跟着唱起来。

遥远的北方，

有颗闪亮的红星，

高高地悬在

长白山的山峰。

闪闪的红光

穿透沉沉的云雾，

闪闪的红光

照进了苦难的囚笼！

[哑巴抱着一抱蒿草走回来，阴鸷地望着。

车春淑　（拉住棒槌鸟）来，姐俩荡起秋千，在敌人的头顶上飞一阵，刮阵
风，打阵闪，好不好？

棒槌鸟　好！

金昌哲　乾达，飞吧……

[两个姑娘飞身跳上秋千。

[哑巴急忙扔下蒿草，赶过去拉住秋千，他咿咿呀呀地比划着，意
思是，山下敌人会开枪，不要荡，不要荡！

棒槌鸟　哑巴，我们不像你那样胆小！

老山神　悠起来，就偏看看鬼子敢不敢动我们一根汗毛！

　　　　[金昌哲拉开哑巴，把秋千送得高高的。

　　　　[两个姑娘悠然自得地荡着。

　　　　[哑巴吓得目瞪口呆，惊惧地蹲在火边望着。

车春淑　荡啊——

棒槌鸟　荡啊！

车春淑　荡啊——

棒槌鸟　荡啊！

车春淑　荡秋千——

棒槌鸟　荡秋千！

车春淑　绳儿悠成月牙弯——

棒槌鸟　一荡荡过青松山，

　　　　再荡荡过万重山。

车春淑　荡啊——

棒槌鸟　荡啊！

车春淑　荡秋千——

棒槌鸟　荡秋千！

　　　　[山下一排机枪子弹从树梢上扫过。

老山神　呵！头一回，开壳了！

　　　　[哑巴惊慌失措地摇手要她们停住。

　　　　[两个姑娘反而更加起劲地荡着。

车春淑　真金不怕火来炼。

棒槌鸟　浪推山岩山不倒。

车春淑　雪盖青松松不弯。

　　　　荡啊——

棒槌鸟　荡啊！

车春淑　荡秋千——

棒槌鸟　荡秋千！

车春淑　自由飞去又飞还。

棒槌鸟　刮起阵阵老北风——

车春淑　压得敌人透骨寒。

车春淑　荡啊——

棒槌鸟　荡啊！

车春淑　荡秋千——

棒槌鸟　荡秋千！

车春淑　一盏红灯心中悬。

棒槌鸟　单等开了映山红——

车春淑　胜利红花戴胸前。

合　　　单等开了映山红，

　　　　胜利红花戴胸前……

　　　　[姐俩坐在踏板上任其自然地悠着。

　　　　[老山神和朴南吉一人一口，坐在篝火旁喝得有八分醉意了。

　　　　[李青山拖着枪爬回来。

李青山　报告你们个情况，敌人在山下打了一梭子机枪，撤退了！

人　们　（大失所望）撤退了？

李青山　在山底下还留下两匹马！

老山神　还留下两匹马……

　　　　[哑巴跪在火边欢天喜地地作揖。

金昌哲　哑巴，你睡觉！

　　　　[哑巴眉开眼笑地在篝火边卧下。

朴南吉　真让我们这俩姑娘给镇住了？

老山神　我估摸敌人看见我们一闹哄，又知道我们伤的伤、病的病，要在
　　　　这儿硬碰，他们先往后撤撤，把弦松松，然后再拉弓！

金昌哲　对，敌人就怕我们不走……

朴南吉　还怕我们走得慢，才孝敬我们两匹马，让咱们快点赶路……

金昌哲　我看敌人系的不是一个扣……

老山神　他们还有什么鬼道道？

　　　　[哑巴一怔。

金昌哲　（看在眼里）不管他，天亮再说，咱们先睡个好觉！

李青山　那两匹马……

金昌哲　归我管了。

老山神　（烦躁地）撤退了……

　　　　[两个老人背靠背，交颈枕着肩头，互相倚偎着。

　　　　[金昌哲在篝火旁铺了一把草，安置李青山卧好，然后脱下自己的
　　　　棉衣给他盖上。

李青山　你……

金昌哲　睡你的，我去牵马！（走下）

　　　　[棒槌鸟从包里掏出一双桦皮鞋，递给车春淑一只。

棒槌鸟　姐姐，你的鞋插坏了，昨晚在林子里，我剥了张桦树皮，拨野麻
　　　　捻的绳子给你做的！

　　　　[车春淑接过桦皮鞋，疼爱地亲着棒槌鸟。

　　　　白桦树，

　　　　不打弯，

　　　　她是青松的好伙伴；

　　　　顶风冒雨，

　　　　往上长，

　　　　树梢穿过山顶尖。

　　　　桦树皮，

　　　　二分三，

　　　　我给春淑姐姐做鞋穿。

　　　　茨藜冰雪，

　　　　都不怕，

　　　　穿上禁磨耐风寒。

车春淑　（穿上一只）正可脚！（又接过一只）

　　　　桦树鞋，

　　　　野麻杆，

　　　　妹妹做鞋给姐姐穿，

244

情深深过天池水，

意重重过长白山。

（又穿上另一只）

桦皮鞋，

暖又密，

革命的情意记心间。

妹妹你先合上眼，

我给妹妹补衣衫。

[棒槌鸟伏在车春淑的怀里，车春淑从衣襟上摘下针线缝着棒槌鸟
挂破的红袄。

老山神　（忧心如焚）唉……

朴南吉　（同样忧虑）喷……

车春淑　棒槌鸟，你耳朵眼儿上为什么穿两个红绳？

棒槌鸟　买不起耳钳子，这对红绳子还是朴仁奂大哥给我捻的呢！

[车春淑停住针，怔怔地望着篝火出神……

[山谷里又飘来朴仁奂的歌声：

"阿里浪，

阿里浪，

鸿鹄腾空奔你飞去，

大雁成队向你飞行，

我渴望随着你的红旗，

做一名勇敢的士兵……"

棒槌鸟　（突然学了一声鸟叫）王、乾、哥……

车春淑　叫什么？

棒槌鸟　想队伍，睡不着。

车春淑　你真是一只棒槌鸟。

棒槌鸟　林子里的棒槌鸟，会找人参。它冲哪方叫"王、乾、哥"，四品叶
的人参准在那地方露苗！

车春淑　想队伍，你叫也白叫……

棒槌鸟　　　要不是鬼子跟着，我一个人也能把队伍找着。我啥都会看，我啥
　　　　　　都知道，棒槌鸟是队伍给我送的外号！

　　　　　　[哑巴微微欠身，侧耳听着。

车春淑　　　我知道。

　　　　　　[棒槌鸟翻身起来与车春淑背靠背，交颈倚着，又含糊地叫了声：
　　　　　　"王、乾、哥……"两个姑娘便疲倦地睡着了。

　　　　　　[哑巴忽地跪起来，眼里流着仇恨的火，焦躁地搓着手。

　　　　　　[金昌哲悄悄回来，隐在树后望着他。

　　　　　　[哑巴咬牙切齿地点点头，从脖子上解下手巾，慢慢地勒住嘴，又
　　　　　　倒地睡了。

　　　　　　[金昌哲悄悄走近哑巴听了听，哑巴鼾声如雷；他又悄悄离开，走
　　　　　　到老山神身边，轻轻地拍着老人肩头。

老山神　　　（睁开眼睛）嗯？

　　　　　　[金昌哲摇摇头，示意老人不要出声，然后指指自己的嘴，让老人
　　　　　　注意哑巴嘴上的毛巾……

老山神　　　（悄声地）怕冷，他把嘴捂上了！朴南吉鼻子最怕冻……

　　　　　　[老人不解地摇摇头。

金昌哲　　　他怕说梦话。

老山神　　　（一惊）怎么？他不是哑巴？

　　　　　　[哑巴侧耳听着。

金昌哲　　　悄声，怪我粗心大意中了敌人的苦肉计，当初朴仁奂就不让带着
　　　　　　他……这两天他一路上老落后边，折蒿子杆，折树枝子，我才起
　　　　　　了怀疑……

老山神　　　（紧张地）这是给敌人留的标记！

金昌哲　　　这阵我全明白了，我们身上挂着这把钩子，你老有天大的本事，
　　　　　　也使不出去……

老山神　　　（霍地立起，霹雳闪电地）我先崩了他！

　　　　　　[老人刚甩掉棉衣，还没亮出家什，哑巴早已跳起来，三步两步跑
　　　　　　进黑影里去了。

246

[人们从梦中惊醒，只有棒槌鸟还香甜地睡着。

人　们　怎么？出了什么事？

金昌哲　大爷……唉！都怨我，我不该告诉你！……我们要把敌人引进迷魂阵，就得利用我们身边这把钩子，反过来钩住敌人！哑巴一跑，我们计划就全落空了！

老山神　我真老糊涂了！昌哲，你放心，今儿个要跑得了他，我就不叫老山神！昌哲、青山，你们哥俩骑上马奔山下堵住沟膛，让他回不了老营！（向朴南吉、车春淑）咱们就码着他雪里踩的溜子搜他！

人　们　快，走！

[金昌哲背起李青山去骑马。

[车春淑早像鸟一样飞了。

[朴南吉从树后岔下去。

老山神　（推起棒槌鸟）鸟儿，快醒醒，守住山头，哑巴跑了！（说罢，返身追下）

棒槌鸟　嗯……（睡意蒙眬地揉着眼睛）什么？谁……谁跑了……

[哑巴绕了个弯，又从黑影里悄悄回来，他望着棒槌鸟阴森地一笑，几步抢到棒槌鸟的背后。

哑　巴　棒槌鸟，你们的会是怎么开的？是不是要一块把尸首撂这儿，都不走了？

棒槌鸟　谁？

哑　巴　我。

棒槌鸟　啊！哑巴，你会说话？……你是个鬼子！

哑　巴　走，跟着去，给我们带路；跟着我，做我消灾祛难的护身符！

棒槌鸟　呸！（高高地叫了声）王、乾、哥……

[哑巴一拳把棒槌鸟打昏在地，扛起来就走。

哑　巴　（忽然停住）别慌，老山神这个穿山甲会跟着脚印追我，我得先踏着他们的脚印，把他们绕迷糊了！

[哑巴顺着朴南吉的脚印走去。

[车春淑码着敌人的脚印跟踪回来。

车春淑　棒槌鸟，你看见哑巴回来了吗？咦！棒槌鸟，棒槌鸟，棒槌鸟
　　　　呢……（大声呼唤）棒槌鸟……我的棒槌鸟！

　　　　[远远地微弱地回了声："王、乾、哥……"

车春淑　棒槌鸟……你在哪儿……

　　　　[车春淑抬手向天空打了一枪。

　　　　[山谷轰鸣。

　　　　[她慌不择路地追去。

——幕落

第五场

半小时后。

漆黑的黑松林，苍松蔽天，没有月光，没有星星，只有地面上白的雪，衬托出一幢幢树干的黑影，一棵枯朽粗大的红松，像一个腰围臃肿的巨人立在当中。

朴南吉端着枪，一边走，一边俯身侧耳听着。走到老树下，他靠着树身隐住，仔细地向四外观察着。

朴南吉　黑树林，

　　　　黑洞洞，

　　　　没有月，

　　　　没有星。

　　　　睁眼看，

　　　　看不清，

　　　　侧耳听，

　　　　没有声。

　　　　心如火，

　　　　气填胸，

　　　　不知敌人

奔的哪条路，

不知敌人

靠着哪棵松！

只有敌人

落在我的手，

才能成事

消灭鬼子兵！

万一敌人

回营漏了网，

满盘胜利

就都落了空……

[车春淑喊着棒槌鸟。

朴南吉　这姑娘，你喊啥？

[他拐弯向东去了，在雪地上留下一串足迹。

[车春淑的声音："你在哪儿……"

[哑巴扛着棒槌鸟，踏着朴南吉的脚印，一瘸一拐地走着。棒槌鸟已被倒剪双臂，捆住手脚，嘴上塞着手巾；原来腰里别的手雷，早已插在哑巴的腰里。哑巴累得狼狈不堪，走到老树下把棒槌鸟放下喘息。

哑　巴　（向棒槌鸟敬了个十五度日本武士道式的鞠躬）对不起，中国姑娘！你要能归顺我们，我们日本军人会给你金子，会给你名誉……嗯？马上答复我！

[哑巴解开棒槌鸟的手巾，躬身无限歉意地等待答复……

[棒槌鸟愤愤地喘了几口气，忽然又响亮地叫了声："王、乾、哥……"

[车春淑的声音："棒槌鸟，你在哪儿……"

[哑巴急忙勒住棒槌鸟的嘴，把她拖到树后。

[车春淑持着枪，睁大一对惶惑的眼睛，从西北方向跑上来，距离老树十几步远站住。

车春淑　（侧耳听着）我听见棒槌鸟好像就在这附近叫……棒槌鸟……你再叫一声……

[没有回应。

车春淑　棒槌鸟……你再叫一声……

[没有回应。

车春淑　你再叫一声……

千声呼，

万声唤，

喊破喉咙

你也没有回应。

棒槌鸟，

你再叫一声；

棒槌鸟，

你再叫一声！

在漆黑的

黑松林，

我看不见

你的踪影。

你好像

一颗珍珠

沉没海中，

你好像

一颗流星

划没天空……

棒槌鸟，

你再叫一声，

棒槌鸟，

你再叫一声！

有了你，

我心上绽开一朵鲜花；

失掉你，

我心上压着一块寒冰。

棒槌鸟，

你再叫一声！

千声呼，

万声唤，

喊破喉咙

你也没有回应！

让我变成一团烈火吧，

照明黑夜点一盏天灯！

让我变成一把神斧吧，

挥舞起来砍倒满山青松！

我要砍倒

砍倒满山青松！

棒槌鸟，

你再叫一声……

棒槌鸟，

你再叫一声……

你再叫一声……

［哑巴在树后盯着车春淑。

［车春淑焦急地扭回身向西南岔下去了。

［哑巴轻松地出口气。

哑　巴　我是踩着哪条脚印走呢？从这儿奔朝鲜姑娘的脚印，得踩出十几个新脚印，留下一点蛛丝马迹，也瞒不了老山神的眼力。不行，还是顺着朝鲜老头这条线，然后再岔下去，出林子……（转到树后，刚要扛起棒槌鸟）

［老山神踏着朴南吉的脚印追来，吓得哑巴又慌忙躲在树后隐蔽。

老山神　这贼种，

活脱的

一条狐狸！

在山顶

转个圈，

想把人迷；

架走了

棒槌鸟，

痴心妄想

紧跟着

朴南吉，

不留足迹。

要逃生，

除非你

上天入地，

你怎能

瞒得了

咱的眼力！

[老山神顺着枯树下朴南吉的足迹刚要拐弯，蹲下看看雪地，忽然停住。

老山神 后面的脚印重，前面的脚印轻，这个贼种准在这树后藏着没走……
（回身捏着长苗匣子，对着大树站住）别慌，狗急跳墙，别一交手，
伤了我姑娘！

[老山神若无其事地又沿着朴南吉的足迹走去。

[哑巴正从树后探身张望老山神，不防车春淑又从侧后绕回来。姑
娘发现枯树旁有人活动，急忙向后退了几步，隐蔽在附近的树后。

车春淑 呀！敌人在这儿……棒槌鸟？！

哑 巴 这老头子厉害，为什么他在大树底下站半天不走？别上了他的当，
我得盯两步，看看他是不是真走了……

[哑巴胆战心惊地向前走走停停，停停走走。

[车春淑趁机悄悄地把棒槌鸟背走了。

哑 巴 （一怔，停住）天哪，他真回来了……（惊慌失措地又跑回树后，
再找棒槌鸟已经踪迹全无）哎呀……（在树后走投无路地转着，

252

搓着手)

[老山神与朴南吉一块返回来。

[哑巴手提着手雷紧张地盯着。

朴南吉　在哪儿？

老山神　就那棵大树后，你在这儿敲山震虎，我绕过去兜他！

朴南吉　可是要活的……

老山神　瞧好吧，我这柱子有眼睛，柱杆直溜！

[老山神刚要举步，哑巴忽地跳出来，拉开手雷。

哑　巴　（拼命地嚎着）老山神……我砸碎你的骨头！（他甩手把手雷向老山神投去）

朴南吉　老哥哥，趴下！（他三步两步奔手雷跑去）

老山神　老朴兄弟，别动！

[朴南吉把手雷抓到手，刚举起来要向回甩，还没出手，只听"轰"的一声，一片火光，手雷在他手中爆炸了。

老山神　（痛心地喊着）老朴！

[哑巴才要转身逃跑，不防两个姑娘飞快地扯着绳子冲出来，把他绊倒在地上。

老山神　（呼天抢地地）老朴兄弟，是你伤了自己，护住我这条老命……我能把长白山扛在肩上，可你这番情谊，我担，我担也担不动呵！

朴南吉　你要去搬兵，担子比我重！

[两个姑娘捆住敌人后扑过来。

棒槌鸟　大叔，大叔……

车春淑　公公，公公……

朴南吉　我豁上一只手，能召唤来千万个抗联的英雄……孩子们别难过，得为我高兴，为咱们的革命事业高兴！来！老哥哥，哥俩道个别吧，我要在满山遍野开满映山红的时候，等你胜利重逢！

老山神　不，我要提议改变这个决定，两个重伤，一个有病，和两个姑娘怎么带走这个凶手？一路上怎么能熬得过长白山里的暴雪，一路上怎么能熬得过长白山里的狂风？

朴南吉　不，不能改变这个决定！

车春淑　千斤重担。

棒槌鸟　由我们承担！

老山神　（解下酒葫芦递给棒槌鸟）拎着，给你大叔拎着！

朴南吉　老哥哥，后会有期……

　　　　[老山神老泪横流，紧紧地拥抱住朴南吉。

　　　　　　　　　　　　　　　　　　　　　　　　——幕落

第六场

　　北风咆哮，怒号。

　　天地之间灰蒙蒙、雾沉沉的，翻腾、游曳着滚滚的雪潮。风雪中，隐隐有两匹疲惫、饥寒的马儿，"咴儿咴儿"地长嘶着。

　　　　[歌声：

　　　　"北风呀

　　　　北风，

　　　　高山上的老北风知道

　　　　战士们的英勇；

　　　　飞雪啊

　　　　飞雪，

　　　　深谷里的飞雪知道

　　　　战士们的坚定！

　　　　他们的脚步，

　　　　冲开多少阵暴雪；

　　　　他们的胸膛，

　　　　顶退多少阵狂风！

　　　　睁开冻结冰珠的睫眉，

　　　　他们展望绵绵的山岭；

　　　　敲碎粘在足下的钉脚，

他们踏上无尽的路程！

一道长长的脚印，

盘旋过万架山峰！"

歌声过后，红旗招展，有成千上万的战士，披着白色的斗篷，影影绰绰在风雪中疾驰而过。

风雪消逝了，化为隆隆炮声，硝烟烈火弥漫在夜空。

一块高大的青石，正迎面立着，上边刻着"朴仁奂"三个大字，闪烁在硝烟烈火中。

人们终于把敌人吸引到横虎碴子。

金昌哲、朴南吉正斜倚着青石监视敌人，哑巴倒剪二臂在悬崖边上跑着。

车春淑、棒槌鸟手里持着枪；李青山一手架着拐，一手拎着枪，腰里插着一颗手雷，远远地站在哑巴的背后。

车春淑

金昌哲　大风里，盘过千道岭。

朴南吉

棒槌鸟

李青山　大雪里，绕过万重山。

合　　　一盏红灯领着路，

　　　　胜利重登青石崖；

　　　　一盏红灯领着路，

　　　　胜利重登青石崖！

李青山　（震怒地）打！

[车春淑随手一枪，哑巴嚎叫着滚下悬崖。

[激战正在附近进行，机关枪像刮风似的响着。

车春淑　引敌人

　　　　钻进了

　　　　天罗地网——

朴南吉　咱部队

　　　　包围在

　　　　四面八方。

金昌哲　青石岩

　　　　好像是

　　　　一把利剑——

李青山　雪亮地

　　　　扎在了

　　　　敌人胸膛！

金昌哲　狗强盗

　　　　他还要

　　　　痴心妄想——

车春淑　左三番，

　　　　右五次，

　　　　冲上山岗。

棒槌鸟　全靠咱

　　　　两哥哥，

　　　　身经百战——

朴南吉　也多亏

　　　　两姑娘，

　　　　果敢无双！

　　　　[一发炮弹在砬子顶上爆炸了。

车春淑　强盗们

　　　　吓破胆，

　　　　东奔西闯——

朴南吉　临咽气

　　　　不死心，

　　　　还要猖狂。

金昌哲　小鬼子

全部消灭后——

棒槌鸟　化成灰，

　　　　他也难

　　　　再回东洋！

　　　　[又一发炮弹爆炸。

金昌哲　当心，敌人临死前要报复我们！

李青山　打猎的不听狼叫唤，它是秋后的蚂蚱，没啥蹦跶头了！

　　　　哎嘿……

　　　　就要来临了，

　　　　我与战友重逢

　　　　拥抱的时光！

朴南吉　吃草根，

　　　　啃树皮，

　　　　把这时光来争取！

棒槌鸟　哎嘿，

　　　　就要来临了，

　　　　我与爹爹重逢

　　　　会面的时光！

金昌哲　盖着天，

　　　　铺着地，

　　　　把这时光来争取！

　　　　[又一发炮弹闪光。

车春淑　（风快、兴奋地舞着）

　　　　阿里浪，

　　　　阿里浪，

　　　　我心里充满了

　　　　胜利的希望！

　　　　我心里充满了

　　　　胜利的阳光！

我要飞呀，

阿里浪，

飞到将军的马前，

把朝鲜的歌儿

纵情地向他歌唱！

呵！

胜利在望，

心花怒放！

呵！

胜利在望，

心花怒放！

呵！

我的心呀，

我心花怒放！

[重机枪疯狂地叫着。

金昌哲　（一怔）青山！大叔！

李青山　怎么了？

金昌哲　（紧张地）你看！对面石砬子上有敌人两挺重机枪，居高临下，地形又隐蔽，小鬼子拼命地死守，部队冲了几次，伤亡很大，冲不上去！这时间要一拖延，敌人增援部队一打接应，不仅不能全部歼灭敌人，反过来对我们非常不利！

朴南吉
李青山　昌哲，你说怎么办？

金昌哲　（一把从青山腰里拔下手雷）我要用这最后一颗手雷消灭他们机枪阵地！

李青山　（抓住金昌哲的腕子往回夺）不，昌哲，让我去！

金昌哲　大叔，你评评理，我们两人究竟是谁去托底？

朴南吉　青山，撒手，让昌哲去！

李青山　我担心，山根底下那道封锁线你过不去！

金昌哲　我两条腿的过不去，你一条腿的残废就过得去？

[青山撒开手雷，紧紧地拥抱住昌哲。

李青山　昌哲……

朴南吉　昌哲，朝鲜人的儿子，你这可是立木支千斤哪！

金昌哲　听我的好消息！

车春淑　（过去握住金昌哲的手）昌哲，没有弹药了……

金昌哲　拿石头也要守住我们的阵地！

车春淑　放心吧……我祝你顺利！

棒槌鸟　（拉住昌哲）昌哲大哥……

金昌哲　棒槌鸟，再叫一声，给哥哥听听！

棒槌鸟　（噙着眼泪）王，乾，哥……

金昌哲　你爬砬子上看着，你看我消灭敌人的机枪阵地，再响亮地叫一声，
　　　　庆贺我们的胜利！

棒槌鸟　嗯！

金昌哲　大叔，我走了。

朴南吉　当心地雷。

金昌哲　知道。

[金昌哲抽身，急急奔下山去。

[棒槌鸟、车春淑、朴南吉隐蔽在石崖上向下望着。

[李青山拄着单拐，像一只困在笼中的猛虎，焦急地走来走去。

李青山　一个人，一颗手雷，这要万一……走到哪儿了？

棒槌鸟　快到封锁线了……

李青山　（忧心如焚）唉，我怎么让他去，我怎么让他去……我去有多好，
　　　　何苦让我的心这么"提溜"着……过、过、过没过去？

[突然敌人的机枪又疯狂地叫起。

车春淑　青山！

李青山　什么？

棒槌鸟　敌人的机枪把金大哥封住了，过不去！

李青山　（扑到青石上）射击，吸引过来敌人的火力！

[四个人一齐开枪，但是拉开枪栓的时候，子弹已经没了。

棒槌鸟　哥哥……

车春淑　青山，没有子弹了……

　　　　[停顿。

朴南吉　（把酒葫芦解下来，贴在嘴唇上来了一口）鸟儿，一路上我没舍得
　　　　喝，心思留老哥俩见面时痛快抿两口……（递给棒槌鸟）跟你爹
　　　　说，我不打算陪他了，留他一个人高高兴兴地庆贺吧……孩子们，
　　　　不要为难，昌哲过不去，还有我这朝鲜老骨头呢！（说罢，飞身
　　　　向山下扑去）

人　们　大叔！

　　　　[停顿。

　　　　[李青山沉默着把枪放下，架起拐向后退去，忽然，他像好人一样，
　　　　连蹿带跳了几步，飞身一跃，跳上了青石。他像一座大山，在青
　　　　石上昂然挺立着。他高举手臂，愤怒地咆哮着。

李青山　来吧，日本鬼子！你们要服从，服从我的命令，向我，向我射击，
　　　　向我射击！

　　　　[一排子弹从他身边飞过。

车春淑　（泣泪横流）青山，青山！

棒槌鸟　哥哥，哥哥！

李青山　向我射击，向我射击！

　　　　[一排子弹穿过他的胸膛，他依然兀立着、呼啸着。

李青山　向我……

　　　　[忽然传来一声手雷爆裂的声音。

棒槌鸟　（响亮地叫了声）王、乾、哥……

李青山　好哇，好！

　　　　[他像一垛大墙从青石上坍倒下去，车春淑急忙抱住他。

　　　　[烟消、火灭，山谷顿时沉静了。黎明前的黑夜，夜色更浓了，什
　　　　么也看不见，乌暗的空中只有满天星星。

　　　　[歌声：

"啊，长白山，

歌唱吧，

当革命的火种烧尽黑夜，

迎接来光辉灿烂的黎明。

长白山，

你不要忘记，

是谁高举火把，

战斗在黑暗当中。

啊，长白山，

歌唱吧，

让英雄们

得到无限的敬爱，

让烈士们

得到不朽的英名……"

黑夜过去了。

东方升起美丽的云霞。

白茫茫的雪地上绽开满山遍野的映山红，美丽的红花与千山万壑层叠的红旗辉映，一片火红。

车春淑穿一身洁白的长裙。棒槌鸟穿一件葱芯绿小袄，朴南吉手里拎着酒葫芦立在花丛中向远处眺望。

山林里涌起朴仁央、李青山响亮的歌声。

朴仁央　嘿伊哪，

　　　　映山红开了！

李青山　映山红开了！

合　　　映山红开花，

　　　　漫山一片红！

　　　　[歌声中老山神飞快地跑上山来。朴南吉扑过去，两位老人紧紧拥

261

抱在一起，互相拍打着脊背纵情大笑。

[车春淑、棒槌鸟一人扯老人一只袖子，转着圈子端详着……

[朴南吉打开酒葫芦塞子，双手捧给他。

车春淑　映山红啊

　　　　映山红，

　　　　你勇敢地

　　　　召唤春天不畏寒冬！

[老山神兴奋地搁一口，又双手捧敬朴南吉。

[棒槌鸟折一枝红花戴在车春淑的襟上。

棒槌鸟
老山神　（齐唱）

　　　　映山红啊

　　　　映山红，

　　　　朝鲜人的鲜血

　　　　浇灌了你呀，

　　　　映山红！

车春淑
朴吉南　（齐唱）

　　　　映山红啊

　　　　映山红，

　　　　中国人的鲜血

　　　　浇灌了你呀，

　　　　映山红！

　　　　映山红啊

　　　　映山红，

　　　　你是青春的生命，

　　　　你是友谊的象征，

　　　　你是胜利的火焰，

　　　　你是黎明的哨兵！

　　　　映山红啊

映山红，

中朝人民的鲜血

浇灌了映山红。

映山红啊

映山红，

你是热血染红的鲜花，

你是战斗友谊的结晶；

灿烂的红花儿红似火，

胜利的花开呀似火红！

[金昌哲兴高采烈、嘘嘘带喘地跑上山来。

金昌哲　同志们，看！对面山头上是什么人在那儿站着……

[人们惊喜地抬头望着。

车春淑　那骑着雪白的白马的？

老山神　是你日夜想念的金将军！

棒槌鸟　跟在将军身后那骑着红马的？

金昌哲　是杨司令。

老山神　两位将军在长白山顶上会师接头之后，这才分兵两路，伸出两个

　　　　拳头把敌人圈住！

车春淑　（含着欢喜的眼泪）

　　　　哎嘿伊耶……

　　　　我们的将军，

　　　　朝鲜的光荣！

　　　　[朴南吉、金昌哲手舞足蹈地和着。

　　　　你骑着衔风的宝马，

　　　　你率领无敌的群鹰。

　　　　有了你，

　　　　我们朝鲜一定要独立！

　　　　有了你，

　　　　我们朝鲜一定要复兴！

[人们边唱边向前走去。

老山神　（拉住车春淑）你看，将军骑马向你这儿来了……

棒槌鸟　将军正向你招手，让你站住，他亲自来看咱们！

[从人们喜悦的目光里清楚地看见将军渐渐走近了……

[车春淑正正衣襟，深深地鞠躬……

棒槌鸟　（快乐地叫了声）王、乾、哥……

[歌声：

"白头山披着千年的白发，

头顶啊，头顶万里晴空，

两位将军在白头山上会晤，

千山万壑响起胜利的歌声。

鸭绿江见证我们战斗的友谊，

长白山顶着鲜血结成的花环。

我们的刺刀戳穿过日本强盗，

我们要在人间建设理想的乐园……

面对人类的敌人，

我们永远并肩坚定地战斗！

面对人类的敌人，

我们的枪口永远一致朝前！

呵！

滔滔的鸭绿江，

巍巍的长白山，

映山红遍地绽开，

中朝人民的友谊

千年，万年……"

1964 年 2 月 24 日 10 点